生存

鄭執——著

「他不是那光，乃是要為光作見證；那光是真光，照亮一切生在世上的人。」

——聖經《新約．約翰福音》

目次

楔子

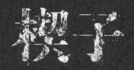

以「金」字頭命名的洗浴中心在本市至少有五家，那還是二〇一三年以前，如今可能更多，也可能更少——二〇一六年以後，我再沒回去過，所以不清楚。二〇一六年我媽搬來深圳給我帶孩子，直接把我爸的墳也遷過來了，擺明沒打算再回去，說那裡已經沒什麼值得掛念，我反正無所謂——說回洗浴中心，那五家金字頭都是同一個老闆，準確說是同一撥，一共七人，部隊裡拜過把子，有錢一起賺，後來陸續復員轉業，其中一人的爹是軍區後勤領導，有資源，由他牽頭，幾人先跟老毛子搞了幾年邊貿，後攬工程搞拆遷，最後進軍餐飲服務業，開酒店，幹洗浴。七兄弟一股繩，社會上沒人敢惹，四十歲以後，出門別人都叫爺。剛幹洗浴那會兒，七兄弟就對外放話，往後市內所有洗浴中心起名都不准帶「金」字，否則後果自負，所以但凡在本市見到「金」字打頭的場子都是他們的，除非趕上嚴打，平時踏實消費，老闆方方面面擺得平，但萬別想在裡面惹事。七爺排行最小，但歸他名下那家洗浴最大，叫金麒麟，〇三年出了次大事，七爺的司機在自家場子裡讓人給砍了，泡澡池子染成紅海，二十米長的景觀魚缸裡養的兩條小鯊魚聞到血腥味都瘋了。砍人者是個中年男人，警察調出監控，男人在前臺領了手牌，換了拖鞋，但沒人注意到他從背後的女款書包裡抽出一把剁骨刀，幾步穿過更衣室，直奔池子裡正泡澡那司機，十三刀，一共不用八秒，司機背後紋的青龍被砍成幾截，後腦那刀最深，在場的幾個小弟沒一個敢上前。男人砍完背回書包，刀隨手扔進中藥池子裡，穿著拖鞋徑直走人，手上的血一路滴至門外的停車場。那天是臘八，剛下過一場大雪，地上像開了一串梅花。

中年男人從始至終沒說一句話。

案子歸馮國金跟，當時他剛剛升市刑警隊副隊長。刀跟鞋都留在現場，相貌也掌握了，人第二天就被逮到，壓根兒沒打算躲，金麒麟的拖鞋還在家穿著呢。帶回去一審，宋某，四十五歲，下崗五年了，在南市場八卦街修自行車，老婆跟人跑了，自己帶閨女，老老實實一人，怎麼跟社會人扯上了？老宋主動交代，女兒讓那司機給欺負了，才十五歲，事後割過一次腕給救回來了。老宋不是沒想過往上告，但那司機往他女兒書包裡塞了兩千塊錢，硬說是嫖，還恐嚇老宋，告也沒用，自己跟七爺的。後來老宋女兒就割腕了，在醫院搶救了一宿，老宋守著沒合眼，直到聽大夫說命救回來了，才紅著眼回到南市場，跟肉檔大老劉借了把剁骨刀，坐了十二站公交到的金麒麟。打車他捨不得，錢得攢著給女兒念大學。馮國金聽了，心如刀絞，他自己也有女兒，叫馮雪嬌，跟我是從小學到高中十二年的同學，小學還是同桌。〇三年馮雪嬌十五，跟老宋女兒同歲，所以馮國金越想越難受，但他還是在審完人的第一時間跟七爺通了個電話，七爺也急，自己的人在自己場子裡出事，面子上說不過去。司機沒死，不是人命案子，七爺知道理虧，問有沒有可能私了。馮國金說，老七，這兩碼事，老宋肯定得判。七爺說，那你幫找找人，想辦法少判幾年，錢我出。這事後來馮國金確實幫忙了，就算沒有七爺他一樣會這麼做，他心裡堵得慌。老宋蹲了五年，期間七爺還託人往號子裡送過不少吃用，老宋女兒念大學的學費也是七爺出的，但只出到大二——大二下學期，老宋女兒在學校宿舍跳樓了，因為失戀。老宋出來後，給女兒下了葬，繼續回到八卦街修車，五十出頭，頭髮全白了，看著像七十。馮國金幫老宋介紹過在小區停車場打更的活兒，老宋說心領了，修車挺好，來去自由，夠吃就得。那個司機，傷好後被七爺趕去鄉下農莊餵藏獒，有次籠子沒鎖好，讓一隻瘋的給咬了，染了狂犬病，怕光怕水怕聲響，成天躲屋裡不敢出來，後來聽說是死了。

馮雪嬌跟我憶述整件事時，已經是十年後，二〇一三年，在北京。凌晨兩點，兩個人赤做。裸著躺在漢庭的床上，之前都斷片兒了，做沒做過不記得，後來種種跡象顯示應該是沒做。可是為什麼會脫衣服呢？酒是在高中同學聚會上喝的，大學畢業快三年，混得不好的都找借口不來，就我臉皮厚，工作沒了還有心跟人敘舊，就為貪口酒喝。那段日子我幾乎是在酒精裡泡過來的。馮雪嬌當時剛從美國回來，南加大，影視專業研究生。我們也有三年沒見了。我不明白，馮雪嬌突然給我講起十年前的案子是什麼意思，為避免尷尬，還是別的什麼目的。馮雪嬌解釋說，別人其實不了解，我爸那人心挺軟的，這麼多年，他一喝酒就提老宋。我說，確實沒看出來，我們都怕你爸，長得磣人，要不說是警察，還以為黑社會呢，幸虧你長相沒隨你爸。馮雪嬌在被窩裡踹了我一腳。

我躺在床上抽菸，沒開燈，馮雪嬌跟我要了一根。大概因為沒醒酒，我說了句後來令自己特別難堪的話。我說，嬌嬌啊，我現在沒出息，眼瞅又要回老家了，咱倆沒可能吧？馮雪嬌扭頭衝我，黑暗中我也能感受到她眼睛裡迸出的詫異：你沒毛病吧？就你現在這德行，走大街上絕對不帶多看你一眼的，幸虧有童年回憶給你加分，一分一分扣到現在，還不至於負數，你再這麼混下去，哪天變負分了，可別怪我提褲子不認人。說完提褲子一句，她自己笑了。我好像突然不認識她了，不開燈都快想不起她模樣。為緩解尷尬，我岔一句說，咱們同學裡，這幾年你還跟誰有聯繫？馮雪嬌想都沒想說，秦理，在網上聊過幾次。我承認，當我聽到秦理的名字，還是渾身一震，說不出話，彷彿被一隻從黑暗中伸出的手扼住了喉嚨。

馮雪嬌摸了半天開關，最後按開的是浴室燈，光透過廉價酒店的磨砂玻璃漫上床，馮雪嬌坐直身，又跟我要了根菸，生疏地抽了兩口，神神祕祕地說，我跟你說這個事，你得發誓一定不能跟第三個人說。她的表情好像小學五、六年級時偷偷跟我講咱班誰誰又跟誰誰好了，幼稚得可笑。我說，行了，趕緊吧。馮雪嬌說，我爸最近又跟了一個案子，女孩十九歲，屍體發現時已經凍僵了，扔在鬼樓前的大坑裡，赤身裸體，腹部被人用刀刻了奇怪的圖案，聽著耳熟嗎？我本能反應坐起身，說，跟十年前一模一樣，秦天幹的。馮雪嬌點頭說，對，可是秦天幾年前就死了，死前一直都是植物人。我反問，那又能說明什麼？馮雪嬌說，說明十年前，我爸可能真抓錯人了。

有沒有可能是模仿作案呢，像美國電影裡演的那些變態連環殺手一樣？很快自己又否定這種想法，畢竟我們那裡不是美國，生活也不是電影。馮雪嬌繼續說，要是這個案子翻案，我爸這輩子都過不安生了，你說，秦理他哥不會真是被冤枉了吧？我說，別瞎想了，當年鐵證如山，秦天該死，你爸是英雄，全市人民都知道。馮雪嬌好像聽不見我說話，自己跟自己說，我爸心真挺軟的，除了老宋，這些年他心裡最不踏實的就是秦天、秦理哥兒倆，主要是秦理，以前我爸總說，秦理本來能有大出息。我問她，你餓不餓，給你泡碗麵啊？馮雪嬌說，不餓，記得你答應我，千萬不能跟任何人說。我說，知道。不過我現在還沒醒酒，不確定你剛才講的一切到底是真是假，等我明早睡醒了再想想，太像夢了。馮雪嬌反問，你指哪個不真實？老宋還是秦理？我說，所有一切都不真實，包括你。

水開以後，我給自己泡了碗康師傅，等麵好的三分鐘裡我給馮雪嬌把一杯熱水吹成溫的。馮雪嬌說，以前沒發現，你還挺體貼，壺刷了麼？我說，刷什麼壺？馮雪嬌說，國內賓館裡的壺都得刷過再用，聽說很多變態往裡面放噁心東西，不刷不敢用，除非渴死，我一般都不喝。我說，是不是所有從國外回來的人都跟你一樣矯情？剛說完，我才發現自己是全身赤裸暴露在椅子上，而馮雪嬌靠在床上用被遮住脖子以下，這樣似乎不太公平。馮雪嬌的脖子特別長，她眼帶醉意地盯著我看，我下意識夾緊雙腿，把她給逗樂了。她把菸捻了，說，王頔，聽我一句，回家以後好好找個工作，找個正經女朋友，踏踏實實過日子，要不然白瞎了，知道嗎？

我點點頭。麵泡好了，才發現叉子被我壓麵餅底下了。

我的人生似乎一直在重複犯類似的錯誤，當時看著沒多重大，等發現時已經滿盤皆輸。

大二那年冬天，我爸的生命突然就只剩兩個月了，所有事一瞬間都不歸他說了算了。他的肺和一半的肝上長滿了大大小小的瘤子，因為一場半月不退的高燒才查出來，此前他已經有十幾年沒去醫院體檢過了。在我記憶裡，他體壯如牛，力大無窮，我六歲那年，隔壁小區一個經常欺負我的盲流子被他用單手揪到半空中後又丟出去好幾米遠，臉都摔花了，打那之後我都再沒跟他撒過嬌，在學校犯什麼錯誤也變法兒瞞著，怕他把我揪起又丟出去，再也回不來了。如此一副軀體，當得知留在世間行走的時間只剩兩個月後，可能一時間還沒反應過來，繼續推著他那輛倒騎驢，又出去賣了三天炸串，生意居然比平時還好，大概天剛開始轉冷，大家都願意吃點熱乎的。直到後來實在站不住了，才被我媽強行送進醫院，又過半個月，軀體已經無法下床了，我媽才給我打電話，叫我從北京趕緊回去。他去世前的每一個夜裡，我都在他身邊陪床，有幾個晚上我媽回家洗衣服不在，總感覺他有什麼話想交代，但又沒什麼可交代，有一次他跟護士要了紙筆想寫遺囑，下筆卻發現除了「遺囑」兩個字本身，沒什麼好寫的，一沒財產二沒遺願，家裡唯一的老房子寫的是我媽名，最後反覆要我答應照顧好我媽，另外說自己早年買過一份保險，受益人是我，算了算死後能給我留七萬多——七萬四千五百零六塊六，他的命最後值這麼多錢，都放我手裡了。大三那年，我背著我媽拿出其中五萬跟同學合夥在大學校門口開了一間奶茶店，想著錢生錢，給我媽減輕負擔，結果不到半年店就黃了，錢一分不剩。我媽也沒說什麼，繼續每晚推著那輛倒騎驢賣炸串，白天還要掃大街。後來我才知道，我被那個同學給騙了。有天晚上喝醉了回到宿舍，我把那騙子給打了，對方腦袋縫了十七針，我被留校察看。大四最後一個學期，專業課考試，我抄襲被抓，加上之前的處分，畢業時學校只給了我張肄業證，沒學位，去人才市場找工作，進門都費勁。畢業以後，我留在北京打各種零工，最久的一份工作也沒超過八個月，給一家房地產公司寫企畫書，一個月三千五，後來那家公司老闆捲錢跑路了，公司也就沒了。這一路走過來，到底錯在了哪一步，我至今也還是沒想通。以我那幾年的經濟狀況，就該學那些賴在北京不甘心回老家的年輕人一樣去住地下室，但我選擇厚著臉皮賴在高磊家客廳的沙發上，跟他和他的租客三個人住一起，他自己一年有半年都在出差。房子是高磊家買的，我從沒給過房租，每個月請他喝幾頓酒抵了，算是默契。高磊是我初、高中六年的同學，如果非要說一個算得上好朋友的人，那高磊應該就是——其實，本該還有三個人，馮雪嬌，秦理，黃姝。初二那年，加上我跟高磊，五個人一起發過誓，誓言具體內容是什麼不記得了，大概跟七爺和他那六個把兄弟說過的大同小異吧，有福同享，有難同當，今生不離不棄。

但我們誰也不知道，至少我不知道，人生到底從哪一步開始走錯，以至於多年後的我們形同陌路，相遇離別都像發生在夢裡。而如今，其中兩個人也許已經在另一個世界裡重逢，正一起似笑非笑地看著活人繼續享福或是受罪，像看戲一樣。

雪墳

1

越冷的地方年越長。在東北，過完十五，年才算完。聽說南方那些大城市的人，初五之後就把日子過回正軌了，該做買賣做買賣，賺錢沒有嫌早的，人家天氣也允許。〇二年春節，馮國金第一次到深圳，被那裡的繁華給震撼了，可惜沒工夫細逛，因為是去公幹。當時他帶人追捕一個逃犯，在深圳警方配合下，最終在距離羅湖口岸不到兩公里的一家小旅館裡把人逮到，人本想次日一早過境香港再飛國外，按住的時候，槍就在枕頭底下。被抓的是本市最大黑社會團伙的三號人物，身背不止一條人命，拉回去准斃，但上頭下令要抓活的，他活著回來受審，才能確保把真正的大哥也給斃了。抓捕過程中出了個意外，深圳警方一年輕警察小吳，在車裡蹲守了五個小時後斷菸了，去對面小賣店買菸，恰巧碰見逃犯從外面回來，也進去買菸，小吳把他認出來，擅自跟在後面往旅館走，對講機跟手機都落在車裡，來不及通知其他同事，幸好在旅館門口沒漏過馮國金眼睛，帶人跑樓梯緊跟到房間，衝進去時，小吳跟逃犯正彼此卡住手腕跟脖子僵持不下，逃犯的右手已經摸到枕頭底下了，馮國金率先撲上前按住槍，虎口死死卡住擊錘不放。

小吳是潮州人，脾氣爆，新人立功心切可以理解，但是行為確實太不上道。行動結束，小吳受了處分，他心服口服。但小吳認下了馮國金這個從東北趕來救了他一命的乾哥。小吳說，哥，以後你再到深圳，敢不告訴我，就絕交。馮國金拍拍小吳肩膀，囑咐他沉住氣。馮國金的口氣，跟十幾年前他老丈人楊樹森囑咐自己時一樣。

本市黑社會案牽扯到的人，前後又用了一年才抓差不多，其中還有十幾個黑警。一年晃過，馮國金四十二歲了。年是越來越不愛過，除了喝還是喝，當警察十幾年，認識人太雜，都是不好推的局。為此，妻子楊曉玲跟他越鬧越凶，興頭上還互相推搡兩下，久了都疲了，最後乾脆商量好，年過完就分房睡。非等過完年，是因為女兒嬌嬌初三下學期就要去育英中學遠在開發區的封閉校園寄宿了，打架多少背著點孩子。育英中學是全市第一重點，女兒在班裡成績中游，馮國金已經很欣慰了，不出意外，將來考個全國排名前二十的大學是沒問題，最好能去北京，離家近點。只要女兒優秀，其他的不痛快他都沒所謂，夫妻到這個年紀，誰家不一樣？他見過的反正都一樣，自己算好的了，幾年前經手過一個案子，老婆一鐵鍬把老公拍死了，腦後勺給削掉一半，就因為無法忍受老公常年家庭暴力。沒事想想這些，馮國金自己也樂，下回跟楊曉玲幹起來還是不還手了，命要緊。嫌他喝酒那是幌子，主要矛盾是楊曉玲自從下海賺到了錢，膨脹了，瞧不上他了。嬌嬌小學畢業那年，楊曉玲跟自己家親戚合夥開了一個做鋁合金建材的小廠，廠址在浙江，平時親戚負責在那邊盯著，做好的建材成集裝箱的賣到美國去，那邊有個固定的合作夥伴，是個胖老美，楊曉玲負責談判，兩人偶爾通個越洋電話有說有笑，馮國金也不知道她什麼時候偷偷學的英語。當時楊曉玲還在電力系統掛名，但早就不上班了，吃空餉，馮國金勸她別那麼明目張膽，早晚出事。楊曉玲反倒更瞧不上馮國金了，就照這架勢，這輩子也別指望他再往上升了。當初自己嫁給馮國金也算不得已，父親楊樹森還勸她，這個年輕人，面相正派，思想正確，將來應該有發展，說不定會是個好警察。這麼多年，對工作馮國金確實比誰都上心，可好警察有什麼用？獎章獎狀都賣了夠換一張飛美國的機票嗎？一個公務員，賺死工資，又不肯學有的同行那樣，在社會上摻和點兒買賣撈外快，家裡不得有個人一門心思賺錢嗎？嬌嬌將來讀書肯定得去美國，育英那幫同學家裡稍有點底子的都走這條路，大學不去研究生也得去，美國那是個燒錢的坑，她現在累死累活把老美的錢往自己家兜裡劃拉還被馮國金給說成蛀蟲了，沒這道理，她明明在愛國啊。她楊曉玲不服，不服就幹唄。

二〇〇三年二月十五號，正月十五。馮國金到回龍崗墓園給老母親上墳，不少話憋心裡頭，來說道說道。正月十五是母親忌日，以前都是一家三口來，今年不一樣了，前天剛跟楊曉玲幹一仗，故意沒提醒她，每年不提醒她都得忘，每年也都得因為這個生氣，老丈人的忌日他就沒忘過。嬌嬌去一個同學鄉下的家裡玩了，在那住兩天不回來，那一家人的檔案馮國金都查了，沒問題，就允許嬌嬌去了，再沒幾天快開學了，進了育英高中部就跟蹲監獄沒兩樣，當最後放兩天風吧，她奶奶活著時候最慣著她，應該不會挑孫女理。都不在剛好，自己說話更隨便了。他懷裡揣著小半瓶茅臺，幫別人辦事人家送的。倒酒時才發現碑前有人擺好酒盅了，還是滿的，想必他大哥馮國柱今年動身比他早，馮國柱是老摳兒，肯定不是什麼好酒，馮國金給撤了重倒，自己對瓶吹。父親過世得早，活著的時候爺兒倆話就少，有什麼話他還是願意跟母親聊。

酒喝急了，寒風吹得馮國金眼睛泛紅，跟母親話更多了，說年前抓一男的，家住南市場，跟咱家原來那老平房挨得不遠，他閨女跟嬌嬌同歲，讓流氓給欺負了，當爹的拿刀把流氓給砍殘廢了，估計沒個十年八年出不來。女孩長得挺漂亮的，別說跟嬌嬌還有點連相，她媽老早年就跟人跑了，她爸下崗，修自行車養活她，現在也得進去，這孩子誰管啊？沒人管不得學壞啊？媽，我知道，你又得說，天底下苦命的人太多，咱可憐不過來，可這些就發生在我身邊，在我面前，但是我什麼也幫不上，老實人犯錯一樣得受罰，這就是我的工作，可是壞人老也抓不過來，這邊好人還犯錯，什麼時候是個頭啊？算了，媽，這種窩囊事以後就不給你講了，不好聽還添堵。我挺好的，家裡也都挺好的，楊曉玲也挺好的，賺錢了她現在，可愛嘚瑟了。媽，你跟我爸在那邊不用擔心，就保佑嬌嬌學習進步，別早戀，下學期分班考試超常發揮，爭取進快班。我爸喝酒你就別管他了，以後有空我常來，多帶點酒。您二老要缺啥就給我托個夢。爸媽，我先回去了，挺冷的今天。

臨走前，馮國金繞了幾步路到隔壁園區，給老丈人楊樹森也燒了一份紙，特意省下的最後兩口酒繞墓碑灑了一圈，點了一根菸插進香爐，簡單匯報了幾句家裡近況，比跟自己爸媽說的要簡短。發現有雪花飄下來時，馮國金已經在墓園門口熱車了。今晚好不容易沒酒局，他要去外面好好洗個澡，洗掉晦氣再回家，這是掃墓的規矩。放以前都是去金麒麟，老闆是他當排長時手底下的兵，給他辦過一張白金卡，洗澡按摩隨便刷。往後不能去了，金麒麟半個月前就是他親手封的。

馮國金蒸得有點頭暈，應該是茅臺的緣故。他在大眾浴池的更衣室裡抽根菸，緩緩，掏手機一看，五個未接電話，都是大隊長曹猛打來的。點開短信：速回隊裡，要案。隨之第二條：直接來現場，沈遼中路三十三號。第三條最乾脆：鬼樓。馮國金趕緊回了個電話，曹隊沒接。

雪下大了。

馮國金把他那輛桑塔納二〇〇〇開得飛快，連闖三個紅燈才想起掛警燈。時間是晚八點半。路上車少，十五有元宵晚會，估計家家都在吃元宵看節目呢。馮國金猜，小品一等獎肯定還是趙本山跟范偉的。「心拔涼拔涼的」，太哏了，這句今年肯定火。

他相信曹隊的第三條短信是為了給他確認具體位置，都是黨員誰信那個。鬼樓，準確就指三十三號樓，本市人盡皆知。哪來的鬼，就是棟爛尾樓，荒了有十年了。不知道從哪年開始，被人在網上炒作成鬼樓，之後常有外地的小青年組團來探險，電視臺的也有，都吃飽了撐的。

馮國金站在三十三號樓下，積雪把地上大大小小的土坑給填平了，剛才走過來差點崴了腳。

現場圍起來了，沒看到曹隊。那是個近兩米深的大坑，像被砲彈給炸出來的。馮國金在部隊裡就是砲兵，一砲大概就這麼大一坑。幾名法醫蹲在坑裡取證。隊裡的幾個小年輕不知道從哪扯來一塊防雨布，一人抻一角，撐開在屍體頭頂，以防大雪繼續破壞現場，像個窩棚。馮國金又抬頭望了望天，雪花落在鼻尖上。他從來不相信什麼天命說，可他清楚，這回老天肯定沒打算幫忙。

馮國金跳進坑裡，鑽進窩棚，酒突然就醒了。

眼下這具已經凍僵發紫的年輕女屍，馮國金一定在哪裡見過——在她還是個活生生的女孩時。他感覺自己像掉進誰的夢裡醒不過來。目測二十歲上下，長黑鬈髮。全身赤裸，面色蒼白，唇色紫青，左臂肘部和右腿膝部成彎曲狀，姿勢像躺著在平面上奔跑。法醫仍在努力清除覆蓋在屍體身上的雪。右肩鎖骨上方有一孔狀穿透形創傷，腹部有一塊模糊的暗紅色疤痕。

雪還在下。幾名法醫凍得隔幾分鐘就要停下來搓搓手，看樣子差不多了，接下來就等帶回鑒定中心做屍檢再看了。零星有幾個三十三號樓的住戶圍觀，都被拉到邊上問話了，表情都挺活躍，想必多少年沒在自己家樓下見過這麼多人了，還都是警察。馮國金帶著小鄧簡單繞了圈周圍環境，被廢置的荒院占地不小，看得出曾經想規劃一片小區，如今卻只有三十三號一棟半成品乍眼地杵在中央，連院門都只開了北面窄窄的一個，其他三面都被用牆圍死了。小鄧跟在後面說，這破地方是挺瘮人。兩人兜回現場，一個穿裂紋破皮夾克的老爺們兒正跳著腳往裡看，跟旁邊老太太嘀咕說，全扒光了啊，光了。老太太朝地上啐一口，硌硬地走開。小鄧上前推了一把皮夾克罵，多大歲數了，不要點逼臉，說完給馮國金遞上一根菸。馮國金接過菸，夾在指間沒抽，說，給蓋上點兒，你把穿破夾克那個給我叫過來，不許罵人。小鄧問，蓋什麼？馮國金說，屍體，差不多了就蓋上吧。

那種蝙蝠袖皮夾克，多少年都沒見人穿了，罩身上好幾斤重。馮國金把手中的菸給了皮夾克，問了幾句，感覺精神不太正常，像是受過刺激。再問下去，原來是個流浪漢，平時就在三十三號樓裡賴著不走，他這樣的還不止一個，有一群人，不是精神病就是撿破爛兒的，真正的那幾戶人家都恨死了，攆又攆不走，幾年下來居然形成某種共生局面，彼此都熟面孔了。人員結構如此複雜，馮國金心裡清楚，完了，雪上加霜。他繼續問皮夾克都看見過什麼，皮夾克一直怪笑著重複，說，光的，全扒光了，光的。馮國金知道了，那身皮夾克是垃圾堆裡撿來的，魂兒也是撿來的。

此時曹隊領著一個老頭兒從三十三號樓裡出來，帶到馮國金面前。這位大爺，第一個在現場發現屍體，孩子不在身邊，我陪他上樓拿件衣服，回隊裡幫做個筆錄吧，國金你陪著，我老媽今天下午又犯病了，我去醫院看一眼再回隊裡。馮國金說，別回來了，有我呢，好好照顧老媽，有事打電話。對了，剛有兩個記者混進來，被我攆走了。曹隊嗯了一聲。

雪停。收隊。

吉普車被曹隊開走了，馮國金讓小鄧開自己的桑塔納，他坐副駕駛，老頭兒坐後面。之前他在大眾浴池蒸桑拿的時候睡著了，蒸大了，剛才再被寒風一扎，腦袋有點疼，怕是要感冒。坐進車裡，他額頭就一直冒汗，小鄧問他沒事吧。馮國金搖搖頭，更暈了。又是年輕女孩，這到底都是怎麼了？馮國金一瞬間覺得，周遭一切突然就不太平起來，元宵節一家人沒團聚是個嚴重錯誤。他隨即掏出手機，打通女兒馮雪嬌的電話，每響一聲都像隔了一個鐘頭。那邊接起電話，女兒熟悉的聲音抱怨說，爸，什麼事啊，我都睡了。馮國金說，睡了好，快睡吧。掛掉電話的一刻，一片白光在他腦海中炸開，女兒嬌嬌的聲音讓他全想起來了——

死的女孩是嬌嬌的小學同學，一年多前還去過家裡玩，馮國金見過一面。

紅燈跳綠。沈遼路跟興工街交叉口，載著年輕女孩屍體的警用麵包車率先駛進更深的夜。

2

老頭兒姓張，退休工人，在三十三號樓住十年了。樓剛建起來時，鐵西區除了工廠，一半還是棚戶區。開發商原本是本市挺有實力的一個老闆，後來因為在工廠拆遷中侵吞國有資產被一幫老幹部集體告了，跑路國外再沒回來。當時三十三號樓已經建好，賣出了十幾套，裡面沒蓋完，之後就一直那樣。買了房的住戶知道自己被騙了，公家不管，物業也沒有，走廊裡連燈都沒裝，啞巴吃黃連。老張花了半輩子積蓄給兒子買的婚房，老伴兒死得早，想把自己託付給兒子。哪成想上當，挺了兩年挺不住了，兒媳鬧離婚，兒子只能搬出去租房子。老張本來也想跟著走，但不知道從哪又傳出來消息，說政府要收回兩棟爛尾樓動遷，土地充公。有了動遷費，老張的血本就能回來不少，於是老張決定不走了，做釘子戶。想不到一釘就是十年，拆遷政策沒等來，等來一幫要飯的，還有家裡人不管的精神病，三五成群住進樓裡那些空單位，白天偷東西，連走廊裡積的酸菜都偷。夏天開門炒菜，炒完一盤擱客廳，轉頭進廚房再出來，菜就沒了。後來不知道誰傳的，外面都說這是鬼樓，菜是鬼吃的。幾家釘子戶一商量，連打帶罵把那些鬼集中都攆進沒蓋完那幾層樓去了。到了半夜，鬼到處亂跑，大喊大叫，還有過失足墜樓摔死的，更邪了。三十三號樓終於符合外人的想像，鬼樓的帽子算扣實了。釘子戶們也撵累了，習慣了。這種地方住上十年，自己是人是鬼都分不清了。

馮國金問，屍體怎麼發現的？那大坑離樓有一百米，周圍連條狗都沒有。老張說，想撿幾塊磚頭在陽臺壘個花壇，坑周圍堆的都是磚頭，以前還堆了不少建材，都被人偷走賣了。我蹓躂到坑邊就看見了，當時已經蓋了一層雪，認了半天才看明白是人，還以為是商場扔的假模特。馮國金問，動過屍體嗎？老張說，哪敢啊，發現就報警了。馮國金問，之前幾天有沒有見過什麼生面孔？兩棟樓裡有沒有行跡可疑的人？老張說，警察同志，那些人都不是人了，你說有誰不可疑？馮國金說，行了大爺，謝謝你，留個電話住址，回頭可能還需要你隨時配合警方工作，想到什麼也可以打電話給小鄧，你短時間內應該不會搬走吧？老張說，放心，我應該會死在那樓裡。

安排人開車把老張送回去後，馮國金決定今晚就睡在隊裡，腦子裡太多事要想，他得一個人靜靜。

宿舍裡有臺電視，小鄧已經坐那看了，他也不回家，二十五歲沒結婚，跟父母住，平時就不愛回去，工作上幹勁兒挺足，刑警學院優秀畢業生，腦子夠用，就是脾氣太衝，馮國金有時覺得他挺像深圳那個小吳。地方臺正重播春晚上趙本山跟范偉的小品《心病》。原來小品一等獎沒給趙本山，給了牛莉跟黃宏的《足療》。自己怎麼對這個小品一點印象沒有呢？應該是漏掉了沒看著，那十幾分鐘裡自己幹麼去了？說什麼想不起來了。

小鄧跟著范偉嘿嘿笑了兩聲。馮國金示意小鄧把電視關了，點根菸，問，你怎麼看？小鄧也點了根菸，說，屍體脖子有成片出血點，很典型，強姦過程中掐脖子窒息死亡，我自己的直覺也是姦殺。馮國金插了一句，因為女孩漂亮？小鄧沒否認，繼續說，冬天，姦殺案基本都發生在室內，熟人作案的比例更高。所以我推測，被害人可能是被熟人騙到鬼樓裡實施強姦，遭到反抗被殺，最後拋屍在大坑裡。不管怎樣，都得先在三十三號樓裡排查一遍。難度確實有點大，但人員太雜。釘子戶的可能性不大，沒有人傻到會把屍體扔在自家門口，乾等著被抓。就算藏在樓裡任何一間毛坯房，恐怕都很難被人發現，除非是作案途中被人撞破，倉皇逃跑，但那又說不通為什麼屍體現在才被發現，當時就該有人報案。假設兇手真是精神病，那強姦和殺人發生在大坑裡也有可能，抓起來也更難了。精神病也知道害怕，我三姨夫就是精神病，自己做了錯事，清醒過來也知道跑。要真是精神病，那女孩就是白死。這又有一個問題，大坑距離鬼樓不到一百米，如果案發就在那裡，被害人一定會喊叫，周圍不至於沒人聽見。總之還得等屍檢報告出來，先確定死因和死亡時間。好像有點亂，我再捋捋。

馮國金點點頭說，但是，身上衣服全不見了，現場周圍也沒找到，假設是為了銷毀證物，那麼衣物一定沾染了跟兇手相關的證據，精神病想不到這麼周全吧？所以我推測，是正常人幹的，而且，人根本不在三十三號樓裡，大坑就是他用來拋屍的，但正常人都知道，那裡根本不是理想的拋屍地點，就算扔在那了，為什麼不掩埋？衣物都知道銷毀，為什麼不毀屍滅跡？明目張膽丟那，知道早晚會被人發現，都懶得遮蓋一下？如果不是故意的，怎麼解釋？

小鄧追問，怎麼解釋？

馮國金說，也許，那個大坑就不是兇手原本計畫的拋屍地點，而是出於什麼原因，不得已把屍體扔在那的。再大膽一點，很有可能他是打算再回去把屍體帶走，轉去計畫好的地點埋屍，但是——小鄧打斷說，但是在折回來之前被張老頭兒先給發現了。馮國金說，對。接著又點了一根菸。小鄧居然有點興奮，說，這個推測有點意思啊馮隊，你怎麼想到的？薑還是老的辣啊。馮隊說，別拍馬屁，趕緊睡吧，明天一早還得開會，到時聽聽大家都怎麼想。

馮國金躺在上鋪沒合眼。他始終沒告訴小鄧自己可能認識死者，他也怕自己認錯，沒必要誤導誰。但就在熄燈的一瞬間，那個名字突然自己從角落裡鑽出來了——黃姝。是這兩個字。假如真是那個女孩，他就明白為什麼自己對她有印象。從小到大，嬌嬌帶回過家裡的同學就這麼一個，馮國金忙，這麼多年幾乎沒替嬌嬌開過一次家長會，楊曉玲也少，都是她姥爺去。嬌嬌從小話多，小時候放學回家總愛主動講學校裡的人和事，她姥爺鼓勵她講，說是鍛練表達能力，馮國金再不上心，聽多了也記得住一兩個名字，「黃姝」是提及最多的那個，嬌嬌說黃姝是她在班裡最要好的朋友，長得好看，會唱歌會跳舞，當文藝委員。再就是有一個叫王頔的男孩子，是她同桌，總揪她辮子，全班最討厭的人就是他。早年有幾次嬌嬌想邀請黃姝到家裡玩，都被楊曉玲以嬌嬌週末要上鋼琴和書法課為由給否決了。上了初中，嬌嬌考上育英，黃姝去了藝校，分開了也沒走遠。就在一年多前，嬌嬌把黃姝帶回家吃飯，本來馮國金跟楊曉玲應該在的，但是楊曉玲突然說要出去應酬就走了，馮國金接手把一桌菜做好，他記得自己還特意蒸了十個鮑魚和一盆大蝦，女孩子長身體多吃蛋白質好。後來他接到隊裡電話有事，可去可不去，他想想自己在家怕倆姑娘也不好意思，就決定去了，出門前一刻，嬌嬌帶著黃姝進門，他簡單打了個招呼。女孩挺有禮貌的，但令馮國金印象最深的是，她看起來特別成熟，個子比嬌嬌高出半個頭，染了個紫頭髮，看著像十七、八了，一點學生氣沒有，可她當時應該跟嬌嬌同歲啊，十四、五差不多。

馮國金想給楊曉玲打個電話，看錶都快十二點了，算了。最後發了個短信，說自己今晚住隊裡，不用等他，門記得反鎖。還囑咐楊曉玲明天一早給嬌嬌打電話讓她馬上回家，不要再賴在同學家了，最好楊曉玲親自去接一趟，到家了給他報個平安。

等了兩天半，法醫帶著屍檢報告一起到隊裡開會。大隊長曹猛親自主持。

此前兩天的會上，基本沒什麼實質內容，沒有屍檢報告，就只能小範圍匯總一下現場勘查的信息，簡單推論，其他的做不了太多，小鄧帶人回到三十三號樓裡做了一遍基本排查，沒任何收穫。還在住的釘子戶只剩七家，四家都是老頭兒老太太，三家是夫妻，基本可以排除嫌疑。剩下兩棟樓所有的鬼加在一起，不下三十號，不是撿破爛兒的孤寡老人，就是瘋子，乞丐，流浪漢，一半沒有身分證，連自己名字都叫不上來，流動性又大，基本信息雖然掌握了，感覺沒什麼用。唯獨那個穿皮夾克的沒見著，但小鄧的直覺又上來了，斷定跟皮夾克沒關係。馮國金在會上把之前跟小鄧說過的推論又大概說了一下，但還是沒提女孩身分的事。曹隊聽了沒說什麼，只宣布該案由馮國金主抓，其他可調派人手全力配合——曹隊特意強調這點，是因為人手確實緊張，一年前的黑社會案進入白熱化，上面來人督戰，集中力量打黑，隊裡至少一半同事在跟，動不動就跑外地抓人。曹隊補充說，國金啊，這個案子不簡單，時間上可能有點壓力，那天晚上在現場偷偷混進去那倆記者，不知道哪家報社的，怕他們瞎寫影響咱們工作，我事先跟幾家報社領導打了一圈兒招呼，但不敢保證會不會出啥幺蛾子。另外我說一句，每次去現場總有記者跟著，咱們隊裡肯定有人給報信兒，是不是靠這個賺錢呢？最好別被我逮到，自己想想後果。

後面的話，馮國金走神兒了沒聽進去。他腦子裡想的是，如今這起案子，是否就是他十五年前剛當警察那會兒，老丈人楊樹森曾說到的，命定給自己的那宗大案？

第二次緊急會議由馮國金主持，曹猛坐聽。法醫宣讀屍檢報告，照片在長桌上傳閱。基本都跟現場觀察到的一樣，沒有太多新發現。首先有一個最大難題，就是被害人的死亡時間比較難確定。一般情況下，死亡時間可依據屍斑的深淺大小和屍體僵硬程度準確判斷，但是極度低溫狀況可延緩屍斑跟屍僵的形成速度，判斷誤差較大。也就是說，屍體被扔在坑裡具體多久了暫時無法知曉，法醫說暫時，不是沒有辦法，但還需要時間，以前就有個案例是夏天屍體腐爛過度，最後法醫靠屍體身上蛆蟲的生長速度倒推出了死亡時間，誤差不超過一小時。可是天冷不一樣，冷比熱難。其次是死因，屍體頸部有成片出血點，疑似窒息死亡，說疑似，是因為在胃部還發現有殘留的農藥成分，也存在中毒身亡的可能，至於窒息和毒發到底哪個在先，也還需要時間進一步檢測。另外，雙手手腕均有疑似勒痕，不過瘀紫基本消退，應該是在死前曾被繩索或手銬縛住所致。最後，陰道內部發現損傷，基本可以確定死前曾遭到性侵，陰道內提取成分中未發現精液，因此有兩種可能，一種是兇手並未在陰道內射精，另一種是被害人死亡已超過七十二小時，精液成分無法檢測出。不過屍體大腿內側發現有精斑，但因為在露天下長時間暴露，還曾被雪覆蓋，精斑被沖淡，從中可提取到的DNA劑量是比微量更小的單位，痕量，以現有技術，提取數據尚無法用作比對。

聽到一半，小鄧低頭嘀咕了一句說，這不等於啥有用的都沒有？馮國金瞟了小鄧一眼，他沒發覺。報告的女法醫聽見了，白了一眼說，你能等人把話說完嗎？她繼續：右邊鎖骨上的創傷，可確定是由鉤狀利器造成，而且，在創傷表面凝固的血液中，不止有人血。馮國金瞪大了眼睛，什麼意思？女法醫停頓說，還有，豬血。在場所有人除了法醫，均抬頭一楞。馮國金打了三次打火機才點燃手中的菸，低聲說，請繼續。女法醫說，人血屬於兩個人，一個是被害人自己的，另一個根據DNA顯示是男性血液，極有可能屬於兇手。另外，腹部的圖案可判斷是由刀片劃割所致。最後，屍體背部存在大面積擦挫傷，均為同一方向，傷口表面跟腦後區域的毛髮中均夾雜紅色粉末狀異物，經檢測，是建築用的磚頭。以上報告完畢。

女法醫坐下前，眼睛特意對準小鄧說，這次只能算初步報告，因為隊裡要得急，再多兩天時間，還能出一份更準確的報告。

馮國金瞄了一眼鑒定報告上的簽名，女法醫名字叫施圓。應該是剛調來不久，以前沒見過。

小鄧終於提起興致，跟馮國金使眼色，一副沉不住氣的樣子，馮國金知道他什麼意思。後背跟腦後發現擦挫傷跟磚頭粉末，說明馮國金最初的推斷至少對了一項：屍體確實在磚頭遍布的地上經歷了一段路程的拖拽，傷口同一方向，既不存在掙扎跡象，說明被拖拽時被害人已經死亡——大坑確實只是拋屍現場，不是姦殺現場。馮國金判斷對了，他不知道該不該學小鄧那樣興奮。

照片重新傳回到馮國金手中，小鄧坐在他身邊，迫不及待地指著腹部那張奇怪圖案，自問自答說，馮隊，你看這個圖案像什麼？我覺得像肯德基的聖代。馮國金沒理他，因為他正盯著另一張照片看——被害人臉部正面特寫。如今他終於可以確認，女孩就是黃姝。

散會。

馮國金站在自己辦公室的窗前，注視著不遠處的市府大路上，幾名正在掃雪的清潔工。他們都身著亮橙色工作服，背後一道反光條彷彿是他們脆弱生命的最後一道保障。前不久剛有一名女清潔工在夜裡掃雪時被酒駕的司機撞死。騰空到落地不足半秒鐘，比流星劃過還快。一堆堆雪包拱立在街邊，像一座座白色的墳頭，馮國金腦子裡在想，這裡面哪座屬於女清潔工，哪座又屬於黃姝？北方午後的陽光，被殘雪覆蓋的地表反射得更為晃眼。馮國金有些眩暈。這一刻他終於敢相信，這個案子，就是他等了十五年的那個。

他的心，拔涼拔涼的。

3

馮雪嬌小時候長得不算太好看，鼻梁還有點塌。初、高中六年，育英校規強制女生剃短髮，哪個鬢角敢過耳就扣班主任工資，馮雪嬌自然也淪為假小子一員，看著還不如小時候呢。大學畢業三年沒見，重逢之際，鼻子不塌了，馮雪嬌堅稱是自己長開的，反正我是不信。她肯定不知道，小時候我短暫暗戀過她，就因為她那副塌塌的小鼻子，有種特殊的親近感。她鼻子右邊靠近臉頰的位置長了一顆小黑痣，也曾是我珍視過的標記，可惜多年後也消失不見了，大概馮雪嬌也成長為一個迷信的大人，偷偷給點了吧，老人管那叫淚痦，說長淚痦的女孩子命苦。二十多歲的馮雪嬌，頭髮留長了，身材曲線也更婀娜了，總之在大眾審美裡是白天鵝了。但在我眼中，那個醜小鴨仍在她身體裡。

我在青春期時有一個重大發現，自覺很神奇：每個半美不醜的女孩子，當她開始整天黏在一個真正的美女身邊，自己也會逐漸朝美的趨向生長。彷彿美女是一種可以誘發基因進化的活體酵母。這個發現就是來自馮雪嬌身上。但馮雪嬌是那個被發酵的，酵母是一個叫黃姝的女孩。兩人成為朋友後，我開始能見到馮雪嬌眼中偶爾流露出的自卑。隨之有了另一個重大發現：人心底的自卑但凡被放出來過一次，這輩子就跟定你了。馮雪嬌骨子裡的自信跟自卑，都是黃姝替她發酵出來的。

一九九九年秋天，黃姝轉學進入和平一小，插班到我們班，已經是六年級了。假如我的記憶沒出差錯，應該是剛開學，初秋，午睡時窗戶尚被允許開啟一道寬縫，讓風進來。當時我們剛換了新一任校長，外號西瓜太郎，以前是體育老師，抓教學不擅長，但熱衷監督孩子們長身體，上臺後頒布的第一個新政是強迫全校同學午睡，吃完午飯後都要趴在課桌上不許動，他本人親率體育組老師巡邏檢查。黃姝走進教室的一刻，正是廣播裡響起起床鋼琴曲的瞬間。昏昏沉沉的我，以為自己已經從被壓迫的夢境中清醒，然而很快發覺自己竟掉入了另一個夢境，這個夢顯然要美好更多——因為全班其他男生隨之魚貫而入，我私人的夢被集體性騷動給攪黃了。

我原以為，她是屬於我一個人的。到頭來，我也不過是個普通觀眾。

我有一度用語言無法闡釋清楚那一瞬間的失落，直到多年以後才幡然醒悟，那一刻的她跟這個世上一切美麗的事物並無兩樣，被世人分享才是造物主賦予她的使命，既似遙不可及，又能輕易染指。假如當年的我天賦異稟，擁有足夠智慧懂得這個簡單道理，我一定會選擇無視她。因為無視是逃避痛苦的最好方法，後來的許多年裡，我都是如此面對人生中那些險些要我命的痛苦的。

黃姝孤零零地站在講臺靠近門的一側，來回甩動的馬尾像一柄無聲的鐘擺，提醒所有不安的目光，時間並沒有靜止。假如不是我的角度剛好能瞥到她的「父親」站在門外，興許我會跟別的男同學一樣，寧願相信她是一個新來的年輕女老師，教音樂或者教美術的，因為教這兩個科目的女老師比較容易長得好看。沒過多久，大家都知道了，黃姝上小學前一直在戲校學京劇，耽擱了一年半，文化課落下不少，等於蹲了兩級，同班同學普遍是八七年出生，她是八五年三月分的生日，比我們班年紀最小的男生秦理大了將近三歲。但是在容貌上與我們相比，差距遠不止兩、三歲。時年十四歲的黃姝，身高已有一米六八，身材不輸我從小到大見識過的任何一名曾致使我臉燒心跳的成年女性。聲音也告別小女孩的童聲。她喜歡唱歌跳舞，最喜歡的女明星是鍾楚紅。當時我不知道鍾楚紅是誰，我猜應該是個大美人。但我唯一知道的是，她將成為這個班的禍水。別小瞧一個十二歲的男孩，該懂的他們都懂了，很多大人堅信他們不該做的，也都做了。挺諷刺的，人這一輩子，唯一逆生長的東西就是膽量——青春期第三個發現。

班主任老范兒走進來時，表情很凝重，好像剛剛聽聞過什麼噩耗。皺眉聽完黃姝簡短的自我介紹，老范兒安排她坐去最後一排，跟我們班最高的大傻個子胡開智同桌。胡開智狠抽了兩下常年掛在嘴角上方的青鼻涕，環視一周，彷彿在向其他男同學宣示自己對黃姝的主權，活脫一個地主家傻兒子。我發誓，那是我人生截至目前見到過的最醜陋的畫面。全班同學目送著黃姝朝胡開智走去，有如目送劉胡蘭赴刑場。我當時的同桌正是馮雪嬌，剛上六年級的她個子還沒竄得太離譜，跟我同坐第三排，第三排對男生來說還不算太丟臉，坐前兩排的男生就常被嘲笑了——除了秦理，因為在老師跟同學的眼裡，他就是個小豆包，沒長開，一輩子坐第一排都不稀奇。黃姝從我身邊經過時，馮雪嬌突然湊過來對我說，聞到了嗎？我說，什麼？馮雪嬌說，新來的女生，噴香水了。我使勁兒嗅了嗅，是挺香的。馮雪嬌又說，真難聞，她怎麼可以噴香水？老師不管嗎？馮雪嬌磨嘰起來像小腳老太太，也是從那一刻起，我對她的塌鼻子和那顆小黑痣突然再也沒有興趣了——對馮雪嬌為期三個半月的暗戀在那一瞬間正式結束了。我長大了。我恨不能拉起黃姝，請她把整間教室走遍，讓每一個角落都被她的味道暈染。她坐在我的斜後方，跟一個連在她身邊喘氣都不配的又醜又髒的傢伙坐在一起。假如我的每一天無法看她更多眼，至少能讓她的味道陪著我在午後入眠。

難怪。難怪我在午睡時做了那個奇怪的夢，夢裡有一道不祥的異光炸裂，像白色的煙花。醒來時，我的兩腿間有什麼東西也跟著甦醒，被書桌膛壓迫得硬生生疼。直到黃姝的味道從我身旁略過一刻，才終於醒悟：我和我身體裡的一切，早早為那個多事之秋的午後準備好了。

直到黃姝突然出現在我眼前的第四年，直到她離開這個世界，我都沒有真正牽過一次她的手。當時的我並無法意識到，這將會成為我今生最遺憾的事。我沒有能力預知，自己在成年後還會愛上別人，效仿大家娶妻生子，過上世人眼中平凡且穩妥的常俗日子，然後在某個祥和的夜晚，突然那某一瞬間，從熟睡的妻子身旁驚醒，盯著臥室角落裡令人恍惚的黑暗，對那個久遠前的自己說，你居然連她的手都沒有牽過——

她可是你這一生愛上的第一個人。

二〇一五年三月十八日，結婚前，我最後一次回到老家。那晚我跟高磊都喝癱了。天快亮時，高磊拉著我上了一輛出租車，路上停車我吐了幾次，自己用手摳出來。下車又走了半天，才發現他帶我來的是醫科大學操場。初中前兩年，我倆幾乎每個中午都來這踢球，後來一度成為五人組最主要的活動據點，如今竟長滿半米多高的野草。自從醫科大學的本部搬往市郊的新校區，學生走了，這裡就被荒廢了，自那以後我也再沒有來過。高磊指著土操場的西南角，那塊熟悉的鐵皮蓋仍舊躺在原地，鏽跡斑斑，被雜草包圍。高磊問我，還記得嗎？我說，當然，地下防空洞，一直通到和平一小和育英初中，咱們都下去過。高磊搖頭說，你記錯了，你我跟馮雪嬌，咱們仨都沒下去，只有黃姝和秦理下去了。我使勁兒回憶，說，不對，我肯定下去了，這些年做夢還總能夢見裡面有多黑，第一層臺階一共三十八階，我數得清清楚楚，不可能錯。高磊說，咱們仨，走到第二層就掉頭上來了。真正走到底的，只有黃姝跟秦理。

黃姝不愛說話，但誰搭話她都衝你笑，包括她那傻同桌胡開智。搭話的基本都是男生，撩閒為主，可是很奇怪，最渾的那個也不敢去拽她的馬尾辮，彷彿她能夠不怒自威。女生反而敬而遠之，甚至沒有一個女生主動邀請過她一起上廁所。馮雪嬌私下裡跟我說，看到沒有？被孤立了。我納悶兒，為什麼要孤立人家？馮雪嬌答不上來，擰著腦袋說，腰板挺那麼直，一看就不合群。我說，你們孤立人家，還嫌人家不合群？笑死人了。馮雪嬌悄聲說，我跟你說個祕密，你可千萬別跟別人說。馮雪嬌每次這麼說話的時候，都特別招人煩。我不耐煩，說，你不說我踢球去了。馮雪嬌說，咱班有人的家長來找老范兒，想讓他把黃姝給調走。我問，調走？調哪去？馮雪嬌說，調到別的班去啊。我說，憑什麼？馮雪嬌壓低了聲說，你可千萬千萬要保密。我急了，有完沒完？馮雪嬌說，因為，她媽媽是精神病，精神病會傳染，怕她傳染給咱班同學。我說，馮雪嬌，你是傻逼嗎？你聽誰說的精神病會傳染！馮雪嬌驚叫，王頔你罵我！我告老師去！

馮雪嬌哭起來很嚇人，埋著頭嚎，尖響從胳膊縫裡往外鑽。其實我也不敢怎麼欺負她，同學都知道她爸是警察，我見過一次，長得挺磣人。我怕馮雪嬌喊她爸爸來揍我，跟她說了句對不起。她哭了沒一會兒，可能累了，重新坐直身子不理我，奪過我的鉛筆盒倒個底朝天，挨個兒把每根自動鉛筆的筆芯都抽出戳折，每根鋼筆尖戳彎。我不明白她這麼做的意義是什麼，我猜可能她知道了我爸媽當時都已經下崗，求他們重新給我買一盒筆我可能會挨揍。就在此時，老范兒突然走進教室，可以說是躥進來的，嚇了所有同學一跳，馮雪嬌也不哭了。關鍵是，那堂不是他的課，是生理與衛生，而且他的臉色比黃姝轉學來那天還難看。

老范兒是他的外號，聽說是家長給起的。因為他來小學教語文之前，在大北監獄當過三年獄警，看過「老犯兒」。至於一個獄警如何搖身一變成了小學語文老師，沒人知道，但他埋汰人時有句口頭禪，「學好去北大，學壞去大北」，無意中證實了關於自己身世的傳言。總之這外號起得既無創意又不貼切，不如我給新校長起得好玩，西瓜太郎，因為校長個子矮還禿頂，禿得特別整齊，腦瓜頂中央像被人用圓規劃了一塊再給整個摳掉了，跟文具盒上那個日本卡通形象一模一樣，很快就在學校被傳開了，直到我畢業他都一直想把給他起外號的人給揪出來。至於老范兒，我不太欣賞他的外號，因為我作文寫得好，他對我一直不賴，可是不跟著同學一起叫，又顯得不太合群。還是合群好，合群安全。

老范兒站在講臺上，用領導人講話的口吻說，同學們，咱班最近有人在傳一些流言蜚語，是關於其他同學的，我覺得這樣很不高尚，以前老師跟大家講過什麼？道聽途說，以訛傳訛，不是君子所為。君子坦蕩蕩，小人長戚戚。班風不正，何以正個人？所以，從今往後我不想再聽到任何同學在班級內散布謠言，以前傳過的，既往不咎，如若再犯，嚴懲不貸。記住，我的班級，是一個團結友愛的大家庭，絕不允許任何人被詆毀，更不允許任何人攪渾水，聽懂了沒有！

別人聽沒聽懂我不知道，馮雪嬌肯定是聽懂了，她把最後那點眼淚瓣都給抹淨了，生怕老范兒知道她被我罵過，因為我剛剛被老范兒歸入了正義之師。同學們在底下交頭接耳，我剛想高興，老范兒卻又疾步走下講臺，此時我才發現門口一直有個男人守著他，就是半個月前送黃姝來的那個男人。男人在門口跟老范兒交涉了幾句，老范兒又折回教室裡，這回是低著頭，眼睛也不抬地說，黃姝，你出來一下。教室裡再次亂作一團。從我身邊飄過的，還是那陣熟悉的香味，我隱約聽見了香味的主人在抽泣。連她的抽泣聲都那麼好聽。

很快全班都知道了，那個男人不是黃姝的爸爸，是個警察。這次不是謠言，散布之快，可見老范兒那一番義正辭嚴並沒能對人性造成任何積極改觀，起碼對未成年的人性如此。這一回輪到我求馮雪嬌了，我說，你爸是警察，肯定知道怎麼回事吧？馮雪嬌說，你還敢罵我嗎？我說，不罵了，黃姝到底怎麼了，警察為什麼要來找她？馮雪嬌說，她媽媽真的是精神病，不上班，偷偷在家練法×功，你沒看新聞嗎？我姥爺說，練那個功的都是精神病，要抓起來的。

新聞我看，這功那功我也知道，但我以為新聞就是新聞，跟我的生活無關。那個女孩，本來應該是我童年裡最美好的存在，可是美好本身卻來自一場不可饒恕的醜行，這讓我無法接受。曾有一刻，我甚至覺得，連我喜歡黃姝也是一種犯罪。罪大惡極。

馮雪嬌後來說的話，我接收得有些跳躍：黃姝的媽媽以前是音樂附中的聲樂老師，離婚有年頭了，自己帶著黃姝過，後來受壞人教唆，接觸了法×功，很快走火入魔，沒多久警察上門來抓她，她已經被壞人帶著逃跑了，撇下黃姝一個人，黃姝現在住在她舅舅家。警察頻繁來找黃姝，都是為了抓她媽媽，只要她媽媽聯繫她，必須馬上跟警察匯報。馮雪嬌說，警察還讓老范兒幫忙密切監控黃姝，老范兒覺得這樣不好，結果被警察批評教育了。馮雪嬌說完，見我沒什麼反應，撞了一下我的胳膊，瞪大眼問，王頔，你不是喜歡黃姝吧？我回過神，說，你傻逼啊。馮雪嬌竟然沒太生氣，說，你說髒話，你不是好人，你要再敢罵我，我就跟別人說你喜歡黃姝。我趕緊岔開話題，問她，這些都是你爸跟你說的？馮雪嬌說，不是，我爸從來不聽我講學校的事，我也不愛跟他說，我媽比他還忙。我都是聽我姥爺講的，我姥爺也是警察，退休了。

行，你們一家都是警察。我喜歡黃姝，來抓我吧，關我進大北監獄。我問馮雪嬌，你姥爺還說什麼了？馮雪嬌說，我姥爺說，大人是大人，孩子是孩子，孩子沒錯，讓我不要欺負她。我心想，算你家還有個明白人。

當晚回到家，新聞裡正在播黃姝她媽媽和那幫壞人的事，其中有一個大學教授，知識分子，練功以後也瘋了，被抓以後悔改了，打算在牢裡寫本書勸別人也悔改。還有一個瘋得比較早，沒來得及等被抓先自焚了，整張臉燒得只剩眼睛和嘴，躺在床上挺嚇人的，幸好還能從牙縫裡往外擠字，對著鏡頭也悔改了。當晚的新聞聯播足有二十五分鐘都在播這些，我一邊吃著我媽做的白菜燉豆腐，一邊思考兩個問題：以前這道菜裡有五花肉，今天怎麼沒了？黃姝她媽媽會不會在被抓到以前主動悔改呢？黃姝那麼漂亮，她媽媽也肯定漂亮，那麼漂亮的臉被燒成電視裡那樣，也算犯罪。

直到天氣預報播完，我媽才回答了我第一個問題。她說，兒子，咱們家以後可能沒法頓頓吃肉了，你爺爺住院了，花錢不少，你爸最近剛開始出攤兒，買賣也不太好幹，這段時間家裡得省著點花，但不會太久，媽盡快找新工作，不能耽誤你長身體，媽媽不是答應你這週末帶你去吃肯德基嘛——我不吃了，媽。我搶答。

夜裡，躺在床上睡不著，偷偷躲在被窩裡聽廣播，那個節目是一個男人講鬼故事，配特別驚悚刺耳的背景音效，一週只有星期三晚十點播一次。後來他火了，滿大街賣他的鬼故事磁帶，一盤裡十個故事。但是我沒零花錢買磁帶，我連隨身聽都沒有，所以只能堅持每週三晚上貓被窩裡聽收音機。以前我媽不讓我聽，怕我晚上做噩夢，尿床——她不知道我從幼兒園畢業就再沒尿過床了，六年級以後在床上發現的那些印跡，是我起床後故意潑的隔夜茶水，為的是掩蓋一些別的。但是自從我碗裡的肉少了，我媽反而不管我了，甚至一到週三晚上，她會主動把收音機放到我床頭，囑咐我聽完趕緊睡。那段日子雖然一直沒能吃到肯德基，但我很自由。一開始每週除了週三，其他六天晚上我都用來想黃姝，當時我還沒有跟她說過一句話。很奇怪，自從想黃姝，反而再也沒弄髒過床。多年以後我才知道，那叫愛，愛是乾淨的，不會弄髒誰。再後來，那個講鬼故事的男人死了，被自己講的鬼故事嚇死的，成為本市人盡皆知的傳說。他講過最出名的一個故事，關於鐵西區的一棟鬼樓，白天空無一人，夜裡鬼哭狼嚎，正常人在裡面住一晚就會變瘋子。後來那棟樓出名了，不少人進去探險，出來也沒見誰瘋。他死後，我只好一週七晚都用來想黃姝，漸漸也習慣了一週只吃三頓肉的晚飯，個子竄得挺快，說不定哪天就能追上黃姝了，我那時想。

無人認領

1

八七年初，馮國金從部隊復員回到地方，經歷幾次大的調動，最終通過公安部考核，被安排在和平區分局當一名普通民警。進新單位的第三個月，趕上馮國金辦婚禮，同事們跟他還不熟，隨多少份子叫不準，暗地裡講究這個新來的年輕人不太懂事，好像生怕別人不知道他老丈人是市局領導楊樹森，藉機昭告天下自己是一顆自帶助燃的火箭，未來竄天速度肯定比同期新人都要快，要搭這班順風車的人抓緊跟他搞好關係。但是他們誤會馮國金了，他等不了，是因為女朋友楊曉玲懷孕了，趁肚子還沒顯形得趕緊辦，這事連他老丈人也不知道。馮國金二十七，楊曉玲二十五，論年紀正合適。馮國金是挺高興的，娶妻生子，人生早晚這麼兩件事，早了早踏實，自己也喜歡楊曉玲。但楊曉玲很生氣，她覺得自己上當了，她工作在電力系統，是個肥差，本來單位準備送她去美國公派學習一年，一輩子可能都輪不上一回的寶貴機會啊，完犢子，讓馮國金一次酒後不規範操作給攪黃了。楊曉玲一開始沒想告訴馮國金，自己偷偷去的醫院，居然拒絕相信懷孕的事實，隔了一禮拜又去第二家查，怕撞見熟人，特地跨了兩個區找了一家小醫院，偏偏被前去該醫院找一個傷者核實案情的馮國金給撞見了。楊曉玲心想，真完犢子，馮國金這輩子注定是自己的攔路虎。楊曉玲手握再次確認懷孕的化驗單，蹲在走廊盡頭大哭，把馮國金嚇得後脊背都是汗，趕緊安慰，放心，我會對你負責，將來也肯定會對孩子好，男孩女孩我都喜歡，我明天就找你爸提親去，有我在呢，別怕。楊曉玲越聽越來氣，哭得滿走廊人都哆嗦，你以為我是怕你不娶我啊？沒有你馮國金，大把人排隊要娶我，我是怕我這輩子都去不成美國了！

婚禮辦得還算體面，禮金收得也不算少，馮國金如數都上交給老丈人楊樹森了，他心裡多少有愧。楊樹森是什麼人？一輩子老公安，這點貓膩還看不出來嗎，不捅破是因為他樂意，被寵壞的老丫頭總算託付出去了，退休前又了卻一樁心事。馮國金雖然毛毛躁躁的，但總體來說還是個要強上進的年輕人，假以時日，說不定能成氣候，他楊樹森一輩子閱人無數，還沒看誰走過眼。楊樹森年紀也大了，心一軟，婚房也給準備了，要等馮國金單位分配宿舍還早呢。馮國金的父親過世早，母親退休前是第一閥門廠的油漆工人，之前那點養老錢也被哥哥結婚時用了，老兒子給人家當了倒插門女婿，母親心裡不是滋味。馮國金安慰母親，說，媽，我好好幹，該是我的，將來都會是我的。

楊曉玲十月懷胎幾乎都是在自己跟自己較勁中度過的，肚子裡的是禮物，也是累贅，累贅多一點，畢竟當時她以為自己這輩子都去不成美國了。累贅卸下來，是個女孩。孩子的命名權歸屬了楊樹森，實際是馮國金讓渡出去的，孩子出生時楊樹森還有不到三年就要退休，再能說了算的事沒幾件了，馮國金就當孝敬老人了，反正跟自己姓，叫什麼隨老爺子高興吧。於是，馮雪嬌就開始叫馮雪嬌。因為出世當天本市下了一場十年罕見的大雪。大概是她媽媽懷她的時候太較勁，馮雪嬌的個性也愛較勁，小學時我給她起的外號是「事兒媽」，凡事跟她有沒有關係的，她都能插上一嘴。

馮雪嬌上小學以前，馮國金一直在和平分局，不忙的時候跟同事喝茶侃大山，午休還能睡上一覺，忙起來好幾天逮不著人影。九〇年代頭幾年，彷彿是在一夜之間，全市冒出來幾十家歌舞廳和酒吧，一半都在和平區。打架鬥毆的案子也跟著多了，後來還有在酒吧裡賣搖頭丸的，那幾年馮國金抓得最多的就是這些人，很快他就提不起精神了。自從當了警察，他一直想趕上個大案子，這就跟學醫的上手術臺一個道理，誰都不想一輩子給人遞剪刀紗布。楊樹森告誡他，要沉住氣，這輩子能不能趕上大案要案，那都是命，就算趕上了，也不一定就能成就你，還可能毀了你，八三年「二王」大案，在本市沒抓住，後來流竄至全國，一路上殺了十來個警察，這就是他楊樹森一輩子的恥辱，噩夢。人一輩子怎麼都能過，但就是不能帶著恥辱跟噩夢過。馮國金點點頭給老丈人敬菸，心說，大案趕緊來吧。你老了，我還年輕呢。

直到〇三年，馮國金主持偵破了「鬼樓姦殺案」，因為案情後來被准許公開，媒體大肆報導（包括給案子起了一個吸引眼球的標題），馮國金因功授勛，更因為在抓捕嫌犯的過程中瘸了一條腿，成為英勇大無畏的人民警官典範——在此之前，他一直無法判斷自己到底是不是個好警察，即便在九九年轟動全國的八三大案中立過功，但案子實在太大，四人犯罪團伙十一年間共殺害十八人，公安局長親自組織抓捕行動，最後立功的同事有幾十號人，顯不著他，不過在那之後，他便被抽調入市刑警總隊，算是升了，只是來得比自己預期的要晚太多。他知道，很多人一直對他不服氣，比如跟自己同期進入分局的老孫，當年還是小孫。一次抓捕行動中，一隊人馬堵在逃犯家門口，隊長臨時把已經抬腳要踹門的小孫給換下來，改讓馮國金打頭衝進去，第一個把逃犯按在床上的也是馮國金，可此前所有的調查追蹤工作都是小孫做的。那次行動，領導只問第一個擒住逃犯的人是誰，給個三等功。為此小孫大病了一場，他就是想不開，堅信馮國金從他這偷走了人生中第一個立功機會，就因為他老丈人是楊樹森，那個帶頭的隊長想藉機拉攏馮國金，馮國金不是好警察，馮國金是關係戶，從此以後小孫就一直跟馮國金較勁了，後來一直困擾著小孫成為老孫，直到他從警察退伍脫離出來，當了飯店老闆，喝多了還總跟人講這事兒。這事兒同樣困擾著馮國金，他也質疑自己，沒了關照，他到底是不是個好警察？馮國金就想分個黑白，再不分，他也要老了。

只是馮國金沒想到，鬼樓姦殺案，在別人眼中成就了他的案子，最終卻成為自己半生的噩夢。二〇一三年冬，第一個受害女孩黃姝死後的第十年，在同一個案發現場，同樣的作案手段，另一個十九歲的女孩被丟在那個大坑裡，赤身裸體。同樣的畫面，法醫組的同事在坑裡一聲不吭地取證，只有相機的閃光燈在響。當年就在原地參與過本案的女法醫施圓，如今已是領隊。馮國金站在坑邊，一根接一根地抽菸，眼前的情景彷彿是有人在他腦子裡放幻燈片。馮國金想起了小鄧，十年前小鄧被兇手一刀刺穿肺部因公殉職，當時只有二十五歲，分到自己手底下還不到一年，沒結婚，連女朋友都沒有。十年來，馮國金一直把小鄧的死怪罪在自己頭上，如果當年不是自己大意，也就不會發生那場意外。如今想什麼都沒用了，他現在多希望小鄧就站在他身後，像十年前那樣遞上來一根菸問他，馮隊，這案子你怎麼看？小鄧如果還活著，也有三十五了，早該娶妻生子了。當年他跟施圓，沒準兒真就成了——馮國金的思緒被施圓的聲音打斷了，法醫取證完畢，施圓帶人先撤了。施圓都當媽了，還是挺年輕的，本來跟小鄧能是挺好的一對兒。

馮國金讓手底下人都走了，把自己留在坑邊轉悠，走走停停，這十年裡，瘸了的右腿每到天寒地凍的日子準疼。他心裡想罵人，操他媽的，十年了，怎麼還沒人來把這個坑給填上？好像奪走那兩個年輕女孩生命的真兇不是秦天，而是這個大坑——不對，兇手現在有可能不是秦天了，秦天三年前就死了啊。為什麼?!為什麼有人要幹這種事？模仿作案？還是當年抓錯了秦天，真兇十年來一直逍遙法外？操他媽的，還是人嗎?!操他媽的。

馮國金掏出手機，翻出那條他一直存著沒刪的短信，收信時間是三年前：

我哥死了。你抓錯了人，該死的是你。

馮國金猶豫再三，想給那個號碼打個電話，該說什麼沒想好，但有些話必須得說，十年了，他不能再躲著人家了，何況自己現在需要幫助。剛撥通號碼，馮國金又給按了，他突然想起，對方是半個啞巴，打電話沒意義，必須得見他一面。馮國金終於給那個號碼回了條短信：

出來見一面吧，時間地點你定。

按下「發送」，馮國金把號碼儲存，終於輸入聯繫人名字：秦理。

上了車，馮國金決定去前同事老孫開的餃子館喝口酒。楊曉玲跟他分居後，他就經常一個人去老孫的店裡喝酒，喝過酒腿就沒那麼疼。他知道這麼多年來老孫還是不愛待見他，可倆人畢竟是出生入死過的戰友，有感情在，就永遠有的聊，別人比不了，更何況老孫的店是晝夜的，過了半夜十二點只能去他那喝，離家也近，喝趴下有老孫送他回家。自從女兒去美國讀研，他就是名副其實的孤家寡人了，老孫是個老光棍兒，倆人誰也別笑話誰，湊一對兒酒友絕配。過去的恩怨，你得讓它過去，都五十多歲的人了，過不去又能怎麼樣呢？過兩年退休，還不都是平頭老百姓。

馮國金把吉普車的車窗搖下半截，給車裡透透氣。寒風猝不及防，捲起車載菸灰缸裡堆滿的菸灰，瞬間溢滿車內，眯了馮國金的眼睛。他乾脆把兩邊車窗全搖下來，徹底吹個乾淨。他狠狠揉了揉眼，下定決心，把今晚這頓酒喝完，醒來只辦兩件事：第一，把離婚協議簽了；第二，抓人，全市給掀個底朝天也得抓到。

2

自從黃姝的身分暴露，班裡的氣氛異常詭異。老范兒需要隔三差五發表演說，才能提醒大家，黃姝不是精神病，她只是我們班普通的一分子，一個長得比明星還好看的女同學。黃姝成績很差，剛來就碰上兩次大考，全年級墊底。她的同桌胡開智，我們總懷疑他智商有問題，也高出她十幾分。但老范兒一開始並沒放棄。甚至安排秦理對她進行一幫一輔導。每當他倆坐在一起算題，總有犯賤的男生上前戲弄秦理，敲他的後腦勺說，又給你姊補課呢？讓你姊給你買糖吃啊，讓她請你喝奶。說到「奶」字，會配合兩聲怪叫。這樣的現行被老范兒逮到過兩次，當場狠批那幾個男生。可惜老范兒只是個班主任，他鬥不過新聞聯播，更鬥不過流言蜚語，學生又不是他看管的犯人，他分不清童真和耍流氓。黃姝剛來班裡時的那種不怒自威彷彿漸漸消失了，開始有男生敢拽黃姝的馬尾了，每次挨整，黃姝都像沒事人一樣，不會像馮雪嬌那些女生一樣追著男生打，而是連正眼都不瞧他們一下，男生們自覺沒趣，灰溜溜也就走了，走之前會再敲一下秦理的後腦勺完成儀式。秦理也一樣不理，埋頭繼續給黃姝講題。那時候，我一直以為他的膽子跟個子一樣小，所以總挨欺負，上了初中以後我才知道，原來他不是害怕，甚至膽子比誰都大，他只是單純的不屑，因為他是天才，所有人在他眼裡，大概都是蠢貨。跟蠢貨發生任何瓜葛，都是天才在自辱。或許，他當時已經知道自己馬上要離開這個平庸的地方了，沒工夫多搭理這些庸人。他要去的地方，都是跟他一樣的孩子，天才，神童，怎麼叫都行。等到了那，也許就能找到人說話了吧。

秦理這樣的天才，進育英之前我只見過他一個，進育英後，見過兩個腦子像他的，但兩個都在十三歲那年消失了，一個退學回家做祕密試驗，研究電子脈衝手槍準備對付外星人，另一個被家長送進了吉林四平的精神病院，以防他傷人或自殘，被送走以前他曾經用學校門口的花盆把一個男同學的眼角膜砸脫落了，起因是對方蔑視他的解題方式不完美。育英中學就像是整座城市的天才異類收容所，出了這所大門，看誰都是庸人。在庸人眼裡，天才跟異類很多時候是劃等號的，比如那兩個消失的。幸好，秦理是天才但不算異類，情商正常，起碼一直沒有遠離過我們的世界。活的天才，我就見過這麼三個，上大學以後，我就再也沒見過天才，連人才都少見。

任何人走進育英初中的校園，都會留意到西側那棟日式小獨樓，最頂層有兩間普通師生不允許進入的教室，就是專門供養秦理這種孩子的地方——叫「少兒班」。這些孩子從小學就被選拔進來，之後用兩年學完初、高中六年的課程，十三、四歲就考大學，每年都有幾個被美國的耶魯、哈佛全額獎學金招走，高考發揮一般的也能去北大、清華、中科大，不到三十歲已經是國家的科研棟梁。秦理被少兒班收編的時候已經六年級了，相對其他進少兒班的孩子還算晚的，據說是他爺爺攔著不讓去，怕那種地方把自己孫子從天才變成異類，最後被送回家或是送去精神病院。秦理三歲識字，四歲會背一百首唐詩和圓周率小數點後兩百位，五歲能默寫整首〈歡樂頌〉五線譜（但他並不會彈鋼琴，估計只是圖好玩），看任何帶字和帶圖的都過目不忘。秦理的啟蒙者是他爺爺，一個退休的中學語文老師。秦理六歲上學以後，就跟我們這些正常的蠢蛋做同學了，三年級時連跳兩級，成為了我跟馮雪嬌的同班同學。也就是說，他來到我們中間只比黃姝早了半個學期，在那個拉幫結夥成風的弱智年紀，秦理跟黃姝沒兩樣，在我們眼裡都是外人。

印象中，在秦理沒得病，尚能正常發出聲音講話的年紀，他的話就很少，說事只揀關鍵的，多一句廢話沒有，一點不像孩子，更像個寡言的老人。我猜他那時一定很痛苦，因為同齡人幾乎沒有能跟他對上話的，哪怕後來我跟高磊成為了他最親近的朋友，也一樣從來沒猜透過他每天腦子裡到底都想些什麼，更不知道他是不是也鄙視我們。天才本不需要朋友，而我之所以能成為他的第一個朋友，原因很簡單，我們兩家住隔壁樓。他爺爺帶著他後搬來的，家裡就只有他爺倆兒。關於秦理的家庭背景，小時候我問過他不止一次，但他一個字也不說，再後來我不問了，反而很快就知道了，而且不止我，全市市民都知道了——因為他爸爸跟他哥哥的那兩件大案，天塌一樣大。因為這事，電視裡甚至還曾有個心理學專家冒出來說，犯罪也是種基因，能遺傳，秦理活在這樣一個犯罪家庭，縱是天才也枉然。

秦理跟我成為同班同學後，他爺爺求我平時在學校裡多照顧他，秦理年紀最小，怕他孫子挨欺負。我沒猶豫就答應了。六年級開始，我跟秦理每天一起上下學，頭兩個月他還不會騎車，都是我騎我媽那輛坤車馱他，自從我媽找到了在家附近掃大街的工作，就基本用不上自行車了，上下班和買菜都用腿走，她堅信這樣正好讓自己鍛練身體，老了省藥錢。我教秦理騎車，我媽高興，她願意我多跟秦理玩，因為秦理是天才，妄想我跟他在一起時間久了也能變聰明，雖然我小學一直都能毫不費勁地保持在全班前三名，百分之九十的情況剛好是第三，第二一般是馮雪嬌，但自從秦理來到班裡，我就掉出前三了，導致我媽對秦理的感情有些複雜，但還是希望我能沾沾天才的聰明氣，擠掉前面的馮雪嬌或是另一個人，重回前三名。據和平一小往屆歷史數據顯示，只有每班的前三名才有望考進育英中學，第一名才有機率爭取到公費名額。我媽指望我能考進育英，因為我家三代沒出過讀書人，這事能光宗耀祖，其次她盼著奇跡發生，我能考上公費，因為我家當時砸鍋賣鐵也拿不出九千塊錢的建校費。所以我每晚下樓教秦理騎車，我媽都鼓勵我多跟他待會兒，多聊聊學習，還有就是注意安全，摔著哪都不怕，千萬別摔著那孩子腦子。

估計我媽也沒想到，一個天才，居然用半個月都沒學會騎車，我也才知道原來天才也有缺陷，身體協調性出奇地差，好像胳膊腿兒特意不想被那顆聰明的腦袋指揮，摔了無數次，兩腿膝蓋結了好幾層痂，他爺爺見了心疼，不讓我教了，但秦理堅持摔再狠也必須學會，否則好像在傷他自尊。我媽一看我們天天騎車也不聊學習，也勸我算了，以後還是馱他上學吧，路上讓他教你背古詩，晚上你還是留家寫作業吧，再有一學期就考初中了。那之後好長一段時間裡，我晚上在家寫作業的間歇，趴上六樓窗臺往下看，都能看見秦理推著他爺爺那輛大二八，不停在月光下摔倒，再爬起，再摔倒，倒在地上的時候，車的影子長出他自己一倍。

半個月後，在一個平淡無奇的清晨，秦理推著那輛老舊的大二八，早早在樓下等我一起騎車上學。他終於在摔倒又爬起成百上千次後，練就了最讓自己驕傲的技能，而且是非常獨特的掏襠式，右腿從橫梁下面鑽過去踩腳蹬子，站著騎，因為他個子太小，坐上去腿就不夠長。當他以那樣詭異的身姿騎車跟在我的身後，我擔心他安全回頭看，無意中見到了之前他從未露出過的笑容。那以後不久，他就被育英少兒班招走了，從此上學不再跟我同路，我重新回到全班前三名。

小學畢業時，我以全校第一的成績考上了育英初中的公費生。放榜當晚，我爸媽激動得整宿沒睡，我光宗耀了祖，而他們也不用砸鍋賣鐵，或四處借錢。第二天一早，他們就領我去吃肯德基，去太早了，站門口等到十一點人家才開門，我一口氣吃了兩個雞腿漢堡，兩盒雞塊，一包大薯條和一杯大可樂，他倆坐在對面瞪眼看著我吃，全程笑得嘴都沒合上過。反而是我並沒有太興奮，當時我並不清楚，考上全市最好的中學，走進那樣一個專門出天才的校門，除了能讓我的父母和一些跟我毫不相干的親戚朋友稱讚外，對我的生活到底會有什麼真正意義上的改變。我爸仍舊賣炸串兒，我媽仍舊掃大街。但是他們的反應讓我相信，六年以後，等我從育英畢業，再從一個全國重點大學畢業，我的父母就再也不用幹這些辛苦又卑微的工作了。因為書裡跟電視裡都說過，書中自有黃金屋，知識改變命運。而在當時，考上育英對我生活最大的實質性改變是，我跟秦理上學又同路了。秦理的爺爺給他買了一輛新的自行車，捷安特，雖然是最便宜那款，但那仍是我夢寐以求的。能吃上一頓肯德基已經夠了，我不能再得寸進尺跟爸媽要錢買新車，我還騎那輛坤車。當時秦理的個子已經竄得跟我差不多高，終於可以坐著騎車了。他的車後座安了一個軟坐墊，居然也學會馱人了。軟坐墊是他爺爺拿噴槍焊上去的，很牢固，應該也很舒適。

然而一開始我並不知道，那個軟車座專屬於一個人——黃姝。直到某個晚上，我無意中撞見他馱著黃姝，騎在路上有說有笑，我才回過味來，為什麼他每天只有上學跟我同路，而放學後卻說少兒班每晚要加一節晚自習叫我不用等他。從那一刻起，一切都變了。我頓悟了，愛不完全乾淨，因為愛還有嫉妒。我不確定自己發現他倆的那一刻，黃姝側身坐在秦理的車後座上有沒有認出我，但我還是怯懦地假裝抬手撓頭，遮住了大半張臉，當我的手停留在額前時，無意中又喚醒了那道七針長的疤痕，事情當時已經過去快一年了，那道疤竟然再次跳著疼了一下。

六年級的冬天，為了黃姝，還有秦理，我跟胡開智和他帶著的一幫小流氓打了一場生死架，胡開智手裡那把短鍬豎拍在我的腦袋上，血流成河。我爸媽跟班主任老范兒，因為我沒死都很慶幸。我在醫院裡躺了一下午才醒過來。

正因為那一切的開始跟結束都有明確的時間節點，背叛的感覺才會來得如此直接。秦理馱著黃姝越騎越遠，朝黃姝家的方向。我依稀記得，當晚天空中的雲層很厚，月亮時隱時現，跟著他們跑了。

3

黃姝的屍體被發現第四天，警方仍舊未接到任何失蹤人口的舉報信息。一個生命，無人認領。

馮國金帶著專案組幾個人再次研究了施圓提交的法醫鑒定報告，死者身分，唯有馮國金心裡清楚。最直接的確認辦法，是拿照片給女兒馮雪嬌看，但他不想。雖然馮雪嬌早晚會知道，但他不想從自己嘴裡說。不能再耽誤了，馮國金只告訴了小鄧，女孩可能叫黃姝，十七歲左右，直接照這個查。小鄧立刻調了戶口登記信息，黃姝的戶口落在他舅舅汪海濤家，跟她的舅舅和舅媽，還有姥姥一起住在鐵西區豔粉街的一棟回遷樓裡。黃姝的學籍在省藝校，二〇〇〇屆舞蹈班。馮國金盯著電腦屏幕上黃姝的身分證照片，再低頭跟犯罪現場的照片仔細比對，倒吸了一口氣——是這孩子沒錯，一九八五年三月分生日，再有一個月就該十八了，大姑娘了。四十二歲的馮國金，從警以來，還從未經手過任何一件命案涉及到自己認識的身邊人，何況還是個孩子。他不是怕，他是在後怕，他腦子裡有種揮之不去的念頭較著勁兒往外鑽——先是老宋的女兒，現在是黃姝，一樣都是花季少女，馮雪嬌比她們又多什麼呢？無非有一個完整健全的家庭，和一個當警察的爸爸，她和近在咫尺的危險之間，就隔著這麼兩層。馮國金當警察和為人父正好都是十五年了，第一次有這種情緒還是很難平復。他的手還在抖，兩次沒打著打火機，還好是打火機沒氣了，要不太丟人了。小鄧剛好拿著法醫組剛剛傳真過來的最新屍檢分析報告走進來，順手幫馮國金點上。馮國金抬眼看看小鄧，這年輕人真挺不錯的，愛鑽業務，不扯別的。馮國金在心裡給自己鼓勁兒，他得給小鄧做好樣子。

馮國金接過新出的報告。他一邊看，小鄧一邊說，死亡時間確定為屍體被發現的七十六小時前，誤差不超過一小時，就是二月十二日的下午四點至六點間，死亡原因是被扼頸窒息。馮國金插一句問，不是還查到胃裡有農藥嗎？不是被藥死的？小鄧說，不是，我特意問過施圓，說農藥含量非常低，根本沒到致死的劑量。施圓說，很可能喝的是假農藥，這兩年醫院裡不少這種案例，農民在家喝農藥自殺，結果喝的假農藥，喝完半死不活，送醫院都能救回來。提取到的ＤＮＡ還是檢測不出什麼有效證據，被大雪給破壞了，目前技術也有限，送省廳了，也沒做出來。差不多就這些了，馮隊。

小鄧又說，我覺得那個施圓，說話雖然挺臭，幹事兒還挺沙楞的。

馮國金心領神會，強擠一聲哼笑，那天開會他就看出來了，畢竟是年輕人，眼裡藏不住事兒。馮國金放下報告，說，我的第一反應，三點：第一，被兇手正面掐住脖子，被害人一定會反抗，臉和身上一般都留有搏鬥傷，指甲裡也會留有兇手的DNA，但是這些都沒發現，很可能在被掐死前已經暈過去了，肯定不是外傷所致，最大可能是農藥，但是誰會用農藥來把人藥暈？不正常。但能肯定，迷姦的可能大過強姦，熟人作案嫌疑最大；第二，如果犯罪現場不在鬼樓附近，那兇手極有可能是借助私用交通工具把屍體運到那的，鬼樓四周幾個路口一週內的監控全調出來，篩查所有在附近停靠過的可疑車輛。第三，傷口上的豬血，和腹部的疤痕圖案，到底是怎麼來的得弄明白。

小鄧認真拿筆記下，自己在本子上補充了一點：記得要施圓手機號。他怕自己忙忘了。

第二天一大早，馮國金把專案組的人分成三組，第一組再回一次三十三號樓，數人頭排查，不管是人是鬼，凡喘氣兒的就篩。第二組，走訪周邊，調監控，排查可疑車輛。第三組，就馮國金跟小鄧倆人，去黃姝的家裡跟學校，查熟人及可疑關係。

黃姝的家庭背景，小鄧很快弄得一清二楚。黃姝父母在她六歲時就離婚了，父親黃博遠離婚後就跟情人去南方了，最近的租房登記地址在深圳，馮隊特意託深圳那邊一個叫小吳的警察去查過，沒找到人。母親汪茹沒有再婚，直到九九年接觸了法×功，被一群非法流竄人員拐跑了，蹤跡全無，是死是活不知道，聽說跑之前精神就不穩定，在音樂學院附中當老師時，領導同事就拿她當怪人。汪茹有個弟弟汪海濤，以前是電容器廠的工人，年輕時候學過幾年武術，下崗以後在本市曾經最大一家迪廳「夜貓子」給老闆看場子，外號汪癩子，游手好閒，不務正業，年輕時沒少進局子。後來「夜貓子」黃了，東撓西刨地混日子，一件正經事兒沒幹。汪海濤跟老婆沒孩子，帶著老媽一起過，姊姊汪茹消失以後，就把外甥女黃姝接到自己家一起生活。

去汪海濤家的路上，小鄧對馮國金感慨說，黃姝這孩子挺可憐，打小當爹媽的就不夠格，後來又跟著那麼個二王八蛋的舅舅過，沒人疼沒人愛的，死了居然都沒人找。要我說，這種當爹媽的，就應該抓起來槍斃，你不想負責，你生孩子幹屁啊？馮隊，再看看你家嬌嬌，多幸福啊，當小公主寵著，要啥都給買，嫂子還那麼會賺錢，多幸福啊你這一家。馮國金說，家家有本難念的經。一會兒到了汪海濤家，先把老人給支開，千萬別讓孩子她姥姥知道。

汪海濤住的戶型，在回遷樓裡是最大最敞亮的一套。當年豔粉街動遷是轟動本市的一件大事，覆蓋兩千多戶人家，光死磕的釘子戶就一百多家，在一百多家裡，汪海濤是挺到最後的一個，他親手把自己老娘鎖在危房裡不讓出門，房四周澆上一圈汽油，天天手握打火機坐門口抽菸，拆遷隊楞是誰也不敢動，到底訛來一套大房子。「汪癩子」不是隨便叫的，那是個畜生。馮國金第一眼看到小鄧給他的檔案時就認出來了，他剛進和平區分局當片警那兩年，一次掃黃打非查封了「夜貓子」，就是汪癩子帶人阻撓警察掃場，馮國金親手給他銬起來的，那年汪癩子還不到二十歲，已經不是個物。馮國金心說，黃姝這孩子是挺可憐的。

週六下午。汪海濤看得出是剛從外面回來，外套還沒脫，滿身酒氣。他老婆蜷在沙發裡抽菸，老太太身體不好，裡屋躺著呢。汪海濤認不出馮國金，遞出兩根菸問，警察同志，找我什麼事？馮國金沒接菸，小鄧開口說，不是找你。汪海濤不那麼緊張了，笑著說，這給我嚇的，不是找我就行。馮國金說，找你家孩子，黃姝。汪海濤說，黃姝犯什麼事兒了？這孩子都快一禮拜沒回家了，又不知道在哪野呢。小鄧說，孩子一直不回家，你連找都不找？汪海濤說，黃姝平時都在藝校住校，半個月回不了一次家，有時候放假還去同學家過夜，去哪之前也不告訴我。那孩子打小主意就正，她媽都管不了，我能管？警察同志，黃姝到底幹什麼事了？

當小鄧攤出一沓犯罪現場的照片時，馮國金攔了一下，只讓他抽出那張面部特寫給汪海濤夫妻倆看。汪海濤半晌沒說話，菸灰燒到了手，猛然一抖，落在黃姝雙目緊閉的臉頰上散開，他又趕忙用手抹淨，像是在點頭，又像在抽癲癇，嗯了一聲說，是，我親外甥女。他老婆先是眼神發直，隨後有兩滴眼淚瓣瞬間掉落，摀住嘴開始哭。汪海濤問，孩子是不是讓人給糟蹋了？馮國金點頭，安慰兩句，先冷靜一下，警方已經將這個案子列為特大要案，會全力集中偵破，需要他們配合。汪海濤使勁兒用手背擦著眼睛說，配合配合，我一定配合，你們一定要抓到那小子，我要親手弄死他。

據汪海濤回憶，黃姝上次回家，就是過年，大年三十一直住到初五，之後就又回學校了。小鄧問，過年學校早放假了，她回學校幹什麼？汪海濤說，藝校裡不少外地孩子，有些過年也不回家，待在學校一起玩，練功什麼的，她就去湊熱鬧，其實她就是不愛在家待。汪海濤說，元宵節當天上午，她舅媽給她打過一個電話，沒接，發短信也不回，也沒多想，咱家以前也不過元宵節，當天晚上我在外面跟朋友喝酒呢。

小鄧記下了黃姝的手機號，馮國金又問了夫妻兩人半個小時，黃姝身邊都有什麼朋友，跟誰走得最近？搞半天這孩子每天在外面都幹什麼，夫妻倆一概不知。汪海濤想半天就想起一個，說有個男孩，好像是個啞巴，他見過一次，問過黃姝，說倆人是小學同學，那男孩一看面相就挺隔路的，不會笑，會不會是他？馮國金問，知道名字和聯繫方式嗎？汪海濤說，不知道，黃姝回家從來什麼都不說，要不你問問她姥姥？

臨走前，馮國金要求在家裡看一下。房子不小，三居室，客廳和主臥亂得跟豬窩一樣，廚房搭一眼就知道開伙少。主臥夫妻倆住，最裡面的小屋，黃姝跟她姥姥睡一張床，老太太像睡著了，馮國金輕聲轉了一圈，屬於黃姝的東西很少，就衣櫃裡幾件衣服。姑娘這麼大了，明明還有一間屋子，為什麼不讓孩子單獨睡？馮國金再開門中間屋子的門，噢，弄成麻將房了，烏煙瘴氣，滿地菸灰。

汪海濤送他們出門時，馮國金問他，不記得我了？汪海濤盯著看了半天，搖搖頭。

從汪家出來，馮國金跟小鄧直奔省藝校。學校仍在放假，只有門衛跟兩個值班老師在，宿舍確實是開放的，大約有十幾個學生住著，大家都是外地的，名字全部登記在冊，的確有黃姝。值班女老師說，宿舍十點關門，這些學生出來進去都得登記，黃姝的名字都在，晚十點後沒缺席過。除了大年三十到初五那五天，請假回家過年了，但之後就再沒回來。小鄧記下：二〇〇三年二月六日至十一日，黃姝都去哪了？

馮國金問了幾個住宿舍的學生，跟黃姝都不是一個班的，什麼都不知道。但是有一個住隔壁的表演班女孩跟馮國金說了個祕密，宿舍二樓水房的窗戶下面是個垃圾箱，平時蓋子都是學生故意關上的，方便他們晚上鎖門後從窗戶跳出去外面玩。馮國金問她，有見過黃姝跳出去過嗎，女孩說沒有，還求馮國金千萬不要跟老師說，她可從來沒跳過。女孩問黃姝發生什麼事了，馮國金說別問。馮國金看出女孩欲言又止，追問道，黃姝呢？女孩說，看見黃姝跳出去過兩次，熄燈以後。馮國金問，幹什麼去了知道嗎？女孩說，不知道，我跟她真的不熟，但學校有男生說，黃姝總跟男人去夜總會玩，挺那什麼的。馮國金問，那什麼？女孩低著頭竊聲說，不正經。

回隊裡的路上，馮國金給女兒馮雪嬌發了一條短信，問她在幹什麼。育英的孩子自從進到開發區的封閉校園裡，家長都給配手機，校規雖然明令禁止，但也是睜隻眼閉隻眼，就算被沒收，家長去一趟也能領回來。家長給孩子買手機，是想方便孩子給家裡打電話，學校的公用電話搶不過來，但學校擔心學生用手機來早戀。管也管不了，戀愛不是沒了手機就不能談了。這個年紀的孩子正叛逆，有話也不樂意跟家長聊，馮國金知趣，從來不主動找女兒，都是等晚上嬌嬌給她媽打個電話或短信匯報。馮國金突然覺得自己不是個好父親，女兒已經十五週歲了，剛剛開始住校，一週只回家一天，往後見面的日子只會越來越少，將來去外地上大學，可能還得出國，再過兩年又該嫁人了，這個從小被自己當寶貝養大的丫頭，原來從她十五歲這年開始，就不再屬於他這個當爹的了。女兒最愛吃什麼？喜歡穿什麼牌子的衣服？最要好的朋友是誰？一起出去都玩什麼？馮國金一概不知。她姥爺要是活著，肯定都知道，姥爺死後，吃穿用都是她媽媽給花錢。馮國金只負責分享成果，眼瞅女兒越長越出挑，他高興，聽說女兒成績中上游，他知足。除此以外呢？自己又比那個汪海濤強多少？馮國金此刻迫切想知道女兒在幹麼，哪怕她只是回一條短信說：爸，我上自習呢，有事嗎？

快下班之前，小鄧帶著黃姝號碼的通話紀錄回來了。通話紀錄很雜，沒有哪個號碼是她經常打的，挨個兒都得篩一遍。但其中有一個號碼，尾號七四六一，是黃姝在二月十三號下午最後撥打的一通電話，此後就再無任何通話紀錄。見了鬼了！二月十二號，黃姝已經遇害，十三號的電話是誰打出去的？七四六一又是誰？黃姝的手機肯定被兇手拿走了，事後還給七四六一打了個電話，最可能是報信兒？事已辦妥？買兇殺人？小鄧說，七四六一的機主，得趕緊查。沒等馮國金安排，他已經偷偷用自己手機給尾號七四六一打了個電話，剛響兩聲，被按了。小鄧又馬上撥通黃姝的號碼，不在服務區。小鄧跟馮國金都想到了，雙手手腕有勒痕，黃姝極可能在被施暴以前還被人囚禁過，這中間有四天，黃姝的電話只有打入紀錄，沒有撥出去過，絕對不正常。二月六號到十三號之間跟黃姝通過話的人都有嫌疑，工程不小，不能耽擱。

這時一組和二組的人也都回來了。一組組長劉平向馮國金匯報，有重大線索，帶回來一個嫌疑人。小鄧一看，是那個穿皮夾克的男精神病。馮國金問，什麼情況？劉平說，這個男的在三十三號樓裡堆了一堆東西，其中發現一身年輕女孩的貼身衣物，上面還有血跡，包得好好的，我們懷疑很可能屬於黃姝，但他堅稱是自己撿的。馮國金說，馬上帶進去審，衣物送到法醫那做鑒定比對，叫汪海濤和他老婆來一趟，認一下衣物。所有人加班。

小鄧站在審訊室外抽菸，沒有馬上跟馮國金進去。他覺得太丟人了，是他自己說過的，憑直覺那個皮夾克肯定跟這案子沒關係，現在嘴巴抽臉上了，啪啪響。菸飛速抽了半截，掐了，掏出手機正要給施圓發短信想說今晚吃飯先取消吧，改天再請她一頓賠罪，但手機突然有一條短信進來，正是他剛才偷偷撥出的那個尾號七四六一的，內容簡潔就兩個字：

哪位？

4

聽我媽講，我爸年輕的時候，打架是一把好手，從小跟我爺爺學摔跤，四方一帶有點小名氣。他們那個年代社會亂，十七、八的男孩上學書包裡可以不裝書，但不能少了槍刺和板磚。我媽年輕時候長挺好看的，沒少被街上那幫小流氓惦記，多虧我爸每天上下學護送她，才沒受過欺負，後來倆人就好了。上班以後，我爸在廠子裡還總跟人打架，我媽就不幹了，說再打架就跟他黃，我爸聽勸，真就不打架了，老老實實車零件。他以前是重型機械廠的車間工人，沒下崗以前，廠子效益在國營廠裡算好的，他還做到過車間主任，那時我家生活條件還不錯。我出生以後，我爸見是個男孩，又來勁了，我五歲時非要教我練摔跤，說怕我上學以後挨欺負。他常說，男人行走世上就分兩種，一種欺負人，一種被人欺，他的兒子怎麼著也不能被人欺負。我媽又不幹了，說再教我學壞就離婚，我爸只能放棄。直到九九年他下崗，推輛倒騎驢在街邊賣炸串兒，總遇上不給錢的無賴地痞，也沒見他出過手。高二暑假，我親眼見過他被前來驅趕的城管踹了一跟頭，可他爬起來就乖乖推車走了。當時我安慰自己，他可能是因為不想欺負人，所以選擇了做第二種男人。大能者忍。

長這麼大，我一共就打過兩次架。第一次就是在十二歲，六年級上學期快結束的時候。

為了黃姝，我腦袋挨了一鐵鍬，差點兒沒挺過來。這都是後來聽我媽說的，因為當時我暈過去了，醒來以後，我媽眼睛早哭腫了。我醒來後的第一反應，是怕我爸再揍我一頓，趕緊認錯，但我後來見他也哭了，一個勁兒問我疼不疼。我安慰他說，爸，當初我要是跟你學摔跤就好了，今天就不至於挨這一下子。他摸了摸我的頭，又哭了，罵自己沒本事。當時我不明白，他是在指別的，我知道他摔跤很厲害，那我也不可能叫當爹的幫兒子打架啊，犯忌諱。

生活一直令我感到虛幻不真實的原因有很多，其中之一，就是所有壞事好像都是集中在十二歲那年發生，從那以後，並沒有人跟我解釋過生活為何突然開始如此艱難，但一直有個聲音在對我耳語說：本來就是這個樣子，你不用明白。自從我聽從了那個聲音的指引，日子反而好過多了。我長大後甚至一度懷疑，是當年那一鍬給我削開竅了，佛家叫頓悟。

九九年底，剛剛入冬。距離秦理去育英少兒班還有不到半個月，就差最後一門智商測試還沒考，他爸出事了。他爸跟秦理長得一點也不像，其貌不揚，很瘦，顴骨以下像被人拿刀削過一樣少兩塊肉，眼睛不大，卻叫人不敢長時間直視，莫名磣得慌。他爸的名字跟樣貌，我們都是從電視上得知的——秦大志，本市震驚全國的八三大案犯罪團伙主犯，十一年裡搶劫殺人二十五起，十八條人命。八三大案是這個團伙犯下的最後一起案子，也是最大的一起。一九九九年八月三號，四人團伙搶劫本市棉紡廠押送工資的運鈔車，劫走現金一百二十萬，打死兩人重傷一人。大白天當街作案，而且四人用兩把槍，動靜太大了，省市電視臺每天不間斷循環播放通緝令，兩個月後，一個在棉紡廠門口修車的老頭兒向警方舉報說，八三案發之前兩個月經常見到一個面部瘦削，「一字口」的男子騎著摩托車在廠周圍轉悠，行跡可疑，很可能是踩點的。警方隨即在電視報紙上公開了嫌疑人畫像，向市民公開懸賞十萬元。那段時間，爸媽給我做好飯就出門，我每天自己在家吃早飯時，都是面對著電視裡的那張臉，印象很深，見到一定能認出來。十萬塊是個天文數字，我家要是能拿到這筆錢，我就能頓頓吃肉，一週也許還能吃一頓肯德基。可我要上學，不能每天蹲在路邊抓壞人，但是我爸媽可以，他們倆就是在大街上工作的，每天過眼數不清的人。於是有天我興沖沖地分別跑去我爸的炸串兒攤兒和我媽掃地的街道，仔細向他們描述了電視上那個男人的模樣，說，爸，媽，你們一定要抓到他，把他交給警察，咱家就發財啦。可惜，後來根據畫像指認出秦大志的人是一個片警，公職所在，十萬塊錢沒敢要，讓給那修車老頭兒了。新聞裡公安局長給他頒發獎狀和獎金的鏡頭，把我嫉妒夠嗆。這老頭兒再也不用修車了吧，可以天天喝酒了。

那段時間，全市風聲鶴唳，最緊張的是出租車司機，晚上不到八點就都收車了，據說誰晚上有急事想打車都打不到。因為那夥人每次作案之前都會先劫一輛出租車，司機殺了塞後備箱裡，只用車來逃跑，到達安全地點以後再把車連同司機屍體一起燒燬，拿走車裡的現金，偽造成一起普通的出租車搶劫案，因此之前十年，警察一直沒把那些出租車司機遇害的案子跟之後發生的重大搶劫案聯繫到一起，直到他們在八月三號露了馬腳。快入冬的時候，四人陸續被捕，分別是兩對兄弟，其中一對是秦大志跟秦大剛。死刑立即執行。臨刑前，電視臺做了一期特別節目，採訪四個死刑犯，讓他們憶述步入罪惡深淵的心路歷程，說一些悔不當初之類的話，以儆效尤。節目循環播放了一個禮拜，人都被斃了，魂還在電視裡說話。四個人裡，秦大剛嘴最硬，到死仍不悔改，埋怨是弟弟秦大志拉自己下水，開槍的都是秦大志，他沒有親手殺過人，堅持自己應該被判無期。倒是最心狠手辣的秦大志最後變軟了，在女記者的循循善誘下，兩行眼淚順著深如溝壑的面頰流下，他說，我給我的小兒子寫了封信，能幫我唸唸嗎？女主持人接過信，面對鏡頭動情地讀了出來：致秦理小兒……

大家都知道了，小天才秦理有個殺人不眨眼的爸爸，還有大伯，一窩亡命徒。這件事掀起的風暴，瞬間在班裡淹沒了黃姝媽媽是精神病的餘波。那一次，老范兒再也沒有力氣站在講臺上發表義正辭嚴的演說，而是眼睜睜看著班裡甚至全校的男生，輪番欺辱瘦小的秦理，無計可施。秦理似乎還不太清楚到底發生了什麼，秦大志被槍斃之前，他已經有多少年沒見過那個男人了，就算大街上走個對碰，彼此都未必認得出。一個跟自己幾乎毫不相干的人，居然可以在死後繼續籠罩他的生命，密不透風。學校廣播裡，連續幾天都在播放慶祝八三大案破獲的喜訊，甚至有警察來到學校集中對高年級同學進行了一次普法教育，但沒有人聽，所有同學都在扭頭圍觀秦理，大聲譏笑，西瓜太郎親自出馬也鎮不住，因為這次孩子們好像的確站在了正義一方，正義怎麼能被苛責呢？最後還是老范兒站出來，假裝有事把秦理叫出階梯教室。秦理走出去的時候，身子挺得很直，一樽紅墨水瓶突然從學生中間飛出來砸中他的後背，扔墨水瓶的男生他爸以前是開出租的，被秦理他爸親手勒死了。鮮紅似血的墨水濺滿在那身洗得泛白的校服上，彷彿身中一槍。秦理的身板始終直挺挺地一路走出大門，沒回過頭。

秦理當時心中一定在默數自己即將離開這所學校的日子，沒幾天了，咬咬牙就挺過去了。我猜的。我猜他也一定清楚，自己暫時還逃不出這座城市，撇不掉自己的姓名，往後的日子，一條路走到黑，他要走到什麼時候才能見光呢？

就在普法結束當天下午，第二節自習，秦理開始收拾書包，是老范兒勸他提前回家的，特意打了個電話讓他家人來接，可是他爺爺突發腦溢血住院了，秦理只能自己走。座位在第一排的秦理，不慌不忙，收拾得很仔細，他有整理癖，一本本書在桌上都礅齊了才小心放進書包。多少年後，我再回想當時的畫面，才明白其實那是秦理的無聲抗議，那些書對他根本沒有意義，早都爛在他腦子裡了，甚至是他自從上小學就懶得翻看的小兒科，但他就是不能把它們丟在那裡，任一些蠢貨在上面亂塗亂畫，用狗爬一樣的字跡寫滿謾罵的言語。收拾到一半的時候，後排兩個高個子男生你推我搡地走上前，為了爭奪誰先對秦理下手的特權，自己幾乎要打起來，最終達成共識，一個反扭住秦理雙手，一個倒拎起秦理的書包把東西倒了個底朝天，然後狠狠地把每一本書都踩個遍，一腳比一腳震天響，彷彿在擂戰鼓，果然又召喚出前排幾個小個子男生的鬥志，紛紛圍上前來補腳，相互比試著誰踩出的腳印更完整。秦理拚命想要掙脫雙手，卻適得其反，一腳腳踩下去更盡興了，但他始終沒有發出一聲，眼淚被死死噙在眼圈裡，沒漏走一滴。

秦理拽了拽拉鏈被扯散的校服，蹲下來，重新一本本整理地上的書，將每一頁印有腳印的都撕掉，狠狠搓成團兒堆在桌子上。坐在我身邊的馮雪嬌，對著自己文具盒撒氣說，他們太欺負人了。幾乎就在同時，那陣熟悉的香味再次經過我的身旁，從最後排走到講臺前，眾目睽睽之下，黃姝蹲下身，幫秦理一起收拾地上的書，認真的樣子彷彿那些散落在地的，是兩人共同擁有的東西。餘興未消的幾個男生先是跟所有人一樣楞住，隨即爆發出一陣非常原始的哄嘲聲，我從小喜歡看《動物世界》，對那種聲音再熟悉不過。「小姊姊給弟弟餵奶嘍——」，「殺人犯跟精神病結婚嘍——」，來回無非那麼幾句，但是誰也沒有再上前，恐怕是都沒想出什麼新動作，或是忌憚蹲在地上還差不多跟他們一般高的黃姝。就在此時，他們中最好的代表被從後至前哄抬出來——胡開智，他如被眾星捧月般，踱著亮相似的步子，緩緩走到臺前，先是對著臺下觀眾揮了揮他的大手，然後才一把拎起秦理的書包，把書甩得漫天飛，秦理站起身，跳著腳搶書包，觀眾被逗樂了，胡開智再一反手將他推了個跟頭，笑聲加劇。

只差一場壓軸戲了。胡開智看著蹲在地上拿眼睛瞪他的黃姝，傻笑著抹了一把鼻子底下百無一用的大青鼻涕，翻手擦在了黃姝細密的頭髮上，整場演出以隆重的掌聲和歡呼聲謝幕。我的眼睛刺痛，幾乎快睜不開，耳邊傳來馮雪嬌的哽咽聲，她一邊抹眼淚一邊反覆嘟囔，太欺負人了，太欺負人了。我感覺自己的脖梗子好像被人揪著站起身，又推著我走向前，雙手不由自主地操起秦理的空椅子，在空中劃過半圈，劈向胡開智的腦袋，喉嚨裡有一個完全陌生的聲音在吼：胡開智我操你媽！

椅子很沉，胡開智抬高雙手擎住的一瞬間，我的手也撒開了。椅子撐兒劃破了胡開智右手的虎口，血順著滴到水泥地上，我低頭看了半天，才回過神兒來，頃刻間，鴉雀無聲。秦理已經站起來了，我下意識地扶起一直蹲在地上的黃姝，說，回座吧。那是我今生跟她說過的第一句話。黃姝走在前，回到最後一排，我跟在後，回到馮雪嬌身邊。只剩下胡開智仍舊站在講臺旁，像個被拔掉了觸角的螞蟻，原地轉了兩圈後，走去衛生角拿起拖布，自己把地上的血擦了。他那腦子，就算砸壞了一時半會兒也看不出來，本來就不好使。我心裡清楚，他不敢告老師，那會成為他身為一個惡霸的汙點。胡開智走回座位時特意繞到我身邊說，王頔，操你媽，你給我等著。

再也沒有人打擾秦理收拾書包了，他卻無心再理，一古腦兒摟起地上那些沾著腳印和血跡的書塞進書包，背到肩上，差一點壓垮那副瘦小的身體，臨走出教室門之前，他回頭望了我一眼。我仍有點恍惚，被馮雪嬌捅了一下才把魂叫回來，剛才揪我又推我的那雙無形的手消失了。那一刻，以前我最煩馮雪嬌冷不防捅我的那下，竟然帶給我熟悉的安全感。我裝作不耐煩說，幹什麼？馮雪嬌掏出一包紙巾說，喏，給黃姝傳過去。心相印，上面畫了兩顆疊在一起的心。我回頭給後座，讓一個個傳，途經的每個人都用一種狐疑的眼神回看我和馮雪嬌，好像我倆有瘟疫，紙巾幾乎是從他們指尖上跳著到了黃姝手裡的。黃姝接到沒有抬頭，隔了那麼遠，她不會知道是誰給的，捻出一張，不慌不忙地拂擦著頭髮上的穢物。我盯著她來回擺動著的纖細手指發呆，根本沒注意到坐在她身邊的胡開智正在用口型罵我。馮雪嬌再次捅我，我轉頭回來，她正擅自從我文具盒裡拿我新買的橡皮在自己本子上狠狠地擦，說，我早就知道你喜歡她，看不夠啊？

秦理應該走遠了吧，我腦子裡在想。用掏襠式騎著他那輛大二八，一個人回家。

放學後，馮雪嬌問我，要不要一起回家。什麼時候她也開始騎車了？自稱她姥爺一個下午就把她教會了。我說，咱倆根本不順路。馮雪嬌甩臉子要走，我心一軟，說，要不我陪你推車到下個路口吧，然後各騎各的。路過校門口賣磁帶的小攤兒，馮雪嬌停下車來，買了一盤鬼故事磁帶，五塊錢，轉手要送給我。她說，我知道你一直想要，送你，當作是對你今天英勇表現的獎勵。我突然有點難受，大概是自尊心作祟吧，我說，給我也白瞎，我沒有隨身聽。馮雪嬌硬塞給我說，隨身聽我借你，買都買了，我又不敢聽，你要不收我就再也不理你了。說完她直接把磁帶塞進我書包的側兜。

快走到路口時，路過二三七公交站。黃姝正站在那裡。她坐這班車我早就知道，甚至有時候放學故意磨蹭，遠遠看著她等車來，一個人的時候她喜歡咬自己的馬尾辮，摳手指，連這些小怪癖在她身上都特別可愛。等她上車我再騎走，有時候，是秦理陪我一起停在街角偷看，反正他是個小屁孩兒。但是當黃姝朝我招手的一刻，我還是很訝異，下意識回了下頭，確認身後沒人，才被馮雪嬌拽著走了過去。

黃姝說，王頔，謝謝你。她笑得很甜，特別特別地香。

兩個月了。那是黃姝面對面跟我說過的第一句話。我一時不知道回什麼，杵在原地。倒是馮雪嬌先停下車，走上前摸黃姝的馬尾辮說，你這個頭繩在哪兒買的？真好看。黃姝說，別人送我的。你要是喜歡，就送你吧，我還有一個。馮雪嬌一點不客氣，樂著點頭。黃姝解下頭繩的一瞬間，黑長的鬈髮伴隨輕輕甩頭的動作，從我的鼻尖略過。除了祈求時間能夠靜止在那一刻，腦子裡竟然沒有任何別的想法，下身也沒再出現異樣，我知道，我的愛又乾淨了。

當時我還以為那叫自來鬈，多年以後聽馮雪嬌講，才知道那是燙髮。馮雪嬌人生第一次燙髮就是黃姝帶她去的，就在上初中前，燙過火了，回到家被她媽大罵一通，直接給揪到樓下髮廊剪成了短髮，為此她哭了三天。後來一想，反正進了育英早晚也被剃成小子頭，才算想通。我了解她，黃姝是她這輩子的標竿，也是她的噩夢，因為即便她日後再努勁，燙髮也好，整容也罷，她也不可能比得上黃姝那般美。你怎麼可能比一個死去的美人還美呢？死人不會老啊。

馮雪嬌迫不及待將頭繩繫在辮子上，兩顆小小的紅櫻桃自己在跳。馮雪嬌對黃姝說，那我也得送你點東西啊。黃姝說，沒關係，謝謝你的紙巾。說完從口袋裡掏出一包紙巾，也是心相印，藍色包裝，遞給馮雪嬌。馮雪嬌說，哎呀不用了，你都送我頭繩了。我一把接過黃姝的紙巾說，給我吧，我擦車用。馮雪嬌說，就你最不要臉，快回家去吧，我要陪黃姝一起等車。

黃姝衝我擺手說，路滑，慢點騎。

那天的夕陽正好。我騎著車，哼著歌，羽絨服緊貼胸口的內兜深處裝著兩顆疊在一起的藍心。電影裡曾看過那麼多愛情故事的開頭，都不如自己這個。一切都恰到好處。

從告別黃姝開始數的第三個路口，胡開智帶人遠遠站在街角的一條快拆遷的胡同口等我，我一點都不驚訝，主動騎車拐了進去，嘴裡仍哼著歌。之後發生的事沒什麼好說，胡開智帶著幾個人，領頭的是他那個混社會的表哥，以前他跟外班人打架就找過，我們都見過。他表哥對胡開智說，這小子怎麼劈你的，你就怎麼劈他，敢還手我打死他，照腦袋劈。

那次鬥毆只有我被記過了，因為我在校內打胡開智在先，而胡開智沒還手。校外的事，學校不管。胡開智表哥手底下一個小流氓頂包了，堅稱那一鍬是他拍的我，胡開智沒動過手。其實我並沒有很在乎，我先打他，他再打我，天經地義。但胡開智他爸到醫院後，問我爸要不要報警，小孩子打架不是大事兒，不報警就私了，賠我家五千塊錢。這件事是我爸臨死前躺在病床上才告訴我的，我醒過來以後，大夫說沒什麼大事兒，他就收了五千塊錢。胡開智他爸爸是個大老闆，人脈很廣。我安慰他說，沒事兒，我挨一鍬給咱家賺了五千塊錢，我挺驕傲的。走出他的病房，我哭了，我才想起當年他在我的病床前對我說的那句「爸沒本事」是什麼意思，原來他不是想要幫我打回去。

奇怪的是，從頭到尾也沒有一個大人問過，在我用椅子劈胡開智之前，究竟發生了什麼。

傷好以後，我爸媽帶著我去校長辦公室找西瓜太郎，老范兒也在場。我媽求西瓜太郎能不能把我的處分消掉，怕上了初中還會背在檔案裡。西瓜太郎不同意，我爸媽送的菸酒他也沒收，大概沒看上。我媽哭了，他倆都沒轍了。我也不知道自己當時怎麼想的，頂著滿腦袋紗布，衝西瓜太郎敬了個少先隊禮，宣誓一樣說，校長，如果我能以全校第一的身分考上育英初中，能不能請求你把我的記過處分銷掉？先是老范兒一楞。西瓜太郎喝了一口茶水說，不用第一，只要你能考上育英，我就給你銷掉。我放下手說，謝謝校長，拉著爸媽走出了那間空曠的辦公室。

近兩年，我媽總愛提起這件事，尤其喜歡給一家人講，一說就掉眼淚。她說，我覺得我兒子就在那一瞬間突然長大的，比誰家孩子都懂事兒。我懷抱著女兒，捏著她那像富士蘋果一樣透紅的臉蛋，想起了我爸那句遺言：「爸沒本事」。

5

連夜審那個穿皮夾克的男人，小鄧起先一直沒進屋，有馮隊親自審呢，他下樓給大家夥買飯去了。不管皮夾克有沒有重大嫌疑，之前一輪排查都是他差點兒放走的人，臉上掛不住，所以自掏腰包，請大家吃餃子。餃子買上來，曹隊也來了，問馮國金目前什麼進度，馮國金說，一會兒家屬來辨認衣物，目前看來，嫌疑重大，得拘起來。曹隊說，這案子真得盡快，外面有風聲了，傳得挺邪乎，說什麼的都有。兩人在門外一起抽完菸，曹隊就走了，他還要親自帶隊去鄰市一家夜總會抓黑社會，回來一趟本想抽調走馮國金手底下倆人，一看這邊有線索了，沒好意思開口。馮國金進屋繼續審，小鄧把餃子放辦公室，跟進去了。

皮夾克連自己名字都叫不準，只知道自己姓王，身分證也沒有，說話東一榔頭西一棒槌，精神問題挺嚴重的。一看這情況，同審的劉平也來邪的，拿槍嚇唬他，精神病也害怕。劉平問，女孩衣服哪來的？是不是你殺人以後從身上扒下來的？皮夾克說，不是，不是，撿的。劉平問，哪裡撿的？垃圾箱，垃圾箱。劉平問，撿來為什麼包的好好的？皮夾克，好聞啊，真好聞，不能給別人聞。

小鄧幫助他回憶，張老頭兒發現屍體當天，皮夾克就在圍觀群眾裡胡說什麼「都扒光了」、「好聞」一類的流氓話。小鄧問他，你是不是看見有人把女孩扒光了衣服，扔進坑裡的？皮夾克狠狠搖頭說，我什麼都沒看見，衣服是別人送我的。馮國金又問，你不是說自己撿的嗎？為什麼只有內衣褲，外套呢？你給扔哪了？還是被你給燒了？皮夾克繼續語無倫次，半哭半笑，空洞的眼神彷彿黃姝就站在他面前，躲躲閃閃。小鄧低聲罵了一句，媽了個逼，到底哪句是真的？皮夾克說，都是真的，衣服是我的。要不是馮國金在場，小鄧早就上手打他了，剛進刑警隊第三天，他就因為動手打過一個氣焰囂張的老流氓，被領導嚴重警告過一次。小鄧性子急，喝茶都能嗆著自己。馮國金按住小鄧說，別急，攤上這樣的上手段也沒用。先把內衣上的血跡交給法醫化驗，出結果就知道了。

馮國金也頭疼，好不容易抓到一個有重大嫌疑的，還是個精神病，太荒唐了。汪海濤和他老婆已經到了。劉平讓夫妻倆辨認那身內衣。汪海濤老婆的眼淚又下來了，反覆看了半天說，自己也不能確定，黃姝從小到大都是自己洗衣服，內衣穿什麼她從來沒見過。但是，這上面有香味兒，跟黃姝平時身上一個味道，應該是孩子的。

小鄧說，馮隊，我覺得應該現在就帶他去指認撿衣服的垃圾箱，暫且相信真是他撿的，萬一垃圾箱裡還能找到別的呢？馮國金覺得可行，親自帶隊，押著皮夾克回到鬼樓荒院附近，讓他指認撿內衣的垃圾箱在哪。皮夾克一下子好像又變回正常人，眼神沒那麼渾濁了，七拐八拐，帶著一行警察來到荒院東牆外的一條死胡同，東南角有一個老式藍色鐵皮垃圾箱，大小藏進去三、四個成年人沒問題，垃圾堆得有座小山那麼高，這要是夏天，能臭出半里地。小鄧問，就是在這撿的？皮夾克點點頭。小鄧又問馮國金，要翻嗎？馮國金說，請環衛部門調幾個清潔工幫忙，一點點刨。

馮國金觀察了周圍環境，這條死胡同把周邊三個老小區給隔開了，包括三十三號樓所在的荒院。一小時不到，五個環衛工人總算清出了一圈乾淨地方，這才發現，垃圾箱旁邊那堵磚牆被人鑿了個大洞，鑽人足夠了。馮國金明白，應該是三十三號樓那幾家住戶為了方便倒垃圾，自己下手鑿的。他們算素質好的了，另一個方向的小區緊挨垃圾箱的那棟樓，高層住戶直接開窗戶往下撇，天女散花，剛一個小時裡他親眼看見兩次了，差點砸清潔工腦袋上。小鄧發牢騷說，真雞巴沒素質啊這些人。馮國金卻說，這是好事兒，說明這垃圾箱十天半個月沒人來清，要是真有東西，肯定還在裡面。小鄧一聽來勁了，直接自己上手拿了一把鍬開刨，每個垃圾袋都劃開翻翻，雖然他也不知道自己在找什麼，先後翻出幾件破羽絨服，都是男人穿的。整個垃圾箱快清空的時候，小鄧的鐵鍬尖磕出一聲金屬響，他撥開蓋在上面的兩個垃圾袋，謹慎地掏出一張紙巾包住手，將那件硬物捻出來。

是個鐵鉤，上面有乾掉的血跡。馮國金知道，就是這個了。

夜深了。馮國金終於收到女兒回覆的短信：爸，我在認真學習，沒什麼事。馮國金吊了一整天的心總算落地了，回短信道：沒事就是好事，學習累，早點睡覺。

回隊裡的一路，小鄧開車很興奮，自言自語說，總算有點眉目了。馮國金說，這話說得還有點早，就算那個鐵鉤真是拖拽屍體時所用的凶器，也還是個死證據，我們到現在也沒有一個目擊證人，除了後面坐的這個，沒有其他嫌疑對象，第一犯罪現場也還沒找到。小鄧馬上不說話了。馮國金轉念，自己老這麼打消小鄧的積極性好像不太對，誇起小鄧說，多虧回來翻垃圾箱，你小子不錯。

刑警總隊大樓裡，還有好幾間辦公室亮著燈，都是在忙打黑案的，一年多了，全看最後這一哆嗦。在他印象中，上一次集體加班忙成這德行，還是九九年的八三大案。馮國金不著急回家，女兒住校，老婆楊曉玲天天在外面應酬，回家也沒口熱飯吃，不如在隊裡湊合一口。馮國金把黃姝的通話紀錄拿出來仔細研究，小鄧已經用彩筆在上面標注了不少，基本思路都對。他再認真回想一遍白天去汪海濤家和藝校搜集到的信息，關鍵的不多，確實還得從通話紀錄下手。

馮國金問，七四六一那個手機號，聯繫上人了嗎？小鄧說，想騙對方出來，沒得手，他肯定有大事兒，馮隊，咱要是有美國大片裡那種定位系統就好了，開機就鎖定，一導彈直接幹飛。馮國金強忍著才沒笑出來，心說這小鄧也沒長大啊，淨冒小孩話，人家施圓能看上他？

小鄧用微波爐把餃子熱了，又不知道從哪變出半瓶白酒，倒進兩人的茶缸裡。餃子買的是四、五個人的量，馮國金讓小鄧給皮夾克也端過去一盤。小鄧回來，一臉邪笑，馮國金問怎麼了，小鄧說我看那逼根本不傻啊，還問我有沒有陳醋和臘八蒜。馮國金終於被他逗樂，抿了口酒說，小鄧啊，在我這就算了，以後在別的領導同事面前說話一定得注意，把你那些口頭語都去了，就算在女孩子面前也不好聽啊。小鄧不好意思地撓撓頭，承認自己打小跟野孩子一起長大，剛會說話就冒髒字，確實得改改。馮國金又問，怎麼樣，約人家施圓吃飯了嗎？小鄧說，這不今晚加班嘛，要不我約會去了。馮國金說，耽誤你好事兒了。小鄧說，沒事兒，改週末看電影了，她手頭活兒也多，最近也得加班。馮國金說，我看那姑娘挺好的，上點心，別忽悠人家。

倆人狼吞虎嚥吃得餃子沒剩幾個，又聊回案子。小鄧坦白，剛才又給那個七四六一打過電話，這回乾脆關機了。馮國金指責他擅做主張，打草驚蛇了怎麼辦？小鄧承認錯誤，但堅持方向正確，解釋說，我也沒那麼傻，就算對方接了，自己肯定也不能說是警察，就說打錯了，再套套話。但不管怎麼著也得找到這個機主。馮國金也清楚，目前除了皮夾克這條線，就剩這個號可以挖了，得謹慎。小鄧喝酒也急，餃子沒吃完，茶缸已經空了，他建議說，馮隊，對方如果有嫌疑，可能早就把號給扔了，至少也不敢回短信，可是回了短信又不接電話，有沒有可能，因為對方不願意說話，或者不能說話？你還記得汪海濤提起的黃姝那個啞巴同學嗎？這號碼有沒有可能就是那孩子的？你說黃姝是你女兒嬌嬌的小學同學，不還是好朋友嘛，那嬌嬌也肯定認識啊，要不然我們直接讓嬌嬌跟這個號碼聯繫一下，看看能不能約對方出來？

馮國金半天沒說話。小鄧馬上又說，我就是蹭棱子一想，好像不太現實啊。馮國金緩緩說，目前也只能這麼辦了，沒有別的更直接的方法。讓我再想想，今天先這樣吧。

小鄧回宿舍睡覺了，平時就很少見他回家，忙起來更是賴著不走了。有這麼個機靈又肯幹的年輕人在自己身邊，馮國金挺欣慰的。夜裡十點，是育英高中宿舍熄燈的時間。育英學業壓力大，又個個都是人精，競爭激烈，女兒會不會一躺下就睡著呢？下禮拜讓她媽給買點安神的飲品帶去。馮國金攥著手機盯著女兒的號碼猶豫再三，還是算了，別一驚一乍的。可正當他要放下手機，眼神卻突然灼了一下——女兒的號碼，似乎剛剛出現在那張打印出的短信紀錄上。馮國金迅速翻開短信紀錄，對照著其中一組數字一連比對了三遍，沒錯，就是嬌嬌的號碼。

二〇〇三年一月一日。元旦。馮雪嬌發給黃姝一條短信，內容是：新年快樂。我的紫薇。

一小時後。黃姝回覆的短信內容：等你分班考試結束，我們再見。親愛的小燕子。

黃姝的短信最後還跟了一個符號，馮國金琢磨不出那是怎麼打出來的，但是看樣子他就能猜出代表的意思。那是一個微笑。

6

上六年級以前，我的髮型一直是球頭，像個剛還俗沒幾天的武僧。我猜老范兒看著應該挺順眼的，因為號子裡的犯人個頂個跟我一樣髮型。他果然拿我的髮型當楷模，鼓勵其他的男同學都剪成我，男孩子利利索索的，挺好，等考上了好的初中，想怎麼臭美他也管不著。可是自從我的額頭前添了一條七針長的疤，我就開始留頭髮了，半長，瀏海正好能遮住四針，三針仍露在外面。馮雪嬌摸著我額前還沒拆線的一道疤，撇著嘴說，好噁心，像隻蜈蚣。

我在家養傷一週，秦理每隔天中午來我家找我，拿來過一袋蘋果，和兩顆他爺爺積的酸菜。少兒班的智商測試成績出來了，秦理在二十多個小天才裡排第二。我特別想知道，比他智商還高那孩子長什麼樣。秦理再也不用回和平一小了，沒幾天他就要去育英了，那裡發生過的一切他都可以忘了，從此跟一幫初中生同進同出，也不知道他還會不會被人欺負。他爺爺突發腦溢血住院後，躺在醫院也沒人照顧，兩個兒子都被槍斃了，孫子還這麼小。我媽看不過眼，隔天做一頓飯，放在保溫桶裡，讓秦理拿給他爺爺。剛得知秦理他爸是誰那會兒，我媽也忌憚，勸我盡量少跟秦理來往，人言可畏，沒辦法。可後來她又主動給秦理爺爺做飯，我問她怎麼想的，我媽說，畢竟還是孩子，挺可憐的。我媽又補充說，幸好啊。我問，幸好什麼？我媽說，幸好他爺爺得的是腦血栓，嘴張不開，只能吃流食，煮點稀的就行，他得的要是不耽誤吃肉的病，咱家也供不起啊，最近還得花錢給你上補習班，你那天跟你們校長說的話，媽信，我兒子肯定能考上育英，公費。媽幫你報的這個補習班，可以幫你錦上添花。

我媽說的那個補習班，其實是一個全國巡迴的速記講座，課程一共兩天，學費兩百八，傳聞兩天學下來，小孩的大腦潛能會被激發，兩分鐘能看完一本三百頁全是字的書，而且過目不忘。世紀之交那幾年不知道怎麼了，全國上下都流行這種大型講座，一個比一個邪乎，老的學氣功，小的學速記，好像不掌握一招奇門遁甲，都沒法順利過日子了。我媽像中了邪一樣根本不聽我勸，話說完沒兩天就把兩百八給交了，非逼我去，時間就在我養傷結束的第二個週末。那一筆巨額支出，導致我傷好後一個禮拜沒怎麼吃到肉，我媽還得意地說，你看，天助我兒，這要早一個禮拜，頂著滿腦袋紗布去聽，肯定影響學習效果。

中午，只有我跟秦理在家，我看《還珠格格》重播，秦理翻我家書櫃裡可憐的那幾本書，我記得有：《古今楹聯大全》、《苔絲》、《漫畫周易》、《狄倫．湯瑪斯詩集》，有的書我也不知道我爸媽為什麼會買回來，我就沒見他倆看過書。插播廣告的間隙，我會跟秦理閒聊幾句，我問他，這些書你都能看懂嗎？秦理說，不一定，但是都能記住。我就跟他講了關於那個速記班的事，秦理頭都沒抬就笑了。我說，秦理，我是不是幫你打架了？為你受傷了？秦理抬起頭，點了點。我說，那你是不是欠我的？秦理想了想，點頭。我說，那你也得幫我一個忙。秦理問，打架嗎？我說，打架我就是找馮雪嬌都不會找你，到時你就知道了，答應嗎？秦理嗯了一聲。

十一歲的秦理，不過是個單純到有些木訥的孩子。誰都可以欺負他，騙他，即便他有顆天下無雙的腦袋。我純為逗趣，冷不防問他一句，你是不是喜歡黃姝？他狠狠搖頭，搖了兩次。

當我重新回到學校，諸多改變猝不及防。不知道什麼時候的事，馮雪嬌跟黃姝竟成了要好的朋友，每天挽手一起上廁所的那種。原來自從秦理走後，黃姝「一幫一」的小老師由馮雪嬌主動捧過接力棒，她本來就是學習委員，老范兒委派她也很正常。可我奇怪的是，從沒見她主動在學習上幫助過誰，以前有腦子笨的男同學跑來請她講題，都給打發走了，嫌浪費自己時間。她是個無利不起早的人，從小到大都是，我太了解了。馮雪嬌的親近，彷彿一道屏障，將黃姝籠罩在一片祥和的假象裡，再也沒有同學管黃姝叫精神病了，因為黃姝已經有了一位正常的朋友。另一個大的改變是，那場血戰以後，老范兒就把黃姝調離了胡開智身邊，換成一個沉默老實的高個子男生同桌。那以後，黃姝周圍的世界乾淨了，她彷彿也變得更香了。

那段時間，每天中午，黃姝跟馮雪嬌都不在教室裡午睡，神神祕祕的不知道幹什麼，直到午睡結束才回來。一開始馮雪嬌還裝樣子不說，後來我也裝懶得問，她反而主動交代，原來她跟老范兒打過招呼，讓黃姝教她跳舞，每天中午借學校舞蹈室排練，兩人要代表我們班參加全校的元旦聯歡會。馮雪嬌讚歎說，黃姝真厲害，不僅會唱京劇，舞蹈跳得也好，你猜我們表演什麼節目？我說，不想知道。馮雪嬌說，到時你看了就知道，肯定能拿一等獎。我知道馮雪嬌哪裡來的自信，在沒跟黃姝成為好朋友之前，她不過是自己一個人的小公主，但是現在她把自己當成了所有人的小公主。

課間休息時，女孩們討論《還珠格格》，然後給班裡同學「對號入座」，我莫名其妙成了他們口中的蕭劍。我問過馮雪嬌，為什麼是蕭劍？不是五阿哥或者爾康？馮雪嬌說，因為蕭劍行俠仗義，武功高。我覺得有點可笑，更可笑的是，馮雪嬌自封為小燕子，而黃姝是紫薇。果然馮雪嬌還是夠雞賊，這樣一來，她就把自己跟黃姝劃等號了，班中女生竟無人反駁。做不成第一，就得把第二緊緊攥在手裡，當不了最美的，就坐穩最可愛的。得知馮雪嬌的新名號，我報以作嘔回應。馮雪嬌滿不在乎地說，我不管，反正你以後得叫我小燕子，別再叫我大名，知道了嗎蕭劍？

可是在我心裡，黃姝明明就是香香公主。她那麼香。我這個人本來對氣味特別不敏感，四年以後，當黃姝離開人世，我就再也沒有聞到過那麼香的女孩，和一切。

自從馮雪嬌沉迷於跟黃姝排練舞蹈，成績有所下滑，很快被我趕超。但她似乎並不在乎，擱在以前早炸毛了。挺好的，終於算有了正經事做，平時她也不再煩我了，而是喜歡在自習時擺弄自己頭髮，紮起放開，放開紮起，來來回回，用的就是黃姝送她的那根櫻桃頭繩。衣服換得也勤了，文具盒裡的貼紙由邱淑貞覆蓋了阿拉蕾。馮雪嬌似乎欣喜於自己的這些改變。但是黃姝似乎也帶給了她一些負面影響，自從兩人越來越親暱，馮雪嬌開始每個月都有那麼幾天肚子疼，趴在桌上什麼都幹不了，嚴重時還請假回家。兩年後，我才回味過來到底是怎麼一回事。不能怪我，從小學四、五年級開始，兩週才輪一節的生理與衛生課永遠都以各種奇怪的理由被其他科目的老師占用。

千禧年來了。馮雪嬌長大了，我也長大了。秦理正在長大。但我們誰也趕不上遠遠把我們甩在身後的黃姝。二十一世紀是我們的時代，電視裡是這麼說的。唯一能證明我們仍不過是孩子的理由是，只有孩子，才會把「未來」跟「美好」誤解為同一個意思。

拆線後的那個週末，我媽特意跟單位請假半天，一大早坐公交車先我一步到八一劇場門口堵我，看我是不是騎車去聽講座，而不是拿著她給我的午飯錢鑽去了遊戲廳。我媽說，進去好好學，別有壓力，錢都花了。她一直目送我在前臺拿交費收據換了一張掛在脖子上印著我照片的入場證進場後，才放心離開。

劇場分上下兩層，我坐在二層還靠後的位置，看講臺上的人跟螞蚱差不多大。跟旁邊的孩子一聊才知道，兩百八的就坐這，坐一樓靠前的，是三百八，四百八，五百八。快開場時我才發現，一半的孩子都是跟家長一起來的，家長買一張票坐身邊監督，怕孩子太小不聽講。他們家的錢都是哪來的呢？這個問題我想不通，它本應該是留給我爸媽來思考的。一上午四個小時，休息了三次。講臺上的男老師操濃重大連口音，頭一個小時裡一直在宣傳自己發明的這套速記法到底有多神奇，獲過多少個國家級專利發明認證，挽救過多少智商瀕臨崩潰的孩子。中間兩個小時，每人發一本小冊子，裡面竟然是密密麻麻的太極八卦，男老師讓大家盯著那些小八卦看，別眨眼，最好用鬥雞眼，直到看出重影來，看成立體的，像你們看《寵物小精靈》裡那個精靈球，就練成了，這叫肉眼掃瞄，正常人的閱讀思維是逐個字默讀，所以慢，練成了肉眼掃瞄，兩隻眼睛就跟照相機一樣，翻一頁，眨一眼，就像照片一樣印在腦子裡了，摳都摳不掉。

我雖然不是天才，也能看破這叫行騙。可憐身邊的小孩子一邊哭嚷著眼睛疼，一邊被爸媽逼著繼續往死看。臺上的男老師也用麥克風大聲鼓勵，眼睛疼就對了，那就是快練成了！更絕的在最後一小時，男老師說，時間到，誰練成了？舉手！臺下的孩子，年紀越小的越踴躍，不舉手的，也被爸媽把手給舉起來了，自己的孩子怎麼能比別人家的笨呢？男老師隨機從一樓點了十個孩子上臺，明顯全是托兒，再由後臺端上來一摞書，抽發給十個孩子，一人一本，限時兩分鐘，男老師掐錶，時間一到，十個孩子輪流說一遍早已背熟的故事梗概，就算證明過目不忘了，我還記得十本書裡有《窮爸爸富爸爸》、《湯姆索亞歷險記》、《福爾摩斯全集》、《假如給我三天光明》。背完一通，臺下掌聲雷動，男老師激動地宣稱，大家只要再學一天，都能跟這十個孩子一樣。

我再定睛看，臺上那十個哪是什麼孩子，一個個面相老成，不是高中生也有初三了，演技很純熟。一上午四個小時，我媽本來能給我買肉吃的七十塊錢就這麼荒唐地打了水漂。午休一小時，我找公用電話打到秦理家，他掏襠騎著他爺爺那輛大二八來了。謀畫好了大計，我讓秦理拿著我的入場證進去，我自己從一樓廁所翻窗入場。

下午開場，前兩個小時當別的孩子都在盯著滿冊子的精靈球頭暈眼花時，秦理一直在看他從我家借出來的那本《狄倫．湯瑪斯詩集》。第三個小時，男老師終於故伎重演，再次「隨機」叫上臺十個托兒，正要從後臺端書之際，早在臺下角落裡準備好的我，推著秦理一起竄上臺去，秦理從他身後鼓囊囊的書包裡掏出十本書（都是我家書架裡的），由我接過手迅速分發到十個托兒的手中，他們還沒反應過來狀況，我又衝到臺上另一個閒置的麥克風前大聲說，計時開始！臺下屏息凝視，男老師先是楞在原地，隨即滿臺追著我想搶走麥克風，周旋了幾圈兒，兩分鐘很快到了，此時連維持秩序的保安都已經上臺來圍堵我。我用麥克風最後說了一句，同學們，請背書，十個托兒一片啞然，我被擒住以前，將麥克風凌空丟給了秦理，他穩穩接住，開始背圓周率，倒著背，閉著眼睛旁若無人，直到他也被保安按住。我使盡渾身力氣，用肉嗓衝著臺下黑壓壓的人群大喊出一聲：他們是騙子！

臺下成百上千的家長和孩子都被眼前發生的一幕嚇傻了，我跟秦理被分別從看臺的兩邊押下去時，目光跨越一整片大人和孩子的頭頂，相視一笑。那一刻，我相信，我們是真正的朋友。

我們倆被推出八一劇場大門，十幾個圍觀的家長和孩子跟出來，其中有一個男生是和平一小隔壁班的，他認出了秦理，聲音不大不小地指著他說了一聲，那不是殺人犯的兒子嗎？秦理一直高昂的頭，瞬間又被什麼東西給壓低下去，剛剛跟我對視時的目光消失了。有保安揚言要叫警察，可是見我們兩個也是孩子，只是唬我們，一人踹了一腳後趕我倆騎上自行車，一路盯著我們離開。

原本我只想要他們把剩下那兩百一退給我媽。但計畫失敗了。

回家路上。秦理說，我的書包還在那兒。我說，我賠你一個。秦理沉默了一下說，算了，反正我也用不著書包。我看看他，說，秦理，你是個天才，知道嗎？你不能浪費自己，你跟他們所有人都不一樣。秦理說，不一樣，又能怎麼樣？這回，我們平了嗎？我說，平了，你不欠我的了。秦理說，你的十本書也在那兒呢，要不回來了。我說，算了，那些書給我也是白費，你不是早都看完了嗎？秦理說，看完了。我說，那就不算白費。

夕陽迎面灑在我們身上。秦理騎在我的前面，在一個紅燈處，他重新上車，坐在上面，伸長雙腳，腳尖居然可以夠到腳蹬子，彷彿在一瞬間成年，二八車再也不是他駕馭不了的高頭大馬。我跟在他的後面說，秦理，你長個兒了。秦理嗯了一聲。我說，給我背一段吧。秦理沒回頭問，什麼？我說，你下午看的那本詩集，背一段來聽吧。秦理的車速降了下來，我追到並行，聽著他的童聲：

死亡也一統不了天下
死去的人赤身裸體
一定會與風中的人
還有西沉的月融為一體
骨頭被剔淨
白骨又流逝
他們的肘旁和腳下一定會有星星
儘管他們發瘋
卻一定會清醒

儘管他們沉落
滄海卻一定會再次升起
儘管情人會失去
愛情一定會長存
死亡也一統不了天下

秦理停下不背了。我問他，這詩是外國人寫的？什麼意思？秦理說，我不知道。詩歌延續著夕陽的餘熱，將我跟秦理籠罩在一起。當時的未來與如今的過去，被記憶打亂又重置，唯獨我始終毫不知情。那個年紀的我，理解不了詩歌，但我曾理解過秦理，哪怕只有一刻。「死亡」二字，從他嘴裡唸出來稀鬆平常，行雲流水，像那一輛輛從我們中間穿梭而過的自行車，載著一張張陌生的面孔，匯入晚霞。

素未相識的戀人

1

垃圾箱裡找到的鐵鉤，就是刺穿黃姝右肩的利器，上面除了黃姝的血，也黏著豬血，跟最初的屍檢報告一致，還有另外一個男性的血。小鄧在電話裡打斷施圓，搶著問一句，鐵鉤上有指紋嗎？施圓就煩小鄧這毛躁勁兒，噢，你先問了就顯你聰明，別人都傻子？施圓反嗆，你能不能等人把話說完？這麼基本的用你提醒？沒指紋！小鄧一聽音不對了，討好說，小施同志，工作非常到位嘛，我代表隊裡向你表示感謝，要不要今晚請你吃個飯？咱西塔烤肉去啊？施圓反問，那這頓飯是代表你們隊裡呢，還是代表你自己？小鄧衝電話嘿嘿兩聲，說，僅代表我自己，就咱倆。施圓強壓住笑意說，沒空！下次要約人請有點誠意，提前一天！

不等小鄧再來一回合，施圓說完直接掛了。小鄧明白，女人啊越說煩你越有戲，對你客客氣氣那才要命。雖說自己沒談過戀愛，但沒吃過豬肉也見過豬跑，男女那點兒事多看幾集電視劇都弄透透的，施圓對他有意思，他心裡有數。還沒等他嘴上的笑合攏，就被馮國金撞見了。馮國金開口就問，跟施圓打電話呢吧？什麼情況？小鄧說，就是我們要找的，不過上面沒指紋，還有我拿照片問了人，那鉤子應該是賣豬肉的用來掛肉的。現在推測，兇手可能是不小心被鐵鉤割破了手，滴在了黃姝的內衣上，因此才把衣服都扒光丟掉，盡可能銷毀證據。馮國金說，兇手本來挺謹慎的，指紋都知道擦掉，反而這麼隨便地把凶器扔在垃圾箱裡，不說明問題嗎？小鄧接著說，加上咱們第一次開會說的，兇手把衣物都單獨處理了，卻把屍體就那麼不遮不蓋地扔坑裡，更說明確實在拋屍過程中很慌張，無法按原計畫進行——照這麼推，他到底被什麼人或者什麼事給撞破的呢？要是被撞破，為什麼一個目擊者都沒有？不會是連目擊者都被他滅口了吧？

馮國金搖頭說，這麼想就歪了。現在說簡單也簡單，屍體肯定不是扛過去的，運屍體的車是關鍵，先查車再找人，路口監控錄像現在什麼情況？小鄧說，還是沒有，二組把鬼樓周邊所有街道的監控都調了，兩組人輪班看，也沒發現有可疑車輛，關鍵是，監控範圍內還有死角，車一拐進鬼樓荒院東牆後就沒影了。但那是條死胡同，車進去很快又都出來，平時沒見幾輛車往那裡鑽。

馮國金問，就是垃圾箱子那條死胡同？小鄧說，對。

小鄧自從收到那個尾號七四六一的一條短信後，再沒有回音。小鄧問馮國金，這條路不能這麼堵死了，是不是可以通過嬌嬌那邊找找了？馮國金猶豫片刻說，你現在也不能確定七四六一這個號碼就是汪海濤說的那個啞巴男孩，我再想想吧。這樣，你先讓同事把二月十二號、十一號、十號這三天晚七點至凌晨四點的監控錄像都整理出來給我看。

馮國金盯著監控錄像看了一整宿，菸抽了兩包半，天破曉時，他終於有所收穫：二月十二號晚十一點，交警大隊突擊抓酒駕，光沈遼路上和興工北街上就設了四個關卡，也就是正好把鬼樓四周給包圍了。監控錄像裡，馮國金見到交警大隊一共在三個小時裡查處了不下二十個酒駕的，過程中車輛停停走走，很緩慢，場面也亂，有好幾輛車都是特意拐進放垃圾箱那條小胡同想跑，那些司機肯定不知道那是個監控死角，而且是條死胡同。他必須馬上找交警大隊幫忙。他心裡嘀咕，手底下這幾位還是年輕，這麼重要一條線索，怎麼不上心？這些明明就發生在黃姝被害當晚。

一大早，小鄧再次跑了一趟電信局回來，路上就等不及給馮國金打電話，但馮國金沒接到，當時他手機沒電了。最近馮國金手機老出毛病，小鄧早勸他該換一個了，說讓嫂子給他買個高級的，一步到位。回到隊裡，小鄧跑到馮國金面前說，馮隊，七四六一肯定是個小號，通話紀錄非常少，通話頻率也很低，一個禮拜打不了兩通電話，但近期通話次數最多的一個號碼，是我們認識的人，馮隊你猜是誰？馮國金一宿沒睡，不耐煩地說，痛快兒的，誰？小鄧一字一頓地說，汪、海、濤！

馮國金打了個哈欠說，我去交警大隊，你馬上把汪海濤給我叫隊裡來問，電話裡別說什麼具體的。

刑警總隊門口的餛飩攤兒，平時早上五點半就出來，今天晚了整整一小時。馮國金出來的時候，老闆娘才剛支開桌。本來這個小攤兒被城管端了好幾次了，最後是馮國金賣面子替要回來的，夫妻倆下崗維持生活不容易，何況七點半準時收攤兒，沒影響市容和交通，更主要是就近填飽過隊裡多少同事熬夜一宿的肚子，這點私權他得使。老闆娘感恩戴德，從那以後堅決不收馮國金的錢。馮國金吃相急，當刑警的都這毛病，幹十年往上的，胃腸沒出過毛病那都稀罕了。就一碗餛飩工夫，老闆娘罕見地跟他說了不少話，旁敲側擊，噢，原來是打聽「鬼樓姦殺案」的，馮國金問，從哪聽的？老闆娘說，小報上看的，今年這是怎麼了，好像尤其不太平。馮國金沒接她話茬兒，放下三塊錢，起身走了。老闆娘看見了，這次沒再給馮國金塞回去。

屍體發現一週了，馮國金就回過一次家，期間女兒嬌嬌給他打過一個電話，自己給老婆楊曉玲打過三個電話。楊曉玲說，他美國那合作夥伴，叫傑克什麼玩意兒的胖老美，來本市跟她會面了，倆人第一次見，楊曉玲請他去勺園吃東北菜，鍋包肉他一人幹掉兩盤。楊曉玲此前都沒問馮國金要不要過去坐陪，馮國金也不在乎，真叫了他也懶得去，楊曉玲是楊曉玲，他是他，誰也別干預誰挺好。接下來楊曉玲就要陪著胖傑克去一趟浙江，到廠子參觀一圈兒。楊曉玲在電話裡囑咐馮國金，週六女兒回家他得在家，順嘴又問了一句案子的事，馮國金懶得跟她說。

交警大隊的王隊，是馮國金在部隊的戰友，二月十二號晚的行動就是他帶隊。馮國金大概給王隊理了一下時間線，問他當晚抓酒駕時有沒有發現任何可疑車輛或者人員，王隊回憶了下，說，沒啥，就抓了十幾個酒駕的，陸陸續續都被人給撈走了，這次突擊沒下指標，也不用抓典型，現在裡面蹲那幾個都是沒人來撈的，再有兩天也該放了。馮國金問，你們抓酒駕的時候，有沒有人想跑？王隊說，好幾個呢，都看著前面警燈了，一打輪兒往小胡同裡鑽，我早安排好人在胡同口堵著了，本來就是死胡同，一個也沒跑了。馮國金說，都有誰？

王隊說，那記不太住了，都關一塊兒了，不過查一下監控能對出來。

馮國金要求進拘留室看一眼，王隊帶他進去。馮國金隨便找了個借口，分別跟五個酒駕的套套話，有倆挺能聊的，估計知道快出去了心情不錯，兩個不愛吱聲，還有一個基本不說話，自己窩牆角裡，面目清秀，很瘦，左胳膊好像還不太正常，拿右手扒拉早飯呢，馮國金叫他的時候，他拿餘光瞅人。沒太多有用信息，馮國金跟王隊拜託幾句後就走了。

馮國金跟汪海濤在刑警總隊門口撞見了，一起上的樓。到辦公室門口時，汪海濤突然說，馮哥，那天你走以後我就想起來了，咱倆見過，十來年了都，小時候我不懂事，你記性真好。馮國金說，我不是你哥。汪海濤說，馮哥，就算你不愛聽，我今天也得這麼叫，你得對我家負責到底，必須抓到殺我外甥女的王八蛋，下輩子我給你當牛做馬，替你賣命。馮國金說，用你說嘛？你當警察吃乾飯的？不用你下輩子賣命，今天把問題交代清楚就行，找你來肯定有事，進去吧。

汪海濤走進辦公室，小鄧和劉平都在，抽著菸專門在等他。馮國金盯著汪海濤的眼睛開口，說吧，之前都隱瞞什麼了？汪海濤一楞，沒有啊！我知道的都說了啊。小鄧說，不說是吧？那你外甥女就是枉死了，不對，是被你害死的！小鄧轉頭問劉平，像他這樣的，協同作案，隱瞞重要線索，估計得判多少年？劉平配合道，五年妥妥的。汪海濤鎮定片刻，對小鄧說，小兄弟，不用嚇唬我，真的，你們馮隊長也知道，我跟你們打交道也有小半輩子了，詐我呢是吧？我都說了，黃姝那幾天幹什麼去了，我真不知道，知道的我都說了，我懂，你們肯定覺得我是個不負責任的家長，這點我承認，可是孩子大了，馬上就十八了，畢竟也不是我親生的，她有自己的自由，放假在家想幹什麼，去哪兒，我都管不著吧？你們不去抓兇手，反倒在這嚇唬我，有意思嗎？你們不能這麼汙蔑我啊，得有證據啊，咱不是法治社會嗎？你們這樣不好吧？

狗改不了吃屎，這話真貼切。馮國金把手中那張黃姝的通話紀錄拍在桌子上，小鄧一挺身繼續說，汪海濤，沒證據能把你叫來？你不配合是吧？行，有你哭的時候。我問你，尾號七四六一這個號是誰？跟你什麼關係？跟黃姝什麼關係？說！汪海濤低頭瞟了一眼，皺著眉說，眼熟啊，但是我真不知道，可能是她哪個同學？要不就是我的朋友，打錯了？小鄧大罵，你他媽放屁！打錯了？這個號在黃姝出事以前的一週跟你打了五通電話，在黃姝死之後，還有人用黃姝的電話給這個號碼打過一個電話，你告訴我打錯了？我們現在就懷疑這個號的機主有重大嫌疑，你也有協同作案的嫌疑，明白嗎？我最後問你一次！這個人到底是誰?叫什麼名字,家住哪兒,跟你什麼關係?!

汪海濤啞火半天,掏出一根菸點上。小鄧催他快點兒,汪海濤抽完一根又來一根,先是遮遮掩掩,一會兒說是自己一個不太熟的朋友,黃姝的某個叔叔,一會兒又說是老鄰居,最後撒謊自己真想不起來了,要不警察自己把人找出來不是更好?小鄧罵也罵了,沒用。期間,馮國金漫不經心地出門打了個電話,又沏了一缸茶水回來,喝了兩口,彼此都沉默了。馮國金打的是老七的電話,金麒麟洗浴的老闆,汪海濤這種貨色得叫七爺。

馮國金慢悠悠地說,汪癩子,會嘮嗑兒就好好嘮,不會嘮,我還有別的事等著問你。這幾年,你在社會上都幹點兒什麼,以為沒人知道是吧?你手底下有倆拉黑活兒的司機,一週三趟往葫蘆島和盤錦跑,拉活兒是幌子,到了當地把小醫院搜刮一圈兒,還捎帶點兒別的回來吧?「媽媽」迪廳裡供藥水的,有你份兒沒?你把自己家開成地下賭檔,從中抽頭,沒少賺吧?要不咱嘮嘮這些?

菸燒到屁股了,汪海濤也沒顧上掐,菸灰落一褲子,終於開口說話,馮哥,你別聽社會上人瞎傳,我就是劃拉點兒小錢,養家餬口唄,黃姝都那麼大了,將來上大學不得要錢啊?嫁人不得攢嫁妝啊?這些錢不都得我這個親舅舅操心嗎?你說是不是?

桌面一聲巨響，幾乎被馮國金一掌震碎，他大吼道，媽了個逼，你還知道自己是親舅舅啊?!當親舅舅的把外甥女當小姐賣?你他媽不怕遭報應啊?!汪海濤傻了，小鄧和劉平也被嚇了一跳，兩人默契地看了看身邊這個整天勸手底下同事少罵人的好脾氣領導，大概猜到怎麼回事了。馮國金繼續說，自打你不替人看場子了，就開始當雞頭，把女孩子介紹給幾個有錢老闆，光這一樣夠判幾年的你知道嗎?你是什麼雞巴貨色當我不清楚?但你讓我怎麼也沒想到，你他媽能把髒手伸到自己親外甥女身上，你他媽還叫個人嗎?!

汪海濤堆成一坨，壓低著腦袋求馮國金說，哥，你說那些真跟我沒關係啊。我跟那些老闆就是普通朋友，不對，我算給人家打工，人家給我點賺頭，我偶爾不也得陪老闆吃喝玩樂嗎?那些女孩都是他們自己在場子裡認識的，我沒搭過線兒啊!頂多就是幫要個電話，人家老闆身分擺那兒呢!我說的都是真的!

小鄧和劉平知道，口子總算撕開了。馮國金平靜了片刻，說，好，我現在不問你別人，我就問這個七四六一，是誰?你是不是把黃姝介紹給他了?黃姝跟他見過面沒有?敢撒謊，自己想想後果。

殷鵬。尾號七四六一的機主，三十八歲，做家具生意，榮泰家具城裡頂層有四分之一的鋪子都是他的。殷鵬有時候把運輸的活兒分一塊給汪海濤，汪海濤從中賺了點錢，十天半個月招待一次殷鵬手底下的人，殷鵬偶爾出席。這幫人無非是去KTV，迪廳玩兒，找小姑娘陪。據汪海濤說，殷鵬發跡晚，為人特別低調，話也不多，有活兒都是他的司機兼保鏢替他傳達。七四六一這個號是不是殷鵬的小號，汪海濤也不知道，總之殷鵬用這個號打給他的時候，都是聊別的事。

馮國金問，別的事是什麼事？說清楚點兒。

汪海濤說，就是偶爾讓我幫著聯繫下女孩，這中間我可沒收過殷鵬錢啊！他們聯繫上以後做什麼，我也完全不清楚！衝燈發誓！我就知道這些！

馮國金問，二月六號前後，你跟殷鵬一共通了五次電話，比之前兩個月加一起都多，為什麼？是不是跟黃姝有關？把你們每一次通話的具體內容，一個字別落地複述一遍。

汪海濤表情為難，告饒說，具體的我真記不住了。他就是跟我說，想認識咱家黃姝，當時他不知道黃姝是我親外甥女。馮國金問，殷鵬見過黃姝？汪海濤說，嗯，年前有一天半夜，我開車接黃姝從一個夜場回來路上，殷鵬司機打電話，說是有個急活兒給我，我就直接去他們吃飯的飯店找他們了，當時黃姝跟我下車了，殷鵬見過，他司機還有幾個朋友也在。

小鄧插嘴問，黃姝才十七歲，去夜場幹什麼？

汪海濤支支吾吾，說，黃姝不是學跳舞的嘛，自己想鍛練鍛練，我就給安排到以前幹過的夜場了，一週就去兩個晚上，一次跳仨小時，給五百。

小鄧說，是黃姝自己想鍛練，還是你拿孩子當搖錢樹了？夠操蛋的啊！

汪海濤反駁說，不信你可以問黃姝啊，這孩子立事早，是她說想鍛練一下，求我帶她去的！汪海濤摸出身上的第二包菸，撕開包裝說，對啊，你問不著了，我外甥女死了。他試著在擠眼淚。馮國金在想，這是個他媽什麼玩意兒。

小鄧咬牙切齒，說，行啊，你牛逼。

馮國金繼續問，後來黃姝有沒有跟殷鵬單獨見面？殷鵬有沒有給你提過條件？

汪海濤猛搖頭說，沒有，據我所知沒有，他確實跟我提了兩次想認識黃姝，但是當時他真不知道那是我外甥女，再說我怎麼可能幹這種事呢？那不成畜生了嘛！

馮國金說，那黃姝為什麼會有殷鵬小號？二月七號前打過兩次，二月十三號，也就是遇害以後，還有人用黃姝的手機打過一次，說，是不是你?!

汪海濤額頭全是汗，菸掐了說，真的不是我啊！那肯定是兇手拿了黃姝的手機打的。我承認確實把這事跟黃姝提過，但是別的我什麼都沒說，就把殷鵬那個號寫在了一張紙上，留給黃姝了。至於他倆後來有沒有聯繫過，見沒見過，我是真都不知道啊！

馮國金有數，挖到這先。殷鵬公司的地址不在榮泰家具城，而是北站附近一棟辦公樓裡。馮國金讓汪海濤把具體地址寫下來，自己帶小鄧馬上跑一趟，並囑咐劉平看好汪海濤，扣在隊裡，沒收手機，不能給他機會提前報信兒，他倆回來以前，哪兒都不能去。

小鄧問，馮隊，出槍嗎？

馮國金搖搖頭，說，不用。

2

一九九九年十二月三十一日，剛好是個週五。和平一小的元旦聯歡會如往年一樣，租了兩條街外的中華劇場舉辦，演出結束後就直接放學，迎來三天的小長假。當天我挺開心的，早上特意翻出半年前我媽給我買的一條李寧褲子，雖然是過季打折款，也一直沒捨得穿。為了顯形，裡面只穿了秋褲沒穿毛褲，一路騎到學校，兩個膝蓋幾乎被風吹零散了。當天馮雪嬌破天荒地遲到了，而且是一瘸一拐來的，她姥爺一直給送到教室門口，跟老范兒站門口聊了幾句才走。

原來馮雪嬌在前一天放學後跟黃姝綵排舞蹈的時候，把腳給崴了，挺嚴重的，腫老高。她掀開襪子給我看的時候，我沒忍住笑出來了，真是人算不如天算。馮雪嬌很生氣，表情甚至可以說是絕望，有氣無力地對我說，你就笑吧，這下你高興了，就看你家黃姝一個人跳。我突然心軟說，其實我還挺想看你跳成什麼樣的，誰讓你自己不爭氣呢。馮雪嬌一個上午都沒理我。

世紀之交，老范兒說過，一百年才有一撥人趕上一次，我們很幸運。如此幸運的時刻，沒人還有心上課，都在等著中午十二點的鈴聲響起。十一點的時候，參加元旦聯歡會表演的同學就紛紛去階梯教室化妝換衣服了，班裡有十幾個人參加了六年級集體大合唱，再加上黃姝等個人表演單位，教室一下子走空了一半，馮雪嬌顯得更落寞了，自言自語說，早知道還不如去參加大合唱了。可是中午十二點半全體集合的時候，馮雪嬌竟也換上了一身藏族服裝，顏色鮮豔，綁了一腦袋彩繩，其中還有黃姝送她的那條小櫻桃頭繩。原來她跟黃姝準備的節目是雙人藏族舞。我問馮雪嬌，你都上不了臺了，還穿成這樣幹麼？馮雪嬌說，你管得著嗎？這是我的權利。

上下兩層的中華劇場被和平一小的師生坐滿黑壓壓一片，其中還有積極參與校園建設的家長代表，比如馮雪嬌她姥爺和胡開智他爸。直到演出開始前，我四下搜尋黃姝的身影也沒有見到。開場先是兩個集體舞蹈，一個小品，一個詩朗誦，我借口上廁所跟老范兒請假，偷溜出去開了劇場側門，放秦理進來。之前秦理來我家找我，說想回來看聯歡會，我揭穿他說，你是想看黃姝吧？秦理默認。黑暗中，我帶著秦理貼著牆角重新潛入劇場內，我沒回座位，陪秦理一起站在離舞臺最近的角落裡，教導主任巡視時問我們站在這幹麼，我撒謊說是幫忙維持秩序的高年級同學。就在那個角度，我跟秦理同時看見黃姝還有馮雪嬌，站在後臺的階梯旁，一來一往地說著什麼。舞臺上變換的燈光打在黃姝身上，半明半暗，右邊側臉處在光亮中。真好看。我猜秦理在那一刻內心一定跟我發出過相似的讚歎。黃姝那一頭濃黑的長髮編織成無數根小辮子，唇是紅的，臉蛋是粉的，睫毛長而濃密，兩個眼角內側閃著細碎的亮片，在燈光下時隱時現。舞裙在黃姝身上無比貼切，一分不肥一分不瘦，尤其是在相對乾癟的馮雪嬌映襯下，獨一無二。

秦理在暗中突然問一句，她倆是不是在吵架？

上初中以後，在某次玩類似真心話大冒險的遊戲時，我們才得知，兩個女孩當時確實是在吵架，準確說是馮雪嬌在單方面指責黃姝，要求黃姝放棄演出，因為那是屬於兩個人的表演，缺了誰都不完整，有點兒同生共死的意思。這種話馮雪嬌說著也心虛，她反將一軍說，要換成是你上不了臺，我肯定不會演。黃姝非常為難，一邊認為伶牙俐齒的馮雪嬌說得有道理，另一邊被負責指導的音樂老師催著上臺，她還指著黃姝的節目拿獎呢，音樂老師一個勁兒損馮雪嬌自私。黃姝上臺前，拉起馮雪嬌的手說，嬌嬌，對不起，我答應你，下次一定再重新排一個節目，你領，我給你配。馮雪嬌拖著長長的水袖，一瘸一拐地走遠，背影彷彿在對臺上的黃姝說著，哪來什麼下次。

臺上的黃姝，理應不屬於凡間。她的雙臂伴隨著天籟般的藏族音樂，在聚光燈下舞動水袖，捲動起來歷不明的風，遠遠吹至我跟秦理的臉上。那是屬於新世紀的風，帶著香味，帶著希望。新世紀理應把世間萬物都變好，變美，變高尚。可惜它太讓人失望了，世界依舊是老樣子，而它卻帶走了黃姝。三年以後，當我得知噩耗，我安慰自己說，黃姝沒有死，只要我沒親眼目睹，她就沒死，她只是回到天上去了。下界一遭，點撥我來的。

黃姝轉了一個又一個圈後，秦理說他頭有點疼，想回家了。

演出結束，漫長的頒獎儀式跟校領導講話。黃姝的獨舞《高原精靈》只得了個二等獎，一等獎給了鋼琴獨奏，演奏者是西瓜太郎的姪女。新世紀來了，有些規則還是沒能打破。下午三點半，聯歡會正式結束。我沒聽完老范兒的終場演說，就帶著秦理跑出來了，他要先陪我走回學校取車。走到半路，看見馮雪嬌被她姥爺扶著正要上出租車，她身上的藏裙換掉了，但滿腦袋頭繩還在。不自覺地，我竟叫了她一聲，馮雪嬌回過頭，呆了一下，又跟她姥爺說了幾句，老頭兒獨自上車走了。馮雪嬌朝我們走過來，問，你倆要去哪兒？我說，回家啊。馮雪嬌說，我不想回家。我反問，關我什麼事？馮雪嬌說，我心情不好，想跟你們去玩。我看看秦理，他面無表情。我說，我們家裡沒什麼好玩的。馮雪嬌似乎在撒嬌，說，反正我就跟你們走，晚上再回家。僵持的剎那，我竟心生憐憫，今天的她，不再是小公主，也不是小燕子，是個落湯雞。我拍拍後車座說，上來吧，有點兒硌。

騎了沒多遠，秦理追上來小聲問，為什麼繞路？他剛說完，我就如願見到了二三七路站牌前的黃姝，像約好了一樣。她也換回了便裝，長髮也綁回了原來的樣子，眼角的亮片還在。馮雪嬌戳戳我的腰說，騎過去，別停。車是我的，我還是停在了黃姝面前。兩個女孩有點尷尬，當時我還不清楚原因，有一句沒一句地跟黃姝搭話，黃姝卻越過我衝馮雪嬌笑，說了一句，對不起，嬌嬌。馮雪嬌甩著滿腦袋小碎辮說，對不起什麼？有什麼好對不起的？黃姝說，我背叛了你。黃姝的話，聽得我有些懵。到底多大的事，能擔得起背叛二字？我扭過頭質問馮雪嬌，怎麼回事？馮雪嬌跟黃姝一樣把我當空氣，對黃姝說，你偏不信我的，要是倆人一起跳，肯定能得一等獎。話畢，兩人同時笑起來。

搞半天，就小女生那點破事。最後還是秦理打破僵局，對黃姝說，上車嗎？

回想起來，那應該是秦理學會騎車以後第一次馱人，一路上我都在後面戰戰兢兢地看著，生怕倆人一起摔下來。馮雪嬌在我後面嘀咕，你巴不得跟秦理換人吧？我假裝沒聽見。馮雪嬌又說，你褲子上怎麼一股孜然味？我想了想，應該是我媽把烤串兒用的料包放在衣櫃旁邊了，但我沒說。

到了我跟秦理家樓下，四個人無所是從。秦理說，我該吃藥了，可以去我家。他說完，我頓時鬆了一口氣，居然忘了問一句秦理什麼病。我們兩家住隔壁樓，戶型是一樣的，但我也是第一次進秦理家，門一開，有一股衰敗的味道，那是屬於老人的。秦理的爺爺正躺在床上看電視，見到秦理領著我們三個人進來，嘴裡呼嚕呼嚕地想說什麼，腦溢血後遺症，誰也聽不懂，除了秦理。馮雪嬌帶頭，我們三個給秦理爺爺問好。黃姝問秦理，會不會打擾爺爺休息？秦理搖頭說，他喜歡見人，見人有精神。秦理給他爺爺倒了一杯水，插上吸管，喝掉半杯。剩下的半杯，秦理自己就著幾粒藥喝了。我拿過藥瓶看了一眼藥名，沒看懂。黃姝問他，你怎麼了？秦理說，耳水不平衡。

那是我第一次聽說，還有這種病。當時我順嘴開了個挺缺德的玩笑，意思是你腦袋裡有水嗎？自己乾癟地笑了兩聲後，才發現黃姝跟馮雪嬌同時在瞪我，黃姝的眼神更溫柔些。黃姝又問，那是什麼病？耳朵會疼嗎？秦理說，是腦袋疼，頭暈，有時會想吐。黃姝又問，什麼時候發現的？秦理說，半個月前。

後來我才知道，當年秦理學騎車總摔，也跟這個病有關，他身體的平衡能力被破壞。

黃姝讓秦理坐在沙發上，自己站著給秦理輕揉太陽穴。黃姝問，這樣會好一點嗎？秦理說，還行，但是沒用。我問他，能治好嗎？秦理說，大夫說，一兩年自己能好。這時，秦理爺爺嘴裡又開始呼嚕呼嚕，秦理拿遙控器幫他調了個臺，是一個主持人幫人調解家事的節目，嘉賓們人臉一張卡通面具，正吵得不可開交，好像是為了老媽的房子該給兒子還是閨女，有點好笑。

馮雪嬌從來不拿自己當外人，我跟黃姝繼續詢問秦理的病情，馮雪嬌開始各個角落地閒晃亂翻，不一會兒便有驚喜收穫，手握一把頭繩回來，有小西瓜的，小蘋果的，和小葡萄的，每樣都有一對。馮雪嬌打斷我們問道，秦理，你怎麼會有女孩子的頭繩？你也喜歡綁小辮啊？她說完兀自咯咯地笑，竟沒發覺在另外三人眼中顯得無比白癡。連我都看出來了，那些頭繩，跟黃姝還有馮雪嬌自己頭上的小櫻桃是一套，本來就是買來送給黃姝的。黃姝和我的眼神在一瞬間對上了，相互作用力彷彿將我推入牆角，令我無地自容。「力的相互作用」概念還是秦理講給我聽的，那是初中物理內容，大概意思是，世間萬物都是彼此相互作用的。在那一刻，秦理是我的標竿，相比之下，我才是四個人裡最像小孩子的那個，幼稚，怯懦，自以為是。原來秦理和黃姝，早就將彼此的生活交織在一起，遠在我為兩人挨那一鐵鍬之前。馮雪嬌繼續不合時宜地問秦理，西瓜這個真好看，能送我嗎？我提高音量說，馮雪嬌你能不能懂點規矩，是別人的東西你都想要是嗎？自己不會買啊?!馮雪嬌瞪大眼睛，反嗆道，又沒管你要，你急什麼?!秦理說，都送你了。馮雪嬌感謝說，我只要西瓜的！

尷尬之際，門突然開了。這個泛著衰敗味道的小房子，竟在那個平凡的下午熱鬧非凡。年輕的陌生男人站在門外，遲遲沒進來。秦理自言自語般說，我哥。

那是我們第一次見到秦天，可我總覺得眼熟，之前一定在哪見過。當時我有點吃驚，沒想到這個家還有第三個人，自以為跟秦理是好朋友，卻從沒聽他說過他還有一個親哥哥在世。秦天見到我們也是一楞，點了下頭，無意跟我們幾個孩子說話，但他的目光顯然在黃姝身上停留得最久，直覺告訴我，兩個人不是第一次見。秦天一隻手拎著一個巨大的蛇皮袋，足夠把我們任何一個人裝進去，裡面鼓鼓囊囊，但看上去不沉，因為當他把蛇皮袋換到另一隻手——他的左手，是隻壞手，五指蜷縮成一團，手腕異常乾細，像一隻耷拉腦袋的鵝——依然提得很輕鬆。他衣著很單薄，光看著都冷。

秦天對他弟弟說，往家帶人怎麼不說一聲？秦理說，那我走。表情一貫的冷漠。這一來一去，連閒話最多的馮雪嬌也熄火了，灰溜溜地跟著我們低頭換鞋，第一個躥出門去，接著是我跟黃姝，秦理殿後，正要關門之際，秦天問他，爺爺藥吃了嗎？秦理說，吃了。秦天又問，你的呢？秦理說，也吃了。秦天放下蛇皮袋，右手拉開拉鏈，裡面竟然裝滿了各色包裝的小食品，繽紛到眩暈，他隨手抓出七、八袋子，塞給秦理說，拿去吃吧。我見到秦天那隻正常的右手，手掌很大，手指細長。

從秦理家樓棟走進我家樓棟之間，我突然想起在哪見過秦天了——電視上，他長得像秦大志。

黃昏還不到，馮雪嬌黏著黃姝不放，吵著去我家，秦理懷抱著一堆小食品，無動於衷。

我家裡的確沒人，我只是不想讓兩個女孩子見到我家寒酸的景狀。礙於面子，我提前預警說家裡很亂，馮雪嬌說沒關係，可她進門的一刻，一臉的驚訝還是把她出賣了，嗅了嗅鼻子，對我說，跟你身上一個味。我說，嗯，是孜然跟辣椒麵，我爸是烤串兒的，我媽掃大街。

狹小的客廳裡，四個人擠在我家破舊的沙發上，吃著那七、八袋零食，就著冰箱裡僅存的兩瓶八王寺汽水。沒一會兒，馮雪嬌又吵吵肚子疼，黃姝貼在她耳邊說了什麼悄悄話，馮雪嬌點點頭，黃姝說，那你不能喝涼的了，緩一緩再喝。這時，馮雪嬌突然又眼睛一亮，對我說，你還有電腦？她的口氣有點誇張，似乎是為了緩和剛剛進門時表現出的不得體。我說，四八六，我表哥家淘汰不要的。我順手開機，對秦理說，有遊戲，雷曼，你要玩嗎？秦理問，好玩嗎？我說，還行，就是第五關一直過不去。秦理坐到電腦前，我給他打開遊戲，想教他哪個鍵是跳、哪個鍵是出拳，秦理說，我自己研究。我搬了一把小叉凳坐到馮雪嬌和黃姝對面，目光跟黃姝碰上，還是有些不自然。秦理背對著我們開始打遊戲，一邊敲鍵盤一邊接受馮雪嬌惱人的盤問。

原來，秦天和秦理確實是親兄弟，差了整十歲。秦理出生後不久，他的媽媽就跟爸爸秦大志離婚，說什麼都要帶兩個兒子走，秦理爺爺不幹，走可以，孩子只能帶走一個，必須給老秦家留下一個種。後來法院也確實只把哥哥秦天判給了母親，秦理留在了爺爺身邊，秦理還不到一歲的時候，秦大志就長期失蹤，平均每兩年現身一次，給他和爺爺留一些錢，所以秦理對他爸基本沒什麼印象。我在心裡算了算，秦理十一歲，電視上秦大志團伙作案歷史也是十一年，也就是秦理出生後不久的事。秦大志被槍斃以後，秦理的媽媽跟著改嫁的丈夫去了南方，而秦天早已成年，不願再寄人籬下，他選擇回到秦家照顧多年未見的親弟弟，和半身不遂的爺爺。

秦理說這些的時候，唯獨黃姝的表情一點不驚訝，好像她早都知道，有兩行淚水滑落，眼角的亮片被沖淡。馮雪嬌也被黃姝感染，扭捏地說，秦理，你還有我們幾個好朋友呢，別太難過。秦理頭也不回地說，我不難過，第五關過了。我看了看錶，秦理一共用了十分鐘不到。

落日映在客廳的窗玻璃上時，馮雪嬌借我家電話打給她姥爺，說再晚一點回家，自己打車回去，跟黃姝順路，不用接。她姥爺讓她小心點腳。我聽到說，你是打算在我家吃晚飯過新年嗎？馮雪嬌說，別心疼，小食品我都吃飽了。這時，我媽回家了，比平時早很多。馮雪嬌竟然一轉臉變得乖巧很多，跟我媽問好，黃姝也起身問好。我媽先是有點驚訝，隨即笑臉相迎，橙色的清潔工馬甲還罩在身上。我問她，今天怎麼回來這麼早？我媽說，這不是元旦嘛，單位放我們早點回家，你爸今天生意也不錯，串兒不夠了，我趕回來串點兒。

家裡廚房小，平時我媽都是把切好的肉和成堆的竹籤子拿到客廳的長茶几上串。今天客廳被我們霸占了，她顯得有點為難，轉悠了兩圈兒打算再回廚房時，黃姝站起來說，阿姨，我幫你吧。我媽說，那怎麼好意思，埋埋汰汰的。黃姝說，沒事兒，我從小都自己幹活兒。黃姝陪我媽進了廚房，不到半小時，捧著幾盆切好的肉片跟蔬菜回到客廳，支開架勢。我猜我媽不想讓黃姝上手還有別的原因——一串雞排裡基本沒幾條雞肉，百分之八十是麵包糠和麵粉，攪一起按扁了就是一塊；牛肉串裡要放一種東西叫嫩肉粉，顏色一下能由暗紅變粉紅，但電視上說過這東西有毒——這些都是屬於一個勉強維生的家庭的商業機密。馮雪嬌看黃姝忙活著也不好意思了，擼起袖子一起幫忙串串兒，最後我跟秦理也只好加入。一邊串我腦子裡一邊在想，我家富餘這麼多肉，我媽真的至於一點都捨不得往我的飯菜裡下嗎？再一想不對，這一盆盆的不是肉，是錢，我不能拿錢當飯吃。

我媽對秦理最熟，馮雪嬌她開家長會也見過，唯獨對黃姝興致最大，誰一眼都能看出來黃姝比我們年紀大。長輩跟這個年紀的孩子聊天，開場白無出其右都是「父母做什麼」，我朝我媽擠眼睛，還是被黃姝截獲了，她衝我笑了笑，很平靜地給我媽講自己的家世，聽得我媽頭越來越低，快要伸到肉盆裡去。最後她岔開話題，問黃姝和馮雪嬌小升初志向，秦理她知道，馬上就要去育英少兒班報到了。馮雪嬌搶答，她也要考育英，還問我，你不是跟西瓜太郎立下軍令狀了嗎，說不定到時咱倆又成同學了。黃姝微笑著看看我們，說，你們學習都那麼厲害，真叫人羨慕，我應該不會參加小升初考試了，腦子不好使，也賴不了別人。我追問，那你會去哪上學？黃姝說，回戲校，或者去藝校吧，原本從戲校出來也是自己提的，我就是想試試能不能跟上，一開始我舅舅就不同意，說我不是讀書那塊料，看來他說對了，我是真的跟不上。

黃姝說完，再沒人做聲。窗上的落日已經走了，天邊只剩一道紅線。那是上世紀最後一個黃昏，竟無任何別致。我對那天的記憶截止在夜幕降臨前，黃姝和馮雪嬌什麼時候離開的我家，完全沒印象。我只記得最後是秦理陪我去給我爸送串好的兩大塑料袋串兒，一袋葷，一袋素。那天我爸生意好，他很高興，給我倆炸了幾串雞肉串和香腸，我竟然是沾了秦理的光，平時我爸都不准我吃，我知道為什麼。當晚的風很冷，我跟秦理一邊不停跺著腳一邊擼串子，看著路過的年輕人圍到我爸的攤子前，要東要西，好不熱鬧。他們之中情侶偏多，女的揀串兒，男的掏錢，基本都跟我和秦理一樣，站在一旁趁熱吃，拿走到家肯定涼了。情侶的身上似乎比他人多一分熱能，兩個人依偎在一起，看著都沒那麼冷了。我飽飽地想，新世紀一到，我也會像他們一樣，長大成為可以自力更生的年輕人，負擔另一個人的感情，和她全部的世界吧——我清楚自己腦袋裡想的是誰。

那個被賦予了頗多意義的夜晚，並沒有令我太失望，如今回想起來，起碼算得上我人生中相當寧靜祥和的一晚。我本想熬到半夜十二點，電視裡領導人將點燃火炬，在北京新落成的二十一世紀廣場，可惜沒挺住，睡著了，第二天看的重播。好多年後，我到北京上大學，曾在春天桃花盛開的時日去過一次玉淵潭公園遊玩，二十一世紀廣場就在門口，挺普通的，遠沒有電視裡壯觀。彼時我已陡然開悟，明白人生和世事大抵如此，靠近了，都不壯觀。

3

楊曉玲剛跟人做生意那兩年經常出差，不是去浙江就是廣東，為省錢，坐夜車跑一趟廣州都得三十六個小時，累是累，但勁兒勁兒的。馮國金每個月都得跑兩趟北站，接送楊曉玲。後來楊曉玲賺錢了，去個上海也坐飛機，也不讓馮國金開那輛破桑塔納二〇〇〇接她了，嫌掉價兒。楊曉玲在本市租了間房設了個辦事處，僱了個小夥子，平時跑腿兒加賣力，飯局上擋酒，偶爾接送她楊總。就是打那以後，楊曉玲開始跟馮國金越走越遠了，矛盾激化。按照倆人本來約定，女兒開始住校，倆人就分房睡。可到現在也沒分，不知道是楊曉玲在裝傻，還是這次的矛盾就打算這麼囫圇過去了，跟往常一樣。馮國金也清楚，老夫老妻，說分哪那麼容易，她楊曉玲就是愛咋呼。

馮國金和小鄧下了車，站在騰龍大廈樓下，下意識地都仰望了一下這棟高樓。大廈落成不到兩年，動遷以前是個轉盤廣場，住了幾十戶外地散戶，都挺生性，當年有人暴力抗拆，馮國金還出過警。聽人傳這片風水好，搬進這棟樓的企業公司都發了。殷鵬註冊的鵬翔家具有限公司，在三十八層。

公司規模不小。前臺說一定要跟殷總有預約才能見，而且老闆現在不在公司。小鄧不耐煩說，警察辦案，不用預約。說完跟著馮國金徑直往最裡走，到了殷鵬辦公室門口，又被一個精瘦男人攔住了，自稱是殷鵬的司機，老闆現在不在。小鄧說，不在你攔什麼？推了一下瘦猴那橫架著的胳膊，居然沒推動。兩人互瞪了一眼。瘦猴留圓寸，腦頂延伸至額頭的一道長疤清晰可見，脖子上套一條頸椎負重不起的金鏈子。這種造型，沒有比馮國金更熟的了，名義上叫司機，就是養了個打手，金鏈子是真的，隨時跑路換錢用。就殷鵬僱這司機，本人什麼來路也猜個八九不離十了。馮國金沒話，直接推門，對方居然就那麼把手放下了，小鄧經過他身邊時，追了一句：識點兒相。

私企老闆的辦公室，都長一個樣。實木老闆臺，桌上除了電腦跟電話沒別的，桌旁擺一盆發財樹。背後的牆上掛著裝裱在框裡的書法橫幅，殷鵬的這幅是「鵬程萬里」，看來是誰專門寫給他的，馮國金不懂字，分不出好賴，不過能肯定是哪位本地書法家或者省市領導的手跡。橫幅下面掛著幾排他跟領導們的合影，但是缺了三張，明顯是前不久才摘下來的，積灰的印子還在。老闆臺後坐著的殷鵬，笑得比照片裡自然，相貌平常，梳大背頭，髮膠沒少噴。

老拐，你攔馮隊長幹麼？殷鵬是對那金鏈子瘦猴說話呢，原來他外號叫老拐。馮國金有點詫異，問殷鵬，你認識我？殷鵬說，以前沒機會跟馮隊認識，但我跟你們曹隊長算老朋友了，早聽說過馮隊，照片裡見過。馮國金沒回話，殷鵬請他和小鄧坐下，讓老拐給敬菸，是三五菸，馮國金掏出自己的玉溪說，洋菸抽不慣。殷鵬主動問，馮隊找我有事兒？馮國金說，有個案子，需要跟你了解下情況。殷鵬反問，跟我有關？馮國金問，你認識汪海濤嗎？

殷鵬說，認識。馮國金問，你跟汪海濤是什麼關係？殷鵬說，生意上有來往，主要是運輸那塊。這時老拐插進一句說，汪海濤是給殷總跑腿兒的。馮國金又問，算朋友嗎？殷鵬說，這話怎麼說呢，做生意本身不就是交朋友嘛，說不算朋友就不地道了，但是除了生意，私底下確實沒什麼來往。馮國金問，真沒來往？平時喝酒也沒有過？殷鵬歪歪腦袋，說，這麼說我倒是想起來了，喝酒有過，過年過節的他招待我公司員工，非要我也去，我確實去過一兩次，不給面子不好。怎麼了？是汪海濤犯事兒了？馮國金不回答，繼續問，從過年到現在，汪海濤都沒跟你聯繫過？殷鵬似乎想了想，說，沒有。馮國金不說話了，靠在沙發上抽菸，這時他才注意到沙發旁擺著的那個密封玻璃缸，進屋時沒仔細看，以為就是一缸綠植，現在才看清，橫架在缸子裡的枯枝上，盤的是一條大花蛇，嚇得他後背又從沙發上彈起。馮國金這輩子最硌硬的就是蛇，當新兵那陣被排長罰站，他躲在樹蔭涼下偷懶，一條青蛇從天而降鑽進他後脖頸子，狠咬了他一口，幸好沒毒，打那以後他見到蛇就腿軟。馮國金的窘迫被殷鵬逮到，殷鵬笑著說，不用怕，這玩意兒溫順，沒毒，招財的。馮國金順著殷鵬手指的方向，原來另一個牆角裡那缸也不止是綠植，裡面趴著幾隻變色龍。馮國金找話給自己下臺階，說，你養的還挺稀罕的。殷鵬說，有大師給算過，對風水好。小鄧攤出一張通話紀錄在老闆臺上，接著問，七四六一這個號，是你的嗎？過年以後跟汪海濤通了好幾次電話，你怎麼說沒聯繫呢？殷鵬沒上手碰，瞄了一眼就笑說，這不是我的號。小鄧說，不是你的？汪海濤說就是你的。殷鵬說，那肯定是他記錯了，老拐，這是你的號吧？老拐上前仔細看了一眼，說，是我的。小鄧將信將疑，真的？老拐說，不信你現在打個試試。小鄧還真就掏出手機當場打了一個，老拐的褲兜裡響了。老拐說，你還不信，這號真是我的。小鄧說，你老闆手機平時揣你褲兜裡不也正常嗎？此時殷鵬掏出自己的手機放在老闆臺上，說，我一個做正經生意的，搞倆號幹什麼呢，這是我手機。小鄧說，可是汪海濤說，打七四六一這個號，都是跟你本人通話。老拐接話說，汪海濤一個屁倆謊，你能信他？小鄧心想，這話倒不假，汪海濤的確不是老實玩意兒，可面前這倆也沒強哪去。老拐主動說，我知道前兩天給我打電話的都是你，對吧？小鄧反問，打你電話你怎麼不說話？心虛啊？老拐說，你也沒說話啊，我一天接亂七八糟的電話多去了，你想讓我說啥？小鄧繼續問，汪海濤給你打電話什麼事兒？老拐說，過年了，想請殷總喝酒，但是殷總忙，我都給推了。小鄧指著黃姝的號碼問，那這個是誰？老拐想都沒想說，汪海濤他外甥女，小黃。

小鄧回頭跟沙發裡的馮國金對視了一眼。馮國金替他問，黃姝為什麼會打電話給你？老拐答，借錢。馮國金反問，借什麼錢？老拐說，那小姑娘見過殷總，知道殷總是幹什麼的，想跟殷總借錢。殷鵬看著有些吃驚，問老拐，這事兒你怎麼沒跟我說過？老拐說，這種事兒也不是第一次了，以前不少人打我電話想跟你借錢，都被我推了。殷鵬說，下回再有這種事兒你得跟我說，自己怎麼就敢做主呢？老拐點頭說，知道了。

馮國金問老拐，黃姝為什麼會有你的號？老拐說，那我就不知道了。馮國金又問，黃姝為什麼借錢說過嗎？老拐說，我問了，她沒說。那個年紀的小姑娘，都挺能花錢，處對象啥的吧。反正挺沒家教的，見過一次面就敢借錢。馮國金問，黃姝最後一次打給你是什麼時候？老拐說，記不住了，上禮拜吧。馮國金問，都說什麼了？老拐說，還是借錢的事唄，一開始說借八千，後來又說五千就行，反正我沒答應。馮國金又問，後來你跟黃姝見過面嗎？老拐說，沒有，就那次汪海濤帶她來飯店找殷總，就見過那一次。殷鵬恍然大悟說，就是那個小姑娘啊？我想起來了，馮隊，她怎麼了？

小鄧坐回馮國金身邊，說，死了。殷鵬驚呼，啊？具體什麼時候的事？小鄧剛要回答，被馮國金打斷，他繼續問殷鵬，二月十二日當天，你人在哪？殷鵬想了半天，向老拐求助，老拐說，殷總，咱們在廣州呢，給博覽會剪綵。殷鵬說，對，我在廣州家具城參加一個活動，那邊的朋友都能作證，還有廣州當地的報紙也登照片了，有我。馮國金問，二月六號到十一號，你人又在哪？殷鵬說，病了，燒了好幾天，一直在家沒出門。馮國金問，誰能作證？殷鵬說，我老婆。馮國金停頓了一陣，轉而又對老拐說，黃姝被害是二月十二號下午，可有人用她的手機在十三號又給你打了一個電話，那才是你們最後一次通話，剛才你撒謊了。老拐面露不悅，說，我都說了我記不太住了，當時我在廣州呢。殷鵬也說，老拐確實跟我一起在廣州呢，十四號才回來，你們不是懷疑他吧？馮國金說，現在只能說，他有很大嫌疑。馮國金望著老拐心說，你不是很大，是重大，早晚你得跟我走，但不是今天。

離開前，殷鵬終於起身，跟馮國金握手，說，我一定配合你們工作，但是沒證據以前，千萬別冤枉好人啊，主要是傳出去不好聽，我做正經生意的，你看我牆上照片都摘掉了，就那倆涉黑的副市長。馮國金說，看見了，他倆都是我抓的。殷鵬笑了，說，那我就放心了，有馮隊在，冤枉不了好人，你說我是不是該給汪海濤打個電話，慰問一下？畢竟這事也不能說跟我完全沒關係，要是當初把錢借給那孩子了，是不是就不會出這事了？馮國金說，用不著了，汪海濤在我那扣著呢，暫時打不了電話。馮國金指著老拐鼻子說，你，我記住了，下次咱倆就不是在這說話了。這兩天，你們哪也不能去。殷鵬說，馮隊，你這算是羈押我嗎？

不好吧？馮國金也懶得再裝了，說，我沒說你，我說的是你司機，老實待著。老拐一臉不服，說，沒問題，我原地不動等你。

回去路上，小鄧說，殷鵬肯定有問題，夠他媽虛偽的。馮國金反問，為什麼？小鄧說，直覺。馮國金說，你不能總憑直覺，得抓證據。小鄧說，我直覺就是，殷鵬早晚露馬腳。馮國金說，如果是殷鵬，為什麼不把那個小號直接扔了？小鄧說，扔了就更明顯了啊！他肯定知道就算扔了，我們也能從汪海濤嘴裡問出號是他的，不過也有可能，在我們來之前，他根本不知道黃姝死了。馮國金想了想說，你覺得那老拐有多大問題？小鄧說，不好說，但肯定是替他老闆扛事呢，絕沒那麼簡單，借錢？你信？馮國金說，光憑這麼問沒用，汪海濤和殷鵬可能都撒謊了，得從第三個人撕開口子。小鄧說，汪海濤不是說，他以前還幫殷鵬聯繫過別的小姑娘嘛，咱要是能找到哪怕一個，證明他有那方面嫌疑，就能查他了啊。不過通話紀錄裡那幾個號我挨個打了，都是空號，有倆接了，都很警惕，不承認自己認識殷鵬或者汪海濤，就給掛了。馮國金覺得小鄧的思路沒問題，說，回去就讓汪海濤吐，讓他來打這個電話。小鄧說，他要是不吐呢？繼續裝傻咋辦？馮國金說，弄他。

馮國金又給老七打了個電話，在車裡也不背著小鄧了，他信任小鄧。馮國金以前都會刻意跟老七這種人保持距離，畢竟是社會上的。何況社會也有社會的規矩，人情欠一個還一個，欠兩個還一雙。但就這次黃姝的案子，馮國金一反常態。他開門見山，問老七認識殷鵬不，什麼人物？除了做家具生意還有沒有別的買賣？老七說，這個殷鵬，他還真打過兩次交道，混得比較晚，做人挺低調，拿錢圍攏人，社會上有人給面子，真正來往的不多，幾年前，五愛街的大龍幫他拿下十來張床子，說白了就是生搶，把原先的老闆都攆走，全是旺鋪，光收租一年就七、八百萬。殷鵬按說好的數給了大龍一筆錢，沒成想大龍事後反口，要雙倍，殷鵬不想給，託人擺平，最後就找到我了。馮國金說，就這還低調？老七說，除了少數人，外邊沒人知道背後是他，做得挺乾淨的。馮國金問，你給擺平了嗎？老七在電話那頭嗯了一聲。馮國金追問，怎麼擺的？老七說，哥，太具體的就別問了，總之，大龍不在五愛街混了。馮國金說，我想起來了，聽說他回農村老家了，瞎著一隻眼回去的。老七說，那小子不地道，早晚也挨歸攏。馮國金說，那你肯定有殷鵬手機號，他的尾號是七四六一嗎？老七查了半分鐘說，不是，是另一個號。馮國金問，你替殷鵬擺平這麼大的事兒，後來跟他就沒接觸了？老七說，他請我吃過一頓飯，非要跟我拜把子，不太識相。我幫他也是看中間人面子，因為我跟大龍以前也有過節，趕一堆兒了，沒想交他，再後來我回請他，到金麒麟洗澡，鬧了點不愉快，打那就沒來往了。馮國金問，什麼不愉快？老七支吾了一陣，好像不願開口。馮國金勸說，你跟我哪說哪了，這你放心。老七這才又說，那天晚上殷鵬喝多了，對一個小姐動手了，打得鼻青臉腫，當時我不在，我一兄弟不認識他，本來要弄他和他那司機，被外人攔下來了，又給我打電話道歉，賠了點錢，就算了。馮國金問，殷鵬為什麼打那個小姐？老七說，人家嫌他玩兒的花樣太多，不樂意埋汰了兩句。馮國金問，那個小姐，現在還在你那嗎？人能給我找到嗎？老七在那頭笑了，說，哥，之前突擊掃黃就是你的人，原先那幫進去的進去，回家的回家，我自己還交了三十萬罰款，都沒找你算，你叫我上哪給你找人去？

回到隊裡，馮國金讓小鄧逼汪海濤聯繫之前的一個女孩，交代不出來，就拿組織賣淫和賭博弄他。馮國金自己回到辦公桌前重新梳理一遍資料，總覺得這些天中間漏掉了什麼關鍵信息，腦子裡從頭再過一遍。沒一會兒，小鄧從審訊室回來，說，汪海濤慫了，我讓他打了幾個電話，終於跟其中一個女孩聯繫上了，以他的名義，約明天下午見面，馬路灣避風塘。馮國金正要跟小鄧詳聊，楊曉玲的電話就進來了。楊曉玲問他，你電話怎麼老關機？馮國金解釋說，壞了，總自動關機。楊曉玲說，早說給你買個新手機，你不要。馮國金說，湊合用唄，找我有事？楊曉玲說，你抽空回家一趟，有事跟你聊。馮國金問，什麼事不能電話裡說？楊曉玲說，電話裡不好說，等你回家吧，最好今晚能回來，我明天就得陪傑克去浙江了，一禮拜才能回來。

馮國金撂下電話，小鄧主動說，馮隊，明天我自己去就行，你家裡要有事就去忙，放心吧。馮國金說，你一個人行？讓劉平跟你一起？小鄧說，我行著呢，劉平還有他的活兒。馮國金知道，小鄧的能力沒問題，只要收收那脾氣。於是囑咐說，明天盡力吧，別給人逼急了，回來跟我匯報。

馮國金暫時不想回家，也沒跟同事一起在隊裡吃飯，自己開車又來到了鬼樓，就在荒院裡來回繞，順便想想事，除了黃姝，還有楊曉玲，她到底要跟自己說什麼事呢？快出正月了，天氣驟然轉暖，積了近十天的殘雪大多開始融化，荒院由於是廢置工地，周圍盡是裸土，被融雪一浸，滿腳泥濘。馮國金一踩下去，腳印很深，他這才發現，早在正月十五當天下大雪以前，已經有不少腳印留在周圍，如今都現形了。馮國金站在那個大坑邊上，發現了腳下有一道半米寬的道，不像車轍，更像是拖拽重物留下的痕跡。他打開手機，借助微弱的屏幕光亮追著那道痕跡往東走，心裡默數，一百零三步，當那堵被砸開大洞的牆再次擋在他的眼前時，手機剛好沒電了。

馮國金需要馬上給小鄧打電話，叫法醫到場，可他背不下來小鄧的號碼，他也等不及了。他蹲下，仔細觀察過大洞下沿的那幾塊磚頭，重新站起來，抬腳猛踹，牆體很脆，幾塊磚頭很聽話地脫落，馮國金抻長袖口蓋住手指，摘下羽絨服後面帶拉鏈的帽子，撿起那幾塊磚頭裝進去。重新跨到洞外，站在臨街的方向繼續低頭尋覓，正如他所料，牆外邊找到了車轍，很深的兩道，大雪降臨以前，那就是兩道泥印子，可隨後被大雪覆蓋並死死凍住，成了兩道壓膜，硬撅撅挺在原地，方向很明顯，一道從大街上拐進來，一道又從牆底下拐回大街上。馮國金貓身久了，再直起身時腰疼腿麻，抬頭抻抻脖子，目光停留在被一層薄雲附著的夜空裡，遠遠有幾顆星星在亮，他心裡想對上邊那位賠個不是，大雪雖然破壞過現場，卻也同時雪藏了蹤跡，他老人家還是幫了點忙的。

4

我最後一次聽到關於黃姝的消息，是她赤身裸體地被人丟棄在一個爛尾工地的大坑裡，大雪覆蓋，沒了呼吸。她是被什麼人殺害的，殺人犯在她死前都對她做過什麼，本地的兩家小報寫得足夠生動。就在案發後不久，本來我有機會從馮雪嬌的爸爸馮國金手裡看到她留在這個世界上最後的幾張照片，但是我拒絕了。當時他們早已確認了黃姝的身分，沒有必要再讓我指認，我本來也不是她什麼人。我站在育英初三組的辦公室裡，面前坐著馮國金和另一個年輕男警察，還有女班主任。馮國金讓我坐，但我沒坐。辦公桌上有幾張照片一直扣在那沒翻開，是我先開的口。我問馮國金，她身上還有香味嗎？馮國金好像聽不懂我的話，年輕警察反問我，什麼？我說，黃姝以前身上總有股香水味，從來沒換過，我想知道她死的時候，身上還有香味嗎？年輕警察沒回答。班主任的語氣比平時上課溫柔得多，問我，王頔，你再幫叔叔們想想，除了嬌嬌，還有誰跟她走得比較近？聽說你們以前一直是挺要好的朋友。我想了半天，說出了秦理的名字。初三以後，我就再沒有見過黃姝，馮雪嬌知道的應該比我多。我說，直接問馮雪嬌吧。馮國金問我，你知道秦理現在在哪嗎？我回答，三十九中學，但他好像不怎麼上學。馮國金又問，你有他聯繫方式嗎？我說，沒有，馮雪嬌應該也沒有，我知道他家住哪，現在應該還住那，跟他哥。馮國金問完了，囑咐我回到班裡跟任何人都不要說，包括馮雪嬌。我說，上週的分班考試，馮雪嬌進快班了，現在跟我不在一個班了。

殺害黃姝的兇手叫秦天，秦理的親哥哥。拋屍的時候，秦天沒給黃姝留下哪怕半件衣服蔽體。

無須任何人洩密，馮國金來找我後沒多久，案子就告破。育英的學生們很快就在食堂跟宿舍裡討論起「鬼樓姦殺案」，這說明全市人民都知道了。因為育英中學就像這座城市的一所偏遠監獄，任何話題等傳到這裡，都是過氣的了。他們不是自己偷看了小報，就是從父母那裡聽說，在他們口中，黃姝沒有名字，而是小報上形容的稱謂：妙齡少女。我曾有過憤怒，想要衝進高年級的一堆男生中間，告訴他們所謂的妙齡少女究竟多漂亮，不是他們學累了玩累了以後的談資。但我最終還是忍住了，因為有個聲音告訴我，他們不配知道。

那個聲音屬於高磊。高磊對我說，黃姝到底有多好，那些人不配知道。當時我跟他已經很久沒說過話了，可是再次聽到他的聲音，我居然很快鎮定下來。高磊跟我不一樣，他是好學生，性格穩當，老師都喜歡他。他說話也特別像真正的成年男人，有種能平復人情緒的魅力。他跟我和馮雪嬌不在一個班，我倆是踢球認識的。初一那年，高磊通過我和馮雪嬌，認識了黃姝和秦理，那年寒暑假，「五人組」像是彼此默認的關係。後來，我和高磊還有馮雪嬌必須面對育英初中嚴酷的分班考試壓力，出來玩的時間越來越少，直到那一場事故把秦理給毀了。分班考試的目的，是在初三上學期把全年級後兩百名趕出育英，等待參加社會中考，留下的人，初三下學期起進駐育英高中部。不管怎樣，育英初中部的學生誰都不想參加中考，所以大家拚命努力，不讓自己成為後兩百名，為自己爭取到郊區監獄中的一桌一椅。當時我爺爺骨癌去世，死前用半年花光了我爸媽所有積蓄，包括他倆下崗被買斷工齡的撫恤金。如果我被育英淘汰，中考去任何一所育英以外的重點中學，都需要再交一筆九千塊錢的建校費，當年全市重點中學都是這個規矩。假如我能留在育英高中部，等於給家裡省下九千塊錢，那是筆巨款。小升初那年，我曾為我爸媽省下過同樣金額的一筆錢，可當初我是以全校第一的成績考上育英的，兩年半過去，我的成績依舊很差，如果被趕去中考，等於要把兩年前省下來的九千塊錢再吐出來，可我家吐不起。所以我比任何人都更嚮往遠郊的那所監獄，對我而言那裡既不是天堂也不是地獄，只是人間。

後來我僥倖留在了人間，黃姝卻已經不在了。那邊的世界是什麼樣子？什麼顏色？有聲音嗎？味道呢？當時我特別羨慕馮雪嬌，她竟然是我們幾個人裡最後一個知道的。就在黃姝死前不久，她還跟黃姝發過短信，約黃姝見面。小燕子在等紫薇，紫薇卻先飛走了。

高磊離開食堂前，跟我說的最後一句話意味深長，像個傷感的成年人。他說，不用急，我們早晚都會在那個世界重聚，早早晚晚的。

二〇〇〇年九月一號，星期四。初中入學第一天。我跟馮雪嬌同時進入育英初中，排隊等分班的時候，她居然就站在我身後。馮雪嬌幸災樂禍地拍著我的肩膀說，我就說吧，你逃不出我的魔掌。我倆被分到初一五班，彼時我的個子已經長高，坐去第五排，而馮雪嬌仍停留在第三排，跟一個頭油擀氈的男生坐同桌。跟我同桌的女生叫方柳，嘴比馮雪嬌還碎，說話時拿眼白瞅人。班主任是個姓崔的中年婦女，年級組長，省優秀教師，據說很有威望。崔老師是教語文的，我略慶幸，起碼自己靠寫作文還能在她手底下謀條生路，聽她以前帶過的學生說，沒人見過她笑，一星期罵哭半個班。但是這些都跟我無關，自打進育英那天起，我就安慰自己，這裡無非是個棲身之所，清華北大輪不上我，出人頭地也得看命，混一天賺一天。

開學當天中午，我跟馮雪嬌就在育英偌大的食堂裡找到了秦理，他正跟一幫看上去比他年紀還小的孩子在學校為他們單獨開設的小灶隔間裡吃飯，都悶頭不說話。秦理端著飯缸出來，被我和馮雪嬌拉到人少的窗臺邊一起站著吃。原本我以為，秦理到了少兒班就會找到更多有共同語言的朋友，可現實並非如此。秦理說，沒話，各幹各的。秦理比我們早進入育英半年，少兒班的課程已經學到高一了。偏科是天才的通病，秦理的語文和英語成績一般，導致他在少兒班的綜合成績中游，但這樣的孩子還有一條更便捷的出路，搞競賽，數理化和計算機裡挑一個，省二等獎以上就能保送，一等獎妥妥進清華北大。秦理說，他正在準備物理的省賽，可是最近一陣頭疼得厲害，看字就眼花，根本沒法動筆，只能在腦子裡算題。我問他，要是競賽拿了名次，你是不是很快就去上大學了？秦理說他不知道，他很累。我第一次從秦理口中聽到「累」這個字時，他還不到十二歲。

其實早在小學畢業的那個暑假，秦理的病情轉重已經初露端倪了，可除了黃姝，我跟馮雪嬌都無心留意而已。那個仍屬於童年的最後一個暑假，我跟馮雪嬌因為都如願考上了育英，心情大好，而黃姝在小升初後，進入省藝校舞蹈班，回到她最有歸屬感的世界裡，明顯要比在和平一小生活的那年愉快許多，唯獨秦理，臉上被一層更濃重的不快樂籠罩。那次我們四人去青年公園划船，我和黃姝負責搖槳，馮雪嬌拿她媽媽新買給她的傻瓜相機為我們拍照，秦理坐在小船中間一動不動。當時我還以為「傻瓜」就是相機的牌子，諷刺馮雪嬌說，真是什麼人用什麼相機。馮雪嬌抬腳踢了我一下，動作很大，腿風帶動小船在湖中央搖擺起來，就在同時，雙手扶緊船沿的秦理突然衝著湖水乾嘔起來，我們三人都被嚇到，趕快加速搖著船回到岸邊。那天風和日麗，湖水跟陸地一樣平靜，可秦理仍承受不了一絲多餘的顫動。還是黃姝主動給秦理買了根冰棍兒，讓他吃一口涼的壓壓，胃會舒服點。黃姝的方法果然奏效，她永遠是最會照顧人的那個。那段時間，她的頭上早已不戴秦理送她的小櫻桃頭繩，而是乾脆不再綁馬尾，任一頭長鬈髮肆意舞動，像微風天裡的柳樹。當時我仍把秦理當孩子，比我們還小的孩子，黃姝照顧起他來，真的就像一個姊姊對弟弟般，不摻雜質。在一段短暫的時間裡，我竟不再嫉妒秦理，只是單純羨慕，甚至幻想，假如自己也能得一種招人憐憫又要不了命的病就好了，那樣也能得到黃姝不同尋常的關愛了。而馮雪嬌頭當時剛被她媽強迫剪了一頭短髮，悶在家裡哭了三天才出門，見我們時，眼泡還是腫的。我反而覺得短髮更適合她，輕巧利落，起碼顯得她跟黃姝不一樣了，不再是一個幼稚的效仿者。大概她自己也有覺悟，改變形象後平添了一個毛病，總愛用手摩挲額前的瀏海兒，嘴裡還一邊哼著梁詠琪的〈短髮〉。

上岸以後，馮雪嬌提議去碰碰涼吃冷飲，她請客。但黃姝執意要請，她說要感謝過去一年裡我們對她的照顧。這話聽得我臉紅，以為她會明白所謂的「照顧」在我心裡意味著什麼。馮雪嬌則說，謝什麼謝，說那麼見外，我們不是好朋友嗎？她又轉頭問我跟秦理，我們四個是不是好朋友？最好的朋友？我尷尬地嗯了一聲，秦理悶頭吃著澆汁三球雪糕，懶得回應，只有黃姝溫柔地配合她說，你們都是我最好的朋友，永遠的好朋友。馮雪嬌對黃姝說，雖然你跟我們仨不在一個學校了，但是不許忘了我們，記得找我們玩兒。黃姝解釋說，她進藝校以後就要開始住校了，只能週末出來。馮雪嬌說，那就以後每個週末一起出來，好不好？我又嫌馮雪嬌煩了，就你閒工夫多是嗎？你媽能不能放你出來還不一定呢。馮雪嬌說，反正我們就是永遠都不分開，你有意見啊？

可就在馮雪嬌說完以後，我竟一瞬間感到無比失落，一口刨冰從齒根涼到心底。春光苦短，好景易逝，類似的道理，雖然我的人生當時尚未急於告知我，但我已提前從一些書本裡領悟到。那個暑假，我瘋狂地看書，閱遍家中書櫃裡能看懂的每一本閒書，都是我爸媽年輕時候買的，包括那本包裝最精美的硬裝《牡丹亭》，我最鍾愛的一本。那一刻，一種來路不明的不祥預感緩緩衝擊著我，就在馮雪嬌說出那句「永遠不分開」的同時，那個曾經在我耳邊悄聲低吟過的神祕之音再度響起。我就是知道，終有一天，黃姝會走，秦理會走，馮雪嬌也會走。並非被任何人強行拆散，而是生命的洪流注定將我們送往天各一方。如同早慧是秦理的天賦，悲觀也是一種天賦。我的天賦。我只是沒有想到，黃姝竟是以那樣一種不留情面的方式離開，甚至不容我有一絲喘息之機。

那個夏天，第一個與我漸遠的人是秦理，還好只是在地理上。我爺爺當年得了骨癌，幾進幾出醫院以後，大夫勸家裡人帶他回家養著。我奶奶沒得早，爺爺多年來都是獨居，出院後需要有人在身邊照顧，而我的大姑、二姑都沒法從自家脫身，照顧爺爺的重任落在了他最小的兒子也就是我爸爸的身上。我爺爺承諾，他死後會把自己名下的老房子留給我爸一個人，條件是我們一家要在他還活著的時候搬進去，照顧他到死。家搬得很急，臨行前兩天，我才告訴秦理，我要搬走了，當時他沒說任何話，他就是那樣。可就在搬家當天，他突然跑來我家找我，說他哥哥秦天有輛麵包車，可以幫我們搬家。我媽有些猶豫，她一直不太喜歡秦天，覺得那孩子沒禮貌，平時在樓下見到她跟我爸從不主動打招呼，這回怎麼跟抽風似的？但秦理話不多說，就開始默默地幫我往下搬東西，強行抬起一箱恐怕比他自己都重的舊書，踉蹌地走在我前面。出了樓門口，秦天的麵包車已經停在那裡，後蓋開著。我爸跟以前的同事借了輛平板卡車，裝滿大件家具後，還是有一堆東西上不去，原本必定要多跑兩趟。家愈清貧，破爛兒反而愈多，真是奇怪。可是多了秦天的麵包車，剛好一趟全裝滿了。我媽讓我跟秦理一起坐秦天的車，我上車前，她對秦天道謝，秦天破天荒地笑了，回我媽一句，謝謝你們照顧我爺爺和我弟。我媽一時楞住，反應半天才說，說哪門子謝，遠親不如近鄰嘛。

那是我第一次，也是唯一一次仔細觀察秦天，他們一家子男人都很瘦，但秦天的下巴輪廓最清晰，嘴角自然向下撇，眉毛跟頭髮都很濃，用我媽後來的話講，挺帥一小夥子，誰能猜到有殘疾呢。他打方向盤和換檔都由右手單手完成，那隻乾癟蜷縮的左手，幾乎毫無任何功能性，除了夾菸，而且是用五根手指一起攥住菸，抽起來的姿態有點滑稽。那天他的心情彷彿不錯，嘴裡似乎有哼歌，但全程沒跟身後的我和秦理講過一句話。後來我偷偷問過秦理，他哥哥的手是不是天生的。秦理說，不是，是月科裡爸媽打架，不小心把他哥摔在了地上，傷到了小腦。儘管當時我也不是個身心富足的少年，可心中依舊覺得老天對這一雙兄弟不公。

可是秦天對黃姝做過的事，永遠也不可能被原諒。老天爺也不行。

自從我搬家以後，跟秦理平日雖在一個校園，卻分屬兩個世界，只有週末五人組活動時才能相見。直到初一下學期，班主任崔老師要介紹一位新同學入班，伴隨著一陣好奇聲，你走了進來，秦理，我怎麼也沒想到是你。天才再次淪為跟庸人為伍，就因為一場可笑的病痛。如今想起來，那是我們第二次面對同樣的情景，也是我們最後一次正式告別的開始。秦理，假如沒有你，可能一切都不會發生。可是誰又有資格怪罪你呢？畢竟將你生吞活剝了的，不是別人。

5

馮國金十九歲入伍，砲兵。第二年趕上全軍演習，中央臺來採訪，派他們連長出來，因為連長嘴皮子溜。馮國金就站在連長身後不遠，半張臉都入鏡了。當天他連晚飯都沒吃，打長途回老家，跟爹媽報喜說自己上電視了。爹媽去鄰居家的黑白電視前守了一宿，沒見著人影呢，他爹第二天回電話時諷刺了一句，我生的又不是個肉墊子，專托別人的，有能耐自己上。打那以後，馮國金還真把上電視當作很重要的人生目標，就像楊曉玲這輩子去不成美國就難受一樣，夢想不分高低。

直到二〇〇六年，央視一個法制節目錄製一檔刑偵專題，「鬼樓姦殺案」被選為十二集之一，該集主題是刑警如何憑藉精準的邏輯推理，在無法獲得DNA技術支持的條件下成功破獲案件的。馮國金是當之無愧的主角，可是當主角第一次面對鏡頭時才知道，自己暈鏡，攝影機一架面前，嘴立馬不分瓣了。馮國金很無奈，更嫌丟人，最後只好讓劉平代自己出鏡。劉平一點不怯場，以前局裡搞文藝演出時，大家才知道他從小學快板，難怪平時說話也跟連珠砲似的。錄製前，劉平問馮國金有沒有什麼要囑咐的，馮國金想想說，多講小鄧，少提我。

那期節目一共採訪了三個人，除了劉平，還有大隊長曹猛和法醫施圓。自從小鄧過世，馮國金每次碰到施圓都不敢直視她的眼睛。那陣子聽說施圓談戀愛了，對象是一個老老實實的公務員，家裡給介紹的，都快結婚了。他一直好奇的是，當年施圓跟小鄧倆人算談過戀愛嗎？沒見吃飯沒見拉手的，擱一塊淨鬥嘴了。馮國金一想起這些就難受，主要替施圓難受，小鄧已經是那邊的人了，有痛苦也都不算數了。但施圓還有大半輩子要過，老天就是這麼不厚道，可勁兒折磨活人。小鄧不虧，他離世前的一小時裡，還是施圓陪在他身邊，可憐的是施圓。施圓跟馮國金聊起的小鄧，永遠都活在他被害當天。施圓說，我認識的男生裡，小鄧是最不浪漫的。馮國金問，怎麼說？施圓說，你見過誰第一次跟女生約會是帶對方去蹲點的？馮國金也不敢想小鄧。小鄧剛走那兩個月，他在辦公室還會把新來的小夥子叫錯成小鄧，醒過神來就鼻子發酸。

二〇〇三年二月二十三號一早，馮國金安排人把自己從鬼樓那堵爛牆上踹下來的幾塊磚頭送到施圓手裡，等待檢測結果。此前走了不少彎路，這次他堅信自己是對的。他召集專案組開了一次緊急會議，重新梳理了一遍自己的推測：二〇〇三年二月六日起，十七歲女孩黃姝失蹤，與家人失去聯絡——二月十二日下午四時至六時，黃姝被人強姦並殺害——二月十三日晚，有人用黃姝的手機給尾號為七四六一的機主（疑似殷鵬司機老拐）打過最後一通電話（目的不詳）——二月十五日晚七時，黃姝的屍體在沈遼中路三十三號樓（鬼樓）前的廢棄大坑內被發現，當時死亡已超七十六小時，大坑並非第一犯罪現場，應是拋屍現場。綜上，馮國金一直試圖通過現場痕跡來推斷拋屍過程，鎖定嫌疑車輛，從而追蹤嫌疑人行蹤，如今拋屍路徑終於可以基本確認：兇手應該是開車繞路到鬼樓荒院東牆外那條死胡同裡（發現車轍痕跡），穿過垃圾箱旁的大洞，用鐵鉤將屍體拖拽至鬼樓荒院內的廢棄大坑，後又駕車駛出死胡同。目前只等法醫對磚頭上血跡的檢測結果，確認推測。

馮國金說，一般車輛拐入那條死胡同後，都會很快倒出來，但是嫌疑車輛把車停在了大洞前，根據車轍痕跡，可以斷定時間是在二月十五號大雪前，黃姝遇害後，也就是二月十二日至二月十三日之間，天氣驟暖地面變泥濘那兩天，時間應該是晚上。嫌疑車輛的停靠時間至少在十分鐘以上，也就是說，在距該路口最近的監控錄像裡，拐進過死胡同的車輛中，至少消失了十分鐘以上後又再次出現的，就是我們要找的兇手。

散會以後，兩小時不到，監控錄像裡的嫌疑車輛被找到，是一輛銀色金盃小麵包，車牌也已鎖定，而最令馮國金興奮的，是嫌疑車輛被發現的時間——二月十二日晚十一點，交警大隊封鎖街口查酒駕剛開始的當口，麵包車突然打輪，拐進那條死胡同，十二分鐘後，從死胡同出來，再次出現在監控內，且根據錄像裡顯示，那輛金盃麵包車，被交警攔在了沈遼路跟興工街的交叉口，司機吹了測試儀後，人也被扣了，確定是酒駕了。司機的臉看不太清，男的，歲數不大。

當天中午，小鄧跟馮國金請假，說是家裡有點事。馮國金准假，問小鄧什麼事，用幫忙嗎？小鄧也老實說，是他姊姊又被姊夫給打了，他要去給姊姊出頭。馮國金說，你可不能衝動啊，別犯錯誤。小鄧說，放心吧，也不是第一次了，自己有分寸，下午他還約了汪海濤手機裡那個女孩在避風塘見面呢，這中間就不跟馮國金去交警大隊了，會隨時匯報。馮國金擺擺手，讓他早去早回。馮國金心裡挺不舒服的，自從小鄧分到他手下，印象中就從來沒請過假，過年這段時間，先是老宋在金麒麟砍人，緊接著是掃黃打黑，鬼樓的案子又來，小鄧幾乎沒休息過，這孩子真挺像樣的。馮國金目送著這個年輕人的背影走出辦公室，或許由於案情終於趨近明朗，或許是眼前這個年輕人太讓自己舒心，他心底有一塊地方被夯實了，心不突突了。可令他萬萬沒想到的是，那一眼竟成為最後一眼，等馮國金把小鄧從郊區一個荒涼的果園壟溝裡接回來時，小鄧是躺在警用麵包車裡的。那麼結實的小夥子，再也站不住了，馮國金在車裡坐著陪他，流著眼淚想，這孩子可能是真的累了。

馮國金目送小鄧離開以後，獨自來到交警大隊找王隊，進門就問，人呢？王隊問，什麼人？馮國金說，十二號晚上酒駕抓到的人呢？我要的人在裡面。王隊一楞，說，剛放走，今天早上。馮國金問，全放了？王隊說，最後一個剛才走的。馮國金說，操，這也沒關夠日子啊，怎麼就放了？王隊面露難色，說，陸續有人來撈，最後剩一個小年輕，我心想算了，讓他一起走了。馮國金拿出抄寫著嫌疑麵包車車牌號的紙條，拍在辦公桌上說，這個車主是誰，趕緊給我找出來！王隊馬上叫人把之前登記的拘留名單找出來給馮國金看，一邊拿手點著說，就是這輛車，車主登記的名字叫魏志紅，住址也有，但當天晚上不是魏志紅開的車，開車的人叫秦天，剛才最後走那個。

馮國金開車疾駛向魏志紅住處的路上，他全想起來了：三天前，他和小鄧去育英高中部找到黃姝和馮雪嬌的另一個小學同學，那個叫王頔的男孩子，據他說，初二以後他們跟秦理和黃姝幾乎都斷了聯絡，但那兩個孩子彼此走得挺近，他還提到，秦理有個親哥哥，好像就叫秦天。對，是這個名字沒錯。車上，劉平坐在副駕駛，心急著問，馮隊，你覺得兇手會不會是魏志紅，然後讓他僱的小工秦天幫他拋屍？但是沒想到秦天因為酒駕被抓了！馮國金說，現在還不知道，兩個人都抓回來，就全都知道了。此時劉平接到隊裡的電話，馮國金打著方向盤問，怎麼了？劉平掛掉電話說，隊裡的人剛查過了，那個魏志紅，九五年進去過一次，強姦未遂。馮國金突然扭頭朝劉平看，他知道劉平等他這個眼神半天了。馮國金猛踩一腳油門，衝勁太大，把劉平按在了靠背上。這是好消息，應該叫好消息，可馮國金的腦子卻嗡嗡地在響，嘈雜中他聽見劉平的聲音在說，馮隊，這終於找對人了吧？馮國金無力回答，他心裡想的是，對是對了，但人可能早跑了。

魏志紅的家在瀋河區十三緯路的一棟老樓裡，對面就是本市名氣最大的抻麵館「老四季」，本地人的心頭好，用小鄧的話說，這是東北人自己的肯德基。一碗抻麵，一個雞架，一瓶老雪花，就相當於肯德基一個套餐，但洋套餐一套要二十多，可「老四季套」才八塊，老中青都愛，也是出租車司機的飯堂，從不空桌。馮國金年輕時家住得不遠，常來吃，搬家後來的就不勤了。隔壁就是大西農貿市場，人來人往，最熱鬧的地界。那個叫王頔的男孩子說，秦家兄弟也住這附近，小時候跟他是鄰居，具體地址也有。

開門的是個老太太，是魏志紅的老母親。劉平沒說自己是警察，問魏志紅現在哪呢，手機號多少。老太太說，電話號記不住，自己也不識字，但他兒子就在對面大西農貿市場上班，賣豬肉。馮國金謊稱是魏志紅朋友，問她兒子最近都忙啥呢，家裡別人呢？老太太說，啥也沒幹，天天在家待著，跟兒媳婦早離婚了，倆人沒孩子。老太太好像慢慢才緩過神來，反問一句，你們到底誰啊？馮國金說，外地來的朋友，不打攪了，我們去市場裡找老魏。

大西農貿市場，馮國金太熟了，小時候總跟母親來這買菜，幾十年了，從最早的一溜地攤，到後來的大棚，再到如今的二層轉盤樓，外觀改變再大，那個特有的味道從來不會變。腳肉腥、土腥、魚腥，混著十三香，空氣裡飄著麵粉，要買什麼閉著眼睛憑鼻子找就得了。腳底下永遠是泥水混著血水，血裡有豬牛羊的血，雞鴨魚的血，顏色跟人血分不出來，一踩一腳腥。馮國金和劉平踏過全部汙濘，站在一排豬肉檔前，循著每張檔口前掛著的營業執照，他們找到了屬於魏志紅的那個。那中年男人正甩開膀子揮著剁骨刀，把一整塊肋排斬成一段一段。大冬天的，額頭和鬍子往外冒汗珠。

馮國金站在男人面前，打岔道，老魏啊，還認識我不？

男人放下剁骨刀，拿袖子蹭了一把汗，說，啥眼神兒啊。老魏在辦公室呢，我打工的。

馮國金也是第一次聽說，農貿市場裡還有辦公室。按男人指引，馮國金和劉平來到二樓管理辦處，推開門，就兩張桌子大的地方，一男一女坐在裡面。女的看樣子像會計，男的手捧搪瓷缸子喝茶。馮國金對男的亮出證件，說，魏志紅，跟我們走一趟。魏志紅的反應並沒太吃驚，站起身說，我能回家跟我老媽打個招呼嗎？馮國金說，沒工夫了，到了隊裡可以讓你打個電話。魏志紅點點頭，去門後的衣掛上拿外套，劉平這邊攥著手銬等他呢，沒想到魏志紅開門拿衣服是虛招，自己溜著門縫猛躥出去，回手把門摔死。劉平大叫，我操，跑了！馮國金猛地拉開門說，追啊！

地太滑。魏志紅才跑出沒五十米自己摔個狗吃屎，劉平乘機撲上來給按倒在樓梯拐角，倆人滾了一地泥。馮國金跟上來扭死了魏志紅的雙手銬起來，疼得魏志紅在地上大叫，不跑了，不跑了！

魏志紅被銬在車裡，居然哭了。馮國金問，你他媽逼跑什麼？秦天在哪呢？你的金盃麵包車呢？說！想不到魏志紅竟一問三不知，只一個勁兒說跟自己沒關係，麵包車讓秦天開走了，今早剛走。馮國金說，行，你等著。車開了不到五分鐘就到了秦家樓下，馮國金和劉平把魏志紅銬在車內的把手上，迅速上樓敲門，敲了足有三分鐘，沒人在家。劉平問，怎麼辦？馮國金說，先把魏志紅帶回去，再派兩組人出去，一組找秦天的弟弟秦理，一組查麵包車。劉平說，馮隊，咱們基本沒人了，今早才被曹隊給抽調去撫順了。馮國金急了，你跟小鄧還有我，不是人啊?!

開審魏志紅前，馮國金接到楊曉玲的電話，她說自己又不用陪傑克去浙江了，問馮國金昨晚怎麼不回家，不是說好了嬌嬌週六回家你也在嗎？馮國金正不耐煩呢，沒好氣地說，辦案呢，有什麼事不能電話裡說？磨磨唧唧的。楊曉玲說，不行，就得當面說。馮國金說，你愛說不說，不說我掛了。楊曉玲那邊沉默了一陣，馮國金以為她掛了，自己也打算掛的時候，又聽到那頭一聲「喂？」，馮國金說，聽著呢，趕緊的。楊曉玲說，我要跟你離婚。馮國金以為自己聽錯了，你說離婚啊？楊曉玲說，對，離婚。馮國金問，你外邊有人了？楊曉玲說，對，有人了。馮國金說，知道了。楊曉玲急了，「知道了」是幾個意思？馮國金說，就一個意思，知道了，女兒在家，我不想跟你聊這事。說完他就把電話掛了。

審訊室裡，魏志紅還哭呢。劉平罵道，別雞巴哭了，敢做不敢當啊？是老爺們兒不？魏志紅說，你們真抓錯人了。馮國金坐下，點燃一根菸，魏志紅跟他要菸，沒給。馮國金問，犯什麼事了，自己心裡清楚吧？魏志紅說，我知道，但是真跟我沒關係，你們應該去抓秦天。馮國金說，該抓誰用不著你教，抓你肯定也不白抓，先把自己的事說了吧，剛才為什麼跑？

審了近兩個小時，魏志紅該說的都說了，馮國金心裡有數，案子到了這一步，終於見亮了。魏志紅交代的「事實」有幾個關鍵：馮國金第一次去交警大隊找王隊時，在辦公室裡走嘴提到了黃姝的名字，沒成想前來領扣押車輛的魏志紅當時也在，偷聽到了，而他確實認識黃姝。當天魏志紅只是去領車，不撈人，秦天不過是他僱的小工。魏志紅在市場除了當管理員，還盤有倆檔口，一個賣豬肉，一個零食批發，秦天是幫他管零食批發的，幹了有三年了。金盃麵包車是秦天平時拉貨送貨用的，都是秦天在開。魏志紅在大西農貿市場後面的荒地上還自己蓋了一個小磚頭房，一箱一箱的小食品都堆在那裡面，魏志紅幾乎不怎麼去，都交給秦天打理。後來有一次他隨便進去看一眼，發現秦天給裡面釘了個床板子，還弄來一個小木頭桌，一個男孩待在裡面看書呢，嚇了魏志紅一跳，這才知道那是秦天的弟弟秦理，好像是個啞巴，問什麼也不說話。魏志紅覺得沒啥，秦天把活兒幹好就行，別的他懶得管。可是後來，魏志紅無意中見到秦理把一個女孩帶進那個磚頭房裡，一待就是大半天。那女孩就是黃姝，長得挺漂亮的，個子很高。

劉平說，然後你就對黃姝起了歹心了，強姦後又殺了她，又讓秦天替你拋屍，是不是？魏志紅急了，眼淚都哭沒了，乾嚎說，沒有！真的沒有！劉平問，那你見到我們就跑？你心虛啥！魏志紅說，我不是心虛，我是知道自己犯過錯誤，怕你們懷疑我，我見到警察就害怕，真一急，才跑的。劉平反問，你覺得我能信嗎？魏志紅繼續解釋道，那天我在交警大隊聽到你（指馮國金）提到黃姝的名字，我還以為自己聽錯了，我知道鬼樓的案子，報紙上都寫了，當時聽到我腦子就嗡一下，就覺得可能跟秦天有關。劉平問，那你怎麼不報案？魏志紅委屈般說，還是害怕啊！萬一我聽錯了呢，萬一是跟那女孩重名的呢？要是跟秦天沒關係，我瞎報警，不是引火燒身嘛！畢竟我有前科唄。

劉平訕笑說，「引火燒身」，還會用成語呢？就你自己點的火吧！魏志紅說，我真的是清白的！劉平問，二月十二號的下午四點到六點，你人在哪？魏志紅想了半天，說，真想不起來了，那個時間我一般都在家。劉平說，誰能作證？魏志紅說，我老媽。他突然一跺腳，又說，我想起來了！秦天就是在那天晚上酒駕被抓的。當天晚上我急著幹點活兒，想找把鍬，家裡沒有，就蹓躂去磚頭房，正好碰見秦天也來了，非攔著不讓我進去，說鍬丟了，當時我覺得挺奇怪的，說了他兩句就回家了。劉平說，具體晚上幾點？魏志紅說，九點，十點，真記不住了。換馮國金繼續問，今天早上，秦天什麼時間把車開走的？去哪兒了？走之前跟你說過什麼沒有？魏志紅說，今天早上他才從派出所出來，馬上就到農貿市場找我，就說要用車，別的什麼也沒說。馮國金問，他不說，你也不問？你不是他老闆嗎？魏志紅說，可能還是送貨吧，我也沒敢問啊，我看他拘留了那麼多天又出來了，應該是跟黃姝的事沒啥大關係。馮國金盯著魏志紅不說話，又點燃一根菸，這回分了魏志紅一根。魏志紅狠吸了一口，他被馮國金盯得有點怕了，說，該說的我都說了，真的。馮國金擺擺頭說，不對，還有。魏志紅說，真沒了！馮國金問，你是不是怕秦天？魏志紅反問，我憑啥怕他？馮國金問，你以前騷擾過黃姝，對不對？不然你怎麼知道黃姝名字，還擔心自己被抓？你怕秦天反咬你一口，對不對？

魏志紅不說話了，被馮國金說中。隨後在劉平連環逼問下，終於承認，自己對黃姝動過心思。據他說，從半年前開始，黃姝經常到磚頭房來找秦理，倆孩子把那當據點了。有一次，他見到黃姝自己拿鑰匙開的門，當時秦理還沒來。他就跟進去了，對黃姝動手動腳，後來被前來取貨的秦天給撞破，把他給打了，還警告過他。馮國金問，秦天跟你說什麼了？魏志紅聲音漸小，說，他說，再碰黃姝，就整死我。馮國金說，他打了你，還說要整死你，你都不敢把他攆走？還說你不怕他？魏志紅吞了口唾沫，說，畢竟，給我幹了快三年了，挺利索的，再說，你是沒見過那小子，我都不敢看他眼睛，剛跟我幹那會兒，在市場裡跟別的攤主打架，敢拿刀捅人，我要是真砸他飯碗，我怕真能整死我。馮國金說，還是你理虧吧，對黃姝耍流氓在先。魏志紅說，一時糊塗，就那一次，真的就那一次，黃姝的死真的跟我沒關係。馮國金讓劉平給魏志紅看監控錄像，魏志紅指認了秦天，就是他在開車。劉平按照他交代的秦天手機號打過去，關機。

就在審訊快結束前，魏志紅突然主動提起，他去交警大隊提車當天，發現麵包車內有血跡，貨箱裡有，方向盤上也有，但顏色深了，而且就一點點。馮國金追問，你確定嗎？魏志紅說，確定是血，是不是人血不確定。馮國金問，當時為什麼沒懷疑？魏志紅說，因為那天以前他曾經讓秦天臨時去屠宰場取過一批豬肉，當時有個大客戶急著要，原本送貨的人又住院了，秦天以前從來沒幹過，挺愛乾淨個人，偶爾幫我看攤兒也從來不碰肉。我尋思是他笨手笨腳弄得哪都是豬血，根本就沒多想。劉平問他，還有啥掖著沒說趕緊的。魏志紅反問，警察同志，秦天是不是在我車裡殺人了？劉平說，殺沒殺你車也沒了，該問的時候不問。魏志紅問，我都坦白了，能寬大處理嗎？

馮國金跟劉平之前一直沒想通，為什麼秦天在拋屍當晚沒直接棄車逃跑？這回終於有答案了。因為車裡還有血跡，不管是黃姝的還是他自己的，如果被警察在死胡同裡找到一輛帶血的空車，更危險。所以秦天寧願在拋屍後返回車裡匆忙清理了大部分血跡，被當作酒駕拘留，也不能棄車留下證據。劉平總結說，也就是秦天在看見交警攔車那一瞬間，下定決心賭一把。馮國金點頭說，弟弟是天才，哥果然也不笨，拋屍確實是臨時起意。

劉平把魏志紅跟那個皮夾克男關在一起。皮夾克蹲了一個禮拜了，有吃有喝的，肯定比在外面活著省勁，看樣子是不打算出去了。人一會兒明白一會兒傻的，一會兒說那身內衣是自己撿的，一會兒又說是別人送的，聽得劉平他們都煩了，反正案子沒破以前都得關著。魏志紅一進來，皮夾克眼睛就一亮說，我見過你，衣服是你送我的。劉平一愣，魏志紅也傻了，對皮夾克說，你他媽別瞎說啊，我不認識你！皮夾克搖頭晃腦地又看了一陣魏志紅，說，不是你，我撿的，你誰啊？敢情又犯病呢，給劉平也愁壞了。回辦公室的路上，見到幾個屋的人幾乎都空了，知道這次打黑是下了狠手，又是突擊行動，本來曹隊是連他都要調用的，但被劉平拒絕了，自己也走了，馮國金不成光桿司令了？小鄧還年輕，自己起碼多兩年經驗，這個節骨眼上，他不能讓馮隊掉鏈子。回到辦公室，劉平見到馮國金在發呆，喚了一聲，馮國金才回過神來。劉平心想，他也累了吧。

剛才楊曉玲提離婚的事，還在馮國金腦袋裡轉。什麼叫外面有人了？是不是蒙我呢？有人了我怎麼會一點沒察覺？老子可是幹刑警的！馮國金安慰自己，生氣不能解決問題，現在也不是生氣的時候，楊曉玲肯定是故意氣自己呢，等案子破了，回家再聊。不管怎麼說，只要女兒在身邊一天，他絕對不允許楊曉玲胡來。離婚，沒門兒。

晚上，小鄧的電話進來了。馮國金接起來就聽小鄧在那邊喊，哥你趕緊換一手機吧，求你了，乾打打不通！馮國金說，你趕緊回來，人手不夠，現在全力抓秦天。小鄧說，誰？馮國金忘了，他還沒來得及給小鄧更新信息，趕緊說，就是那個叫秦理的啞巴孩子他哥，現在確定拋屍的就是他，人可能已經跑了，你趕緊回來。小鄧說，我現在不能回去，哥，我跟你說，殷鵬肯定有問題！我現在就在他公司樓下呢，他跟他司機倆人，帶了四個行李箱，看這樣是要跑路，我得跟著他。馮國金問，你跑他公司去幹什麼？現在來不及管殷鵬了！小鄧說，不行，下午我剛跟那個叫小麗的女孩見完面，那個小麗才十九歲，是技校的學生，她雖然沒明說，但我聽出來了，那個殷鵬對女孩有虐待傾向，但事後都會給錢封口，汪海濤撒謊了，他不敢得罪殷鵬，故意幫他瞞著。馮國金說，你現在在哪呢？小鄧說，出租車上，跟在殷鵬車後面，車牌號是A94575，黑色奔馳。馮國金猶豫了一下，說，可是現在對殷鵬沒有證據。小鄧力爭道，哥，有證據也晚了，人明顯要跑，你信我，這次我直覺肯定沒錯。馮國金一時無語。小鄧繼續說，犯了錯誤我背，跟你沒關係。馮國金最終一咬牙，說，他們兩個人，你小心點，別硬來。小鄧說，我知道了，放心吧，哥。馮國金說，去吧。

掛掉電話，馮國金才意識到，小鄧從什麼時候起開始改口叫自己「哥」了？他聽著心裡挺得勁兒的，自己還真沒有弟弟。多少年後，當他跟人講起當年的小鄧時，說的都是「我那弟弟」。可是驕傲過後，都是悔恨。他後悔自己對弟弟說的最後一句話是「去吧」，多不吉利，人上歲數後自然就迷信了，當年如果自己說的是「等你回來」，弟弟是不是就不會一去不復返了呢？

6

一個人的記憶到底能不能選擇？我的答案是能，我試過。記憶是可以被操控的，只要心夠誠，所謂的真相也會為你讓路。相信即真相。我相信黃姝是完美的，美到大千世界都容不下她。

軍訓，運動會，摸底考試。轉眼兩個月時間就過去。十三歲那年開始，我無法再像過去那樣，每晚躺在床上，把想黃姝當作固定的睡前活動，黃姝似乎也在默契地配合，出現在我生活中的頻率越來越低，每次還永遠有馮雪嬌和秦理在身邊。黃姝讓我明白，她是被平分的，不是屬於我一個人的。那年的黃姝，十五歲，身高一米七二，右邊虎牙比左邊更尖一點，大笑時特別明顯。立秋後不久，她把一頭長鬈髮染成了淡紫色，開玩笑說因為自己是「紫」薇。她喜歡喝珍珠奶茶，最愛吃的零食是麥麗素和大蟹酥，麻辣燙只吃豆製品，討厭香菜、芹菜、茼蒿，不太喜歡吃肉。夏天更愛穿牛仔短褲多過裙子，雙腿筆直，腳踝纖細。右眉梢處有一顆小小的黑痣，很淡。綁馬尾辮的時候，喜歡抿著嘴咬自己辮子的尖尖，做不出題的時候，總愛摳手指，或者不停彈自己腦崩兒。關於那年的黃姝，我了解她幾乎所有習慣，知道她很多祕密，而她卻不知道，她就是我的祕密。

上了初中，十三、四歲的大家好像一下子都不願再把自己當孩子，紛紛踴躍地投身到成人世界的規則中去，竟游刃有餘。成績好的不會跟成績差的玩，穿耐克籃球鞋的不會跟穿假皮足的玩，長相好看的男女生永遠更受歡迎。但有一個規律在我發現以後比較吃驚，那就是家庭條件越好的學生，成績也相對越高，兩樣竟成正比。這點我一開始沒想通，還是馮雪嬌跟我解釋說，大家私下都在外補課，很多老師會在自己的補課班裡提前講週練測試的題目，補過課的當然考得好，補得越多成績越高，花錢也越多唄。咱班前五名，每個人每月的補課費至少都得一千五。聽到那個數字，我極為震驚，我不確定我爸媽兩個人一個月賺的錢加起來有沒有那麼多。馮雪嬌讀出我的吃驚，繼續說，補課花一千五有什麼的？李揚腳上那雙籃球鞋，就一千六，喬丹的。我弄不明白，馮雪嬌是怎麼懂得這些的，在她替我普及什麼是耐克、阿迪、喬丹以前，我一直以為這個世界上最貴的牌子是李寧呢，一雙跑鞋就要三百多，我唯一的一雙還是考上育英後我媽下狠心買的，雨雪天我都捨不得穿。馮雪嬌越說越來勁，說別看班裡穿耐克鞋的同學不少，其中一半都是假的，她一眼就能看出來。馮雪嬌說，你同桌方柳穿的就是假鞋，跟她的人一樣假。我問馮雪嬌，那你的鞋是真的嗎？馮雪嬌大驚失色，當然是真的！這是我傑克叔叔從美國寄回來的，你說是不是真的！我以為她在說《泰坦尼克號》，問她，哪個傑克？馮雪嬌說，我媽生意上的合作夥伴，一個美國人。我又問她，那你也補課了嗎？馮雪嬌突然低下頭說，就數學跟英語，別的沒補。我質問她，為什麼沒告訴我？馮雪嬌像是羞愧地說，我以為你就算知道了也不會去，我就沒說。我想了想說，也是。

家教、喬丹鞋、美國，這些詞彙聽起來都距離我那麼遙遠，就像我跟黃姝之間一樣。好在那些我並不眼饞，不是所有遙不可及的東西都非要碰上一碰，不屬於你自有道理。當時我給自己定下的目標，是在育英安安穩穩地過上六年，只要中間不被淘汰，不用參加中考，便萬事大吉。可惜，上初中後的第一次大考就打破了我的這種幻想，全班排名三十三，一共五十二人。我只有語文成績相對突出，數理化幾乎墊底，照這個排名，兩年半後我就得從育英初中滾蛋。為此，班主任崔老師還特意找我媽談了一次話。我媽後來回家跟我說，你們崔老師挺欣賞你，誇你作文文筆好，思想也成熟，她想讓你當語文課代表，但是你數理化太拉分了，替你可惜，她希望咱也能去補課。最為難我媽的那句話還鯁在喉嚨裡沒出聲時，被我搶了先說，媽，我不補課，也能學好。我媽眼睛紅了，摸摸我的腦袋，回客廳串串兒去了。搬家以前，我們家住的是三十六平米的套間，唯一的臥室我爸媽住，我的「那間」是我爸用膠合板隔出來的，我從三歲睡到十二歲。我爺爺以前在廠裡當領導，退休前分到一套三居室。自從我隨爸媽搬到爺爺的房子照顧他，我才終於有了真正屬於自己的房間。搬家過程中，我媽還翻出一臺塵封多年的老三洋錄音機，據說是他們倆當年的定情信物，很大，有兩個卡帶槽，能用來翻錄，我媽把它送給了我。

有了自己的房間跟錄音機，我別無奢求，當時對自己的生活已再滿意不過。

初一上學期期末考試前，我在午休時去少兒班找過秦理幾次，讓他給我免費補課。秦理站在走廊的窗臺上，給我講數理化。我的問題太多，也不知道他是不耐煩，還是嫌我太笨，總是每隔一會兒就用雙手揉太陽穴，說自己看帶字的就頭疼。他叫我把題念給他聽，然後他再給我講出來，全程不能讓他沾筆紙。我問他，這麼下去怎麼行？秦理說，他已經沒法參加競賽集訓，已經退賽，連平常的考試也漏了很多次。少兒班是淘汰制，每學期都會淘汰一兩個人，秦理說，可能快輪到他了。我安慰說，你是天才，等病好了再追回來就行。秦理說，淘汰了也挺好，本來他們就怕我，他們都知道。我問，知道什麼？秦理說，知道我是誰。

有那麼兩次，黃姝突然出現在育英初中校門口，秦理陪她一起等。都是馮雪嬌無聊了打電話叫黃姝來的，而黃姝又總是願意遷就她。黃姝僅僅是安靜站在原地不動，也一樣能引起巨大的騷動。男生推著車走出校門，突然見到一個跟自己平日看慣的短髮校服女生有天壤之別的異色，都忍不住駐足，而女生大多嗤之以鼻。在黃姝等我和馮雪嬌出來之前，有好幾個初三年級男生搭訕，多虧門衛齊阿姨將男生們都轟走，譴責他們不學好丟育英的臉，要檢舉到德育處，可隨後馬上又將矛頭指向黃姝，陰陽怪氣地問，你哪個學校的？站育英門口幹麼？她的口氣，好像黃姝不是一個十五歲的少女，而是來自西塔紅燈街的站街女。黃姝說話總是很小聲，回答說，我等我的朋友。齊阿姨反問，什麼朋友？黃姝不緊不慢地說，好朋友。當時我跟馮雪嬌正走出校門，站在不遠處看著。可是身為好朋友，我們並沒有走上去跟齊阿姨理論，幫黃姝跟秦理撐門面，因為我被馮雪嬌拉住，直到齊阿姨履行完盤問走回收發室，馮雪嬌才放開我的手，小跑幾步假裝剛趕過來——我的距離可以清楚聽到齊阿姨最後撂下的那句「考不上育英就別來禍禍育英學生了，小小年紀褲子就穿這麼短」——當時黃姝的目光已經朝我們看過來，卻又迅速移開，努力讓我們以為她什麼都沒看見。等馮雪嬌若無其事地湊到黃姝身邊時，黃姝仍如往常一樣微笑著幫她捋額前散掉的瀏海兒。

她永遠那麼善良，善良到讓人不忍。而我和馮雪嬌卻在那天親手把刀扎在她的心上，悄無聲息。

或許那天是出於對黃姝的愧疚，我主動請客去吃本市第一家巴西自助烤肉，剛開業搞活動，四人同行一人免單，三十八元每位，先付再吃。四個人一共花了一百一十四，那是我辛苦攢了三個多月的全部錢，一塊塊從飯缸裡省出來的。馮雪嬌調侃說，不容易讓你也大出血一次啊！我說，所以才吃自助，你們多吃就是幫我賺錢。

裝修成南美風的大堂內，人聲鼎沸，牆上掛著的仿製馬雅面具笑得很詭異。兩個穿夏威夷花襯衫，頭頂白色編織帽的菲律賓男人抱著吉他一路獻歌，終於輪到我們桌，操一口帶東北腔的蹩腳中文問我們要不要點歌。馮雪嬌說，要錢嗎？一個白帽子舉起拳頭說，十塊一首。馮雪嬌說，太貴，不點了。點！——我脫口而出，嚇了馮雪嬌一跳，隨即翻口袋，只剩最後六塊。秦理掏出了十塊錢說，點吧。馮雪嬌又來勁了，嚷道，我要點梁詠琪的〈中意他〉！兩個菲律賓人笑著解釋自己一共不會幾首中文歌，最熟的是〈月亮代表我的心〉和〈愛你一萬年〉。不能再給馮雪嬌機會，我搶先點了一首英文歌：〈I Do It For You〉。兩個菲律賓人唸叨著「good，good」，開始彈唱。那是我人生繼〈雪絨花〉後學會的第二首英文歌，來自表哥給我的一盤磁帶，當時他十八歲，在醫科大學念衛生學校，挎BP機，戴銀鏈子，穿破洞牛仔褲，聽外國音樂，聽膩了的磁帶就丟給我。由此我聽了不少英文歌，接觸了不少外國樂隊，而當時身邊的同學大多在聽Beyond、王力宏、H.O.T。為學唱英文歌，我特意背了不少考試用不著的單詞，用那臺老三洋錄音機一遍遍地扒帶。

兩個菲律賓人竟把這首歌唱出了歡快的夏威夷風味，當唱到那句「Search your heart，Search your soul」，我的眼神跟黃姝有意無意地對上了，黃姝笑靨，眯縫著雙眼說，真羨慕你們英語都那麼好，可以聽得懂歌詞。我剛想解釋，馮雪嬌搶答，「我願意為你死，我做的一切都是為了你」，浪不浪漫？說完她瞟了我一眼。黃姝好像事不關己一樣，點頭說，嗯，浪漫，特別浪漫，真的好聽。

最後的六塊錢，剛好夠買兩扎啤酒。黃姝勸我說，喝酒不好。馮雪嬌卻說，他自己花錢，隨便他。啤酒上來，秦理居然提出要分一扎。噢，他不當自己是孩子了。正是從那天開始，我知道自己酒量並沒遺傳我爸，卻有種預感自己未來會成為一個酒鬼。當時的我，一扎啤酒，就強迫自己醉，因此才能理直氣壯地問黃姝那句，「你到底喜歡什麼樣的男生？」黃姝沒喝酒，笑得倒像醉了，撇撇嘴說，善良啊，聰明啊，有正義感啊，對女生體貼啊，差不多吧——馮雪嬌打斷她說，你說得太泛泛了，沒有具體的人嗎？黃姝笑著看著我的眼睛說，有啊，你，王頔——還有你，秦理，要是能把你們倆捏到一起，那該多好！我最喜歡的男生就是你們兩個！我了解黃姝，她那個樣子沒在開玩笑，完全是一個認真的答案。但是除她以外的三個人，彷彿同時鬆了一口氣。最後，我給自己下臺階說，我好像醉了，我酒量真差。馮雪嬌偏偏不給面子，突然扭頭問我，腦筋急轉彎——如果地球上只剩我跟黃姝兩個女生，非要你選一個，你會選誰？我說，這算哪門子問題。馮雪嬌不依不饒，繼續問，那你說，我跟黃姝誰漂亮？周圍更吵了，黃姝應該是假裝沒聽見，秦理卻抬起頭看我，好像盼著見我難堪一樣。我狡辯說，你們兩個，不是一個紫薇，一個小燕子嘛，你說她倆誰更美呢？

從飯店出來，馮雪嬌執意要我跟秦理一起騎車走，她打車負責送黃姝回家。搬家以後，我跟秦理不再順路，最多一起蹬三個路口就要分別。不知道是喝了酒的緣故，還是因為我問了黃姝那個問題，秦理一路上都在跟我鬥快，連闖了兩個紅燈。快到最後一個紅燈前，我逆風拚命蹬才追上秦理，在呼呼的風聲裡問他，你怎麼了？不要命啊？秦理像沒聽見我說話，蹬得更快了。我繼續大聲喊，你喜歡黃姝！秦理也大聲吼回來，不喜歡！我再喊，你喜歡！秦理又吼，不喜歡！

回想起當年那一幕，一聲聲荒唐的對吼最終被風吹散，就像我們曾經交錯但最終各奔東西的人生。的確很荒唐啊，可成年後的人生裡也再不會有那種令人血脈賁張的荒唐。想到這，我甚至有一瞬間不再替黃姝感到委屈，假如她在天有靈，知道曾經有兩個自以為是的少年為了爭奪喜歡她的權利，吵得面紅耳赤，該體會到的是滿足吧，哪怕我們都是那麼不完美的人，甚至是戴罪之人。

秦理長高了，腿長了，蹬得無比快。在他甩掉我之前的最後一刻，我大聲追上一句：小屁孩兒！

那天以後，我有一段時間沒再見到秦理以及黃姝。期末考試前，馮雪嬌在班裡也很少找我說話，即便是跟我四周的人說話，眼神也能很準確地忽視我。少了馮雪嬌在耳邊聒噪，我每天更懶得跟別人說話，下課就出去一個人踢球，也是在那段時間，我跟高磊認識了，他是初一六班的體委，在隔壁。我們倆是在足球場上結緣的。高磊技術很好，小學就是足球隊長，但我也不賴，因此惺惺相惜，高磊最初找到我說，一起進育英足球隊吧，可以參加比賽。可就在我們打算報名之前，校方解散了才成立兩年的足球隊，理由是校隊參賽的成績太差，訓練還耽誤隊員學習。但我跟高磊從球友變成好友，整個寒假裡，我倆幾乎每天都去距離育英很近的醫科大學操場踢球，跟二十出頭的大學生混一起。因高磊長相成熟，還故意蓄了點鬍子，從未挨過欺負。那段時間，我給他講了我跟秦理、馮雪嬌、還有黃姝的很多事，把喜歡黃姝的事給說漏了，沒想到高磊竟然對黃姝有印象，就是那次她在校門口等我們時引起的騷動。我問，你覺得黃姝漂亮嗎？高磊說，漂亮，也成熟，是男生都會喜歡吧。我問高磊有沒有喜歡的女生，高磊說沒有。我問，要是你喜歡一個女生，會怎麼做？高磊反問，什麼怎麼做？你說怎麼追女孩？我說，嗯。高磊笑著說，寫情書吧，電視上都是這麼演的。我說，太俗了。高磊說，那就搞點特別的，反正就是得表達。我問，真的？高磊說，喜歡一個人，為什麼要藏著掖著？

最後我也沒聽高磊的。直到結婚，十幾年的青春裡我都沒寫過任何一封情書，說出來連嬌嬌都不敢相信。我送給黃姝的，是另外一樣自製的禮物，但那已經是初三時的事了。我的行動，比秦理和高磊都晚。高磊在認識黃姝的第三個月，就寫了一封情書給黃姝，多年後親口跟我承認的，但被黃姝委婉拒絕。至於我到底送了什麼給黃姝，那是後話。黃姝死去以後的話。

過完春節，初一下學期開學，跟著班主任崔老師走進教室的人是秦理。那一幕是那麼熟悉又陌生，五年級那年，秦理也是跟在老范兒的身後走進教室，老范兒介紹說，這是秦理同學，三跳級上來的。然而兩年後，秦理再一次以同樣的方式出場，身分卻是少兒班的淘汰生，神童下凡與庸人同伍，只不過主角不再是那個沒長大的小豆包，已然瘋長成為清瘦俊朗的少年，目光孤傲，陌生人都會覺得難以親近。秦理被安排坐在我的同列，他前我後，中間隔了一個人。多年後，我常在夢中夢到初中那間教室，秦理近在咫尺，又遠在天邊，而夢中我的耳邊迴響著一句臺詞：孩子，歡迎來到這個更殘酷的世界，這一次，你是孤身一人。

因為病情加重，秦理頭疼的頻率越來越高，幾乎無法看帶字的東西，運動過度還會嘔吐，多次大考缺考沒有成績，最終被少兒班淘汰。班裡大多數人，都像看稀有動物一樣看秦理，天資聰慧但性情冷漠，正符合他們原本對墮落天才的想像。而秦理也極為配合，拒人於千里，甚至連老師的面子都不給，偶爾數學和物理老師在講臺上腦子陷入混沌，把自己繞暈時會召喚秦理說，這個題你肯定會，起來給大家講講，秦理都直接拒絕說，我不想講。而他從來不寫語文作業這件事，更成為崔老師的眼中釘，因為壞了她殺一儆百的規矩，讓全班認識到，原來崔老師也有搞不定的人，多年威嚴掃地。崔老師也沒辦法找秦理的家長，因為他沒有家長，只有一個性情比他更古怪的哥哥，曾來過辦公室一次，面對崔老師列出秦理的種種罪狀，一言不發。從那以後，崔老師徹底放棄秦理，並在他自己的要求下，把秦理調到了教室最後的角落，自成一排。自從秦理換到那裡，反而見他鬆弛不少，彷彿那個位置天生就是為他而設，與這個世界彼此嫌棄，各自為伍又互不相干。

或許是病痛的折磨讓秦理憤恨於命運的不公，或許是單純的青春期叛逆，也或許是兩者混在一起，讓那時的秦理變成了一個令我無法理解的他。我不知道，他是否還因為在巴西烤肉店發生的事生我的氣。有一段時間，我跟馮雪嬌都曾試圖跟秦理說話，僅僅是自然地說話，就像我們最初相熟時那樣，可是都失敗了。秦理對我們愛搭不理，連中午吃飯也是一個人縮在食堂角落，大部分中午，他根本不吃飯，坐在教室裡發呆，目光總是望向窗外，我曾順著那個方向偷偷看過很多次，隔著監獄牢房似的鐵窗，除了枯瘦的柳樹和空蕩的天空外，一無所有。馮雪嬌再度願意理我後，十分擔憂地問，秦理是不是出了什麼毛病，是不是我們的錯？我說，我也不知道，但自己的問題到頭來還得自己解決，誰也幫不了誰。馮雪嬌看著我眼睛說，我覺得你現在特別可怕。我反問，什麼可怕？馮雪嬌說，我好像根本不認識你。

彼時我已經有了新朋友高磊，馮雪嬌在班裡也有了兩三個走得近的女生，她遠比我更適應改變。而秦理仍是一個人，直到那一次我見到他騎車載著黃姝回家。

那段時間放學後，我常去高磊家玩，都是趁他爸媽不在家時。高磊說，他爸媽開公司，代理了美國一個什麼品牌，專賣保健品，平時各地出差給人講課，發展會員，像疊積木一樣，他爸媽是金字塔的塔尖，再過兩年只要坐在塔尖上抽成就夠賺了。他說的我當時聽不太懂，但大意就是他家很有錢，他不愁吃穿，可以買八百多塊一雙的真皮足球鞋，還有日本高級的PS遊戲機。我心裡說不上羨慕，羨慕是要你能夠得到的水平，夠不到的叫仰望，我爸媽連小霸王都捨不得給我買。他教我打《生化危機》，我才知道原來這世上還有比魂斗羅和超級瑪麗好玩一萬倍的遊戲，人是立體的，殭屍好像要從電視裡撲出來咬我。遊戲打累了，高磊會在VCD機裡放兩張外國電影碟，都是租的，前兩次放的是《生死時速》和《虎膽龍威》，後來一次放了《泰坦尼克號》——第一次看到傳說中露絲的裸體。後來高磊還放過《原罪》和《本能》，那都是比露絲的裸體更高級的東西。我仍在癡癡地回味，高磊卻在耳邊說，明天再來，給你放更好的。從高磊家出來，我一路騎車魂不附體，猜想第二天到底是哪個資本主義國家的女明星在等我。

就在那個隆重的夜晚到來以前，發生了一件事，讓我跟秦理重修於好。下午的生物課，中年女老師講男女生殖結構，男生都在竊笑，女生假裝不敢抬頭。臨下課前，女老師說，下面做個隨堂小調查，男同學把第一次遺精年紀，女同學把月經初潮年紀都匿名寫在一張紙條上，還沒來的就寫「無」，折疊起來從後往前傳，老師課下會做一個統計，下次上課給大家一個數據，這樣大家就知道自己的發育速度跟平均值比是正常或是偏晚，如果哪位同學有疑問，可以在課下聯繫我，保證替大家保密。語畢，整間教室瞬間響起撕紙聲，剛剛埋頭不語的女生，動作起來反而比男生更快。我在自己的紙條上寫下「十二」，折好等後排的傳上來，同桌方柳小聲嘀咕一句說，真奇怪，寫完馬上折好紙條攥在手裡，怕我看似的，這時後排突然傳來壞笑聲，大家紛紛回頭，倒數第二排的李揚手裡正攥著紙條喊，發育不健全的小屁孩哦！聲音最遠就傳到我這排，再往前的同學跟老師就聽不見了。紙條是秦理的，我的位置隱約還能看清，折痕中間寫著一個「無」。譏笑聲有節奏地一波一瀾推向秦理，男女聲混雜。秦理從李揚手中搶回紙條，坐回原位，狠狠撕碎。

放學後，我本來早早出來奔高磊家去，但我的隨身聽忘在了書桌裡——那是我花了三百塊壓歲錢在電子市場買的二手索尼隨身聽（自從考上育英，我媽承諾以後每年的壓歲錢無須再上繳）。我回教室去取，剛到門口，一個保溫水壺從我面前擦著鼻尖飛過，我認得那是秦理的水壺，他喝藥習慣自帶熱水。教室裡，秦理被高他半頭的李揚騎在地上揍，亂拳掄在臉上，教室裡僅剩下幾個女同學都不敢攔架，縮在一角亂叫，我衝上去一把將李揚推翻在地，他先是一楞，隨後起身要還手，卻被迅速爬起來的秦理擋住，令我吃驚的是，秦理竟然卯足了勁兒推我，一直把我推到門外，反鎖上門——透過門玻璃，我親眼看著他再次撲向李揚，扭打在一起，直到李揚掄得累了，秦理眼角出血，李揚才開了門鎖揚長而去，走前狠狠瞪了我一眼，而我就那樣傻站在原地，腦子裡還沒想明白，秦理推我到底是什麼意思。

我扶起秦理，再次被他推了一把。我說，走吧，陪你騎回家。秦理說，不順路。說完徑直往外走。我跟出門去，撿起已經滾到走廊盡頭的保溫水壺，追上去遞給他。當我看著他背影走出那條昏暗的走廊那一刻，才終於想通，剛剛他把我推出門外，是不想讓我再因為他被牽連，像六年級那個冬天一樣。那一刻，我知道我認識的秦理又回來了。

高磊先一步回家準備，我敲開門時，電視已經開好了，他自己卻要出門的架勢。我問他，你去哪？高磊說，出去轉轉，你自己慢慢看，東西都給你準備好了。說完他面帶笑意地離開了。客廳裡燈光很暗，高磊應該是故意關掉了一半的燈。我的手顫抖著點開VCD機的遙控，電視上出現的又是外國女人，但不是安吉麗娜．朱莉，也不是莎朗．斯通，而是一個陌生的金髮豐滿女人，兩分鐘不到便脫得精光，一個外國男人此時上前，兩個人開始一場你呼我喊的較量。那個場景是那樣陌生，又好像在夢裡提前預演過。我緊張到起身把電視聲越調越小，可身體內的一團反而越來越燒，兩腿間脹得難以忍受，此時才發現客廳的茶几上除了有幾瓶飲料，還擺好了兩包紙巾，心相印的，都是藍色，跟黃姝送給我的那包一樣。只是黃姝那包被我一直珍藏，而眼前這包，被我貪婪地用來擦身體裡的穢物。我明白，自己不再乾淨，可是在那一瞬間的大腦空白裡，沒有了天和地，沒有了夜空和繁星，沒有了煩惱和憂愁，也沒有了黃姝和愛，在那一片芒白中只有自己面對另一個自己說，孩子，歡迎來到這個更殘酷的世界，這一次，你是孤身一人。

有光為證

1

馮國金年輕的時候沒工夫看電視劇，忙起來沒白天沒黑夜的。退休前反倒開始追劇了，追的還是美劇。女兒嬌嬌送了他一個 **iPad**，裡面劇都下好了，全是探案題材的。馮國金成宿不睡地追，嬌嬌問他好不好看，馮國金說好看是好看，就是拍得有點假，裡面警察乾打打不死，那不是人了，是神。真人會死的。

二〇〇三年二月二十三號晚，小鄧失去聯絡以前，曾給馮國金打過一個電話，但馮國金的手機又自動關機了沒接到，等他發現時給小鄧打回去無數次都沒人接，一直打到二十四號早晨，接電話的竟是郊區派出所的民警，核實過馮國金的身分後，說，人死了，屍體被發現在一個荒廢的果園壟溝裡，一個起早進城趕集的農民發現的，手機就揣在褲兜裡，最後一條通話紀錄是馮國金的號碼。直到小鄧的屍體被抬上警用麵包車，馮國金守在身邊，眼見這個年輕人的胸前再也沒有絲毫起伏，長而濃密的睫毛趴在臉頰上一動不動，他才強迫自己相信，這不是惡作劇，就算是，那也是老天爺開的。小鄧安靜地躺在車裡，真像睡著了。身著便裝，頭上還戴著頂公牛隊的帽子，他上學時就喜歡喬丹和羅德曼，一直說將來要去美國看一場NBA的比賽。馮國金脫下自己的警服大衣，蓋在小鄧身上，警徽正落在胸前。馮國金眼睛燒得很，看小鄧的臉也越來越模糊，嘴唇也開始哆嗦，他害怕再這麼看下去，小鄧會漸漸從眼前消失，將來會從別人的記憶裡消失。就是在那一刻，馮國金下了決心，哪怕自己嘴再笨，小鄧的追悼會他也要主持，有些話必須得從他嘴裡說出來才行——這個年輕人叫鄧岩，他是個優秀的人民警察，請各位一定要記住他。他的犧牲，是我的錯——小鄧的臉終於看不清了，馮國金雙眼模糊，伸手捋了捋小鄧被帽子壓趴的頭髮說，你累壞了，休息吧。咱哥倆兒，回頭見。

小鄧的追悼會可能得推遲幾天，他不會介意的。這是馮國金說的，他還說，小鄧不能白死。馮國金必須得撐住，其他同事還得他來安慰呢，特別是一個人。馮國金給施圓打了一個電話，用的是自己新換的手機，施圓那邊說已經知道了，她的聲音很平靜，馮國金反倒說不下去了。施圓說，小鄧的屍檢她迴避了，等追悼會再看最後一眼吧。小鄧戴的公牛隊帽子，是施圓在他出事前的下午送的。提起帽子，電話那頭終於有哽咽聲，施圓說，當天下午她放假，小鄧約她去避風塘，她當那是倆人第一次正式約會，帽子是早就買好要送給小鄧的禮物，可是到了才發現，小鄧還約見了別的女孩，搞得她特別生氣，原來小鄧找她去是當托兒的。那個女孩叫小麗，汪海濤曾經給她和殷鵬搭過線，好不容易才約出來的，小鄧怕女孩面對他一個男的會害怕，有話不好說，才把自己給誆去了。去都去了，施圓就扮演起搭檔，替小鄧問話，小鄧在一旁偶爾插兩句。馮國金問，那個小麗都說什麼了？施圓說，那女孩很緊張，一開始問什麼都不說，還埋怨小鄧不該騙她出來，後來我陪她聊了幾句，她才開口，沒直接承認她跟殷鵬之間存在性交易的關係，但意思都明白了，話裡還提到，殷鵬確實有性虐待傾向，但是她收了殷鵬的錢，也不敢跟任何人說，畢竟不是什麼光彩的事，不過後來殷鵬再找她的時候，她就不敢去了。對了，她還提到錄像帶。馮國金問，什麼錄像帶？施圓說，殷鵬在做那種事的時候，會拍下來，應該是有錄像帶的。馮國金說，她知道錄像帶在哪嗎？施圓說，肯定不知道啊，而且她跟我說完又有點後悔了，說自己胡說的，然後就走了，讓我們別再找她。馮國金說，多虧有你在。施圓說，小麗走以後，小鄧打車直奔殷鵬公司，我不放心，就跟著他一起去了，在車裡守了兩個多小時，車牌號我記得，A94575，黑色奔馳。直到看到兩個男的把行李裝上車，小鄧非攆我下去，讓我回家。講到這裡，施圓頓了半天才說，馮隊，他的直覺真的挺準的。馮國金說，嗯，我知道。施圓又問，他死之前，沒遭罪吧？馮國金說，沒。施圓說，是那個叫秦天的幹的嗎？馮國金說，還不好說。施圓沒再問，最後說，馮隊，換個新手機吧。馮國金說，現在用的就是。施圓說，嗯，晚了。

就在距離小鄧遇害的果園不到兩百米處，發現了被燒燬的金盃麵包車，正是魏志紅名下但被秦天在二十三號當天早上開走的那臺。很明顯，秦天把車開到荒郊野外再燒燬，就是為了毀掉證據，那輛車載過黃姝的屍體，一定會留下黃姝的DNA。秦天燒車之際被小鄧抓到現形，於是秦天將小鄧殺害——兩個最大疑問：第一，小鄧遇害現場不存在激烈搏鬥痕跡，可小鄧受過專業訓練，怎麼可能叫秦天半個殘疾人說撂倒就撂倒？除非是中了埋伏；第二，小鄧原本是去追殷鵬和老拐的車，為什麼會被秦天給跟上呢？抓到秦天，答案都有了——他到底從什麼時候開始盯上小鄧的？假如秦天殺小鄧是以絕後患，那該死的人是他馮國金才對。

馮國金越想心口越堵。問那個出租車司機，為什麼丟下小鄧自己跑了？司機說，小鄧說他是警察，讓他一路跟著那輛奔馳，直到過了收費站，奔馳往一條土路上拐，再跟就太明顯了，小鄧讓他停車在路邊等著，自己下車了。馮國金問，為什麼不等他回來？司機說，他讓我等了，但是我害怕啊，大半夜連個路燈都沒有，前不著村後不著店，我也有老婆孩子在家等我呢，一個念想，就踩油門了。馮國金問，為什麼不報警？司機低聲說，我也不知道是不是真辦案啊，萬一是社會上的事呢？多一事不如少一事啊。馮國金氣得面紅耳赤，強忍著又問，那你有沒有看到後來有車輛跟著拐進去了？司機說，沒有，我停了不到五分鐘就開走了。馮國金問，那輛黑色奔馳，車牌號記得嗎？司機說，我記性不好，看一眼能想起來。馮國金說，A94575。司機說，對，就這個。馮國金問，你有看見車裡坐著幾個人嗎？看到臉沒有？司機說，我想起來了，快過收費站的時候，奔馳的後輪爆胎了，你們那個同事讓我也停車，他還下車去幫奔馳的司機換胎呢，所以我才說，我以為他們根本就認識，這要是辦案，上去抓住不就行了？我想起來了，就是這麼回事兒，最後我才走的。馮國金說，你的事待會兒再說，奔馳車上下來的人，看清臉了嗎？司機說，沒看清，當時天黑了，離得也遠。司機又問，還有我的事嗎？馮國金說，你本來可以救一條人命的。

馮國金這麼說，是因為屍檢發現，小鄧的肺被一刀刺穿以後，並沒有馬上死亡，而是至少又掙扎了有二十分鐘，還曾試圖爬離那個龍溝，假如當時那個出租車司機能折回去看一眼，小鄧興許還有救。馮國金知道，想這些都沒用了，施圓問他小鄧死前有沒有遭罪，他撒謊了。在小鄧的指甲中，發現有他人的DNA，很可能就是兇手的——小鄧死前曾跟兇手面對面，卻無還手之機。

二月二十四日當天，大隊長曹猛帶著大部隊從外地回來了，黑社會案最後兩個關鍵頭目全給帶回來了，忙活了一年半的大案，終於算告一段落。隊裡的人手又多起來了，曹隊也親自上陣幫馮國金，去查高速收費站的監控錄像。趕得真是時候啊，馮國金心說，有他媽什麼用，我的人都死了。馮國金兩天一宿沒合眼了，看東西都有重影，他讓劉平安排兩組人二十四小時蹲守，一組去大西農貿市場，重點是那個磚頭房，另一組去秦家樓下，密切監視秦理的一舉一動。出發前的一個小時裡，馮國金一共接到三個電話，第一個是郊區派出所的所長，說他們在距果園不遠處一棟廢置的豬圈裡，發現一個用鐵鍬挖開的坑，這就跟燒燬的麵包車裡發現的短柄鐵鍬對上了，秦天一定是取走了什麼一直藏在那裡的東西。第二個電話是大隊長曹猛打來的，他當時人正在交通隊，證實了A94575的黑色奔馳不是殷鵬的車，是個假的套牌，而且殷鵬的車還在他公司樓下停著呢，人也沒跑路去國外，機場沒有出境紀錄，跟司機在廣州呢，他核實過——小鄧有沒有可能跟錯人了？第三個電話是楊曉玲，質問馮國金離婚的事到底還談不談，馮國金只說了一句，小鄧死了，楊曉玲那邊就哭了，她也認識小鄧，挺喜歡那孩子的。馮國金說，最後幾天，等我抓到了人，就回家跟你談，從頭好好談。

「二〇〇三年二月六日至十一日，黃姝都住哪了？」、「龍骨」、「手銬」、「錄像帶」，馮國金翻看著小鄧死時還揣在口袋裡的筆記本，字跡又亂又醜，一看就是個急性子。「老拐」後面點了三個感歎號，寫著「操你媽」。又給馮國金看樂了，這孩子太哏了，沒法不稀罕。馮國金要使勁兒琢磨明白，小鄧最後兩頁記下的這些瑣碎信息，到底是什麼意思。

馮國金要時刻等著劉平的電話，他本不該留在辦公室休息的，可所有同事都玩命逼他，他們知道，小鄧的死幾乎把馮國金推到了崩潰邊緣。馮國金不敢去宿舍，就躺在辦公室裡的行軍床上閉目，壓根兒睡不著，腦子裡最後捋一遍：秦天在大西農貿市場後的磚頭房裡將黃姝強姦並掐死，隨後決定用麵包車運屍，但因為左手殘疾，不具備獨自拖拽屍體的能力，遂從魏志紅的豬肉檔偷來鐵鉤作為工具。也許他原本計畫的埋屍地點就是郊區那個果園，既然他藏東西也在那，說明那是他認為安全的一個點，本來想當晚就連屍體帶車一起燒燬，可他萬萬沒想到，車還沒駛出市區，就在鬼樓附近被交警大隊給攔下了，而秦天自知喝酒了跑不掉（估計在拋屍前為壯膽，或在行兇時已是醉酒狀態），車裡屍體一定會被發現，遂決定就地拋屍，乘機拐進鬼樓荒院東牆外的死胡同，正巧見磚牆有大洞，用鐵鉤拖拽屍體穿過大洞

（磚頭上血跡屬於黃姝），過程中兇手或被鐵鉤割破手，自己的血跡留在了黃姝的內衣上（其他衣物可能一早就被銷毀），屍體被拖至鬼樓前的大坑內拋屍，隨後兇手又從大洞出來，將鐵鉤連同沾血的內衣一併丟進垃圾箱，回到車內（或因車內殘存血跡），原路開出時，清楚跑已經來不及，佯裝以酒駕被抓反而更保險。拘留那些天裡，秦天一定天天惦記著大坑裡的屍體會不會被人發現，等他出去馬上回去，假如還在，就按原計畫再次帶走屍體並連人帶車銷毀——可惜屍體被張老頭兒發現，秦天只能第一時間把車銷毀，讓警察找不到任何跟他有關的直接證據。必須承認，這小子的冷靜異於常人。可他被放出來以後，為什麼非要殺了小鄧？難道是小鄧反過來跟蹤的秦天？怎麼都說不通。有一個可怕的猜測在馮國金腦子裡揮之不去，雖然聽上去荒唐，但他再想不出更好的解釋——殷鵬和秦天是一夥的，共同設計做掉了小鄧——可曹隊堅稱他的調查無誤，小鄧出事當晚，殷鵬和老拐被證實根本不在本市。難道小鄧真跟錯人了？怎麼可能？那不是馮國金認識的小鄧。

馮國金突然想起那個叫王皞的男孩，給自己講過秦天、秦理兄弟倆的關係，假如有秦理幫忙，秦天也不至於用到鐵鉤拖屍，這是不是說明，秦理對哥哥秦天犯下的罪行一無所知？基本可以排除秦理也有參與的嫌疑？馮國金最為好奇的是，黃姝的死亡時間是二月十二號的下午五點左右，但秦天被抓酒駕的時間是當晚十一點多，在五點到十一點這中間的六個小時，秦天都在幹麼？黃姝的屍體一直被藏在那個磚頭房裡嗎？假如照魏志紅說的，弟弟秦理幾乎每天都待在磚頭房裡消磨時間，為什麼偏偏在當天那六個小時裡不在？那六個小時裡，秦理又在哪？

電話響了，是劉平。蹲守的兩組人都沒發現任何秦天的蹤跡，但是秦理從家裡出發了，看方向應該是往磚頭房去呢，背著個書包。馮國金問，書包是癟的嗎？劉平問，什麼癟的？馮國金放大聲說，他背的書包是不是癟的？看著特別輕？劉平說，對，是看著挺癟的。馮國金說，你們跟住了，我現在就過去——假如自己必須馬上跑路，可家裡還有一個未成年的弟弟不能帶走，弟弟該怎麼生活？當哥哥的會給弟弟留下什麼？對，錢。馮國金幾乎是在一剎那斷定，哥哥秦天在果園挖出的就是他藏的錢，而弟弟秦理背著書包就是去取那筆錢的。不管秦理是去哪取那筆錢，秦天一定不會露面，但肯定就在附近某處，直到親眼見到秦理把錢拿到手才會放心。本來馮國金以為，秦天在燒了車，殺了小鄧以後就會徹底消失，但是直到果園發現那個鐵鍬挖出的坑，馮國金才開始相信，秦天沒走，他一定會回去再見弟弟一面。

七個警察，兩輛車，分別停在兩個方向死死盯著磚頭房，其中一輛是劉平在開，一路從秦家樓下跟到這裡，眼看著秦理朝著磚頭房北面的荒地繼續走了一百多米，四周漆黑一片，秦理握著手電筒在凹凸不平的荒地上行走，最終在一片半人高的荒草中間停住，蹲下身，只能看見人影翻出一包東西塞進書包，重新背在身上，站起身，用手電向著荒地南側的方向連續打開又關閉了三次——這是在給人打暗號。而此時，剛剛抵達的馮國金把他的那輛桑塔納二〇〇〇停在面南的路邊，刻意與劉平他們那兩輛車保持一定距離，他正在車裡跟劉平打電話說，秦天肯定就在附近。馮國金忍不住冒著暴露的危險，急忙下車四處觀望，因為他所在的方向，正是手電筒光直衝的方向，馮國金猛回過頭，荒地四周空無一物，唯獨除了南側孤零零的幾家尚未拆遷完的違章髒飯店，中間的那家小麵館，靠窗的桌子上只坐了一個年輕男人，他的目光也正看向馮國金的方向——雖然他的照片早就給全隊人看過，但隔這麼遠一眼就能認準的，恐怕就只有馮國金了。馮國金全想起來了，他們倆有過一面之緣，就在交通隊的拘留室裡，那個年輕人坐在角落裡，一聲不吭，拿餘光瞅人。後來，那張臉一直印在馮國金腦子裡十年，直到他死，他的面孔在馮國金的腦海裡反而越來越清晰。馮國金知道，那張面孔會再多伴隨自己十幾二十年，直到自己也死掉。

2

現在回想起來，初一下學期那半年，大概是屬於我們五個人最好的時光。至少對我來說是。

秦理跟我重新和好，馮雪嬌跟黃姝再次像從前那樣親如姊妹，再加上高磊，五個人一起度過了幾乎大部分的週末以及漫長的暑假。每個人過生日時，都會互換禮物。黃姝曾說那樣不好，花家長的錢破費，心裡總歸不舒服。但馮雪嬌堅持要每個人的生日都過一遍，誰也不能漏掉。至今我說什麼都想不起來，那兩年黃姝過生日我都送過她什麼禮物，其實其他三個人我送過什麼也一樣不記得，想必都挺寒酸的，因為我的零花錢少得可憐，假如買過什麼特別貴的東西，我一定會記得。但令我印象深刻的是，我十四歲生日那天，秦理送我的禮物，他親手抄寫的一首短詩，還是那個叫狄倫．湯瑪斯的詩人，詩名就叫〈生日感懷〉：「黑暗是路途，光明是去處，那從未也永遠不會降臨的天國，才是真諦。」當時秦理的病情有所好轉，我們都替他高興，但最高興的還是黃姝。高磊的加入，令原本四個人的組合以新的方式活絡起來，但也有不適。我初初觀察，秦理似乎不太喜歡高磊，但我猜不透到底是因為他從小就對陌生人突如其來的親近尤其抗拒，還是因為高磊表現出對黃姝特殊的好感。其實我和馮雪嬌也發現了，只是我們無法將那些行為視為友情的出格，至少高磊和黃姝看上去比我們都要成熟，似乎更加般配。儘管我心底不願承認，但這是事實。五人一起出行時，高磊永遠在扮演大哥哥的角色，那段時間我在美國電影裡面學會一個詞，紳士，雖然我不知道紳士具體該表現出哪些品質，或是如何愛護女孩子，但我知道那是對男人的褒義詞，我不是，高磊至少接近。有一個細節，我記得尤其清楚，高磊跟黃姝用同樣牌子和顏色的紙巾，而那個年紀的男生，出門攜帶紙巾的已是稀有動物，愛乾淨的高磊甚至還有一塊隨身自用的格子手帕，跟電影裡那些紳士一樣的習慣。每次一起吃完飯，高磊總有一個曖昧的小動作，就是在手裡折好一張紙巾幫黃姝擦嘴，動作很輕，黃姝有時會微笑著躲開，有時懶得躲。高磊表現得是那麼自然，讓人覺得就是一個大哥哥在照顧妹妹，跟我在他家看的那些髒東西無關。

二〇一五年三月十八號那個晚上，高磊大醉，蹲在醫大操場防空洞入口前的荒草叢裡說，他一直以為自己才是第一個吻黃姝的人。我裝作滿不在乎地問，什麼時候。高磊說，就在黃姝出事前一個月。當時高磊跟我還有馮雪嬌，都已經通過了直升高中部的大考。高磊說，那個寒假中的某夜，他的堂哥說要帶他出去放鬆放鬆，十五歲的他跟著幾個二十出頭的青年第一次去到夜總會。一個少年開始覺得自己屬於成年人的決定性時刻，不是吹十八歲生日蛋糕蠟燭，而是真正被成人世界無差別地對待。酒杯碰撞的響聲，就是宣布自己成年的早鐘。他很亢奮，而就在那一刻，他看見了正在舞臺上跳舞的黃姝，衣著暴露，濃妝豔抹，滿頭細汗反射著迷幻的光。那一刻的黃姝，再過一個月就要過十七歲生日。三月十八號。

在後臺。高磊說，在後臺吻的。黃姝搧了他一巴掌。沒力道。我問，你怎麼反應的？高磊說，我就只能裝醉，黃姝就去後臺換衣服了。我問，你什麼都沒說？高磊由蹲變坐，臉徹底被埋沒在荒草中。高磊說，我說她能穿那麼少在別人面前跳舞，為什麼我親一下都不行，我喜歡她。我問，搧你之前還是之後說的？高磊說，之前。我問，為什麼以前從來沒講過？高磊說，沒臉唄，跟你講也不合適，但我跟嬌嬌說過，她從沒跟你提過嗎？這次我的驚詫再也掩飾不住，說，從來沒有。高磊說，那也永遠別再跟嬌嬌提，就當我今晚喝多了。我說，你說。高磊說，嬌嬌不信，後來還去那家夜總會找過黃姝一次，回來跟我說她差點兒被小流氓占了便宜，是黃姝幫她擋走的。黃姝把嬌嬌攆走了，讓她往後再也別去那種地方。

原來，紫薇最終還是原諒了小燕子。高磊說，沒想到那就是他見到黃姝的最後一面。我說，只有你們倆見過黃姝那一面，我羨慕。高磊說，可她不是那樣的人，她不應該有那一面，你懂吧？我說，傻逼，廢話。

共犯過罪孽的人，無論時隔多少年，依舊能達成某種共識，那就是假裝一切從來沒有發生過。可悲的是，多年來我跟高磊一直是好朋友，就算後來聯繫漸少，彼此需要援助的時候還是會第一個想到對方。大學畢業那幾年，基本都是他援助我。借錢給我，借房子給我住，也因此那緘口不言的默契更加頻繁地折磨著彼此。本來當年在秦理出事以後，我跟高磊至少有半年沒說話，直到黃姝的死，我們再一次被緊緊聯繫在一起。高二那年，高磊因為在宿舍無意中聽到有高三男生討論起黃姝案子時語言輕浮，高磊直接衝進人家宿舍，一個人跟八個人打做一團，直到雙方都被揪到校長面前，對方也始終沒明白究竟怎麼一回事。在此之前，高磊曾幾次主動跟我親近，我都刻意躲著他，準確地說是我在躲著自己。秦理剛出院那段時間，我跟馮雪嬌都嘗試過去他家探望，都被秦天攔在了門外。唯獨高磊一次都沒去，只託他爸爸找人給秦理家送錢，後來我們知道，秦天一分都沒收過。馮雪嬌曾經哭著跟我說，她想跟他爸爸坦白，秦理如今這樣都是自己害的。當時我也不明白自己為什麼要拚命阻攔她，或許為了自保，或許是不知道該怎麼面對自己父母，我勸馮雪嬌，就算讓家長知道了，秦理也不會變回原來的樣子。在那之前，我一度以為自己已經長成大人了，不會畏懼責任，但莫名的恐懼還是戰勝了我們所有人，而負罪感注定折磨我們一輩子。

那天晚上，高磊自己打車先回了家，本來他順路可以捎我。而我如願被留在原地，反覆思考自己對過往的記憶是否真的準確。第一層一共三十八階，肯定沒錯。就算真的錯了，能有勇氣替我求證的那兩個人，也早已經不在了。走回家的路上，我對自己說，從今晚後，老老實實做一個懦夫。對了，還有。黃姝，生日快樂。

上初二以後，秦理依舊坐在角落裡，依舊是所有老師的眼中釘。他上課從不聽講，病情好轉以後，恢復了悶頭看書的習慣，看的書很雜，有古希臘的哲學書，也有講宇宙奧祕的，最奇怪的一本，是《臨終關懷須知》，我沒問過，所以不知道他爺爺當時就快死了。每逢考試，理科卷子秦理永遠只寫最後那道最難的大題，而且永遠只寫正確答案，沒有解題步驟。語文和英語卷子只寫作文，都是誰都看不懂的意識流文體，時長時短，短的時候甚至只是一首怪詩，所有老師都拿他沒辦法，我想恐怕是那些成年凡人也無力判斷，他們面對的到底是一個天才還是一個瘋子。我偶爾在自習課回頭偷看秦理，總見他在一個粉紅色的本子上奮筆疾書，本子已經寫了很厚。很久後我才知道，那是他跟黃姝兩個人的交換日記。寫交換日記在當年的少男少女中間很流行，進入高中部以後，馮雪嬌還邀請我一起跟她寫交換日記，我只有兩個字送給她，無聊。她難道不明白，那東西只是有情人才能互通有無的？

升入初二以後，時間好像一下子飛快。所有人都忙著準備一年後直升育英高中部的考試，初二年級的晚自習直接上到晚九點鐘。我的成績仍然沒起色。我不知道秦理怎麼打算的，對於他自暴自棄的行為，我跟馮雪嬌也都不敢問，也許所謂的成績和升學已被他視若無物，他的腦子裡琢磨的是另一個世界的東西，儘管當時他才剛滿十二歲，但是那本《臨終關懷須知》和那首〈生日感懷〉告訴我，年幼的秦理比我們任何一個人都更早地在思考生死，一個本不該屬於那個年紀的命題。開學以後，班主任崔老師真的改命我為新的語文課代表，我有些不知所措，因為我並不善於以自命不凡的身分站在人前對別人指手畫腳，況且被撤掉的原語文課代表，正是我的同桌方柳，為此她開始對我更加排斥，拒絕跟我說話，還時常自言自語暗諷是我搶走了她的官位，並且在崔老師當堂講讀我的作文時，公然發言批評我寫的東西思想陰暗不積極，故作高深，不符合應試作文標準。對此，我只能付之一笑，反倒被她激發起更大的寫作慾望，每週週練作文都把字數寫超一倍，仍然在崔老師那裡獲得最高分。方柳覺得我那是在對她公然挑釁，終於有一天忍不住對我開口說話，說王頔，你這樣寫下去，早晚有一天會後悔的，將來升學考給你打分的肯定不是崔老師。我懶得理她，因為我想不明白，她為什麼會對我像仇人一樣恨之入骨，難道只要仇人死了，自己就會過得更坦然？

我只好認為，無緣由地彼此憎恨，或許也是人身為群居動物的天性之一。

某日，崔老師把我叫到辦公室，頗為鄭重地說，她想推薦我代表育英中學參加一個全國青少年作文大賽。我問崔老師，為什麼要推薦我？崔老師說，你有天賦，不想看你荒廢，總之你去參加比賽。那天走出辦公室，我的腦子裡想了很多，原來從十歲開始，一直日夜糾纏我的那些疑問和困惑，不是毫無來由的，曾經我一直嫉妒秦理那顆天才的腦袋，但從那一刻起，我明白自己不可能成為秦理，但我有屬於自己的武器對抗世界，就是寫作。當晚回到家，我反覆看了幾遍崔老師打印給我的徵文要求，如有神助，寫出了一篇萬餘字的短篇小說，故事的主人公同樣是一個在青春期裡迷惘困惑的少年，冥冥中糅雜著我和秦理兩個人的影子，故事裡也有黃姝、馮雪嬌和高磊。雖然多年以後重新回看自己寫的那個故事，倍感矯情做作，但那正是對我最初的青春做所的真實注解。

一個月後，初賽成績公布，我入圍了決賽。崔老師高興地在全班面前誇我，搞得我很不自在，身邊的方柳因此更加恨我，而我注意到，秦理聽到毫無反應，更沒表現出替我高興。崔老師跟學校申請，由她親自帶我去北京參加決賽。最興奮的人是我爸媽，他們以為自己生個兒子是文曲星下凡，自己失敗的半生裡以為永遠無法實現的夢，全都被我一個人重燃了。

我媽帶我去書城花重金一口氣買下幾十本我喜愛已久卻捨不得買的閒書，我爸甚至把我的小說打印出來，用透明膠帶貼在他那輛改裝倒騎驢的玻璃上，沒人買串兒時就坐下來靜靜地反覆看，隨手帶字典，不認識的字就拿鉛筆標記，實在不懂回到家再問我。我能看到他在那種時候眼睛裡閃著光，可惜多年以後，我無力挽留那道光，讓它繼續照亮我前路無盡的黑暗。

去北京的火車上，崔老師問我，第一次出遠門嗎？我說，第一次離開家。崔老師說，將來可以考北京的大學，男孩子就該去更大的天地裡闖。我說，可是我怕自己連高中部都升不上去，數理化成績太差。崔老師說，你家裡的情況，我也大致從你媽媽那了解過，放心，回去以後我會請幾位老師每週給你開兩堂小灶，還有兩個學期，慢慢追，至於語文，作文你強項，基礎知識部分至少還能再提個十幾分，總體還是有希望的。我說，謝謝你崔老師。崔老師說，跟你說個好事，我跟學校領導上報了你的情況，咱們學校偏重理科，你要是能代表學校在作文大賽裡拿到獎，也算給學校爭光，領導同意我的提議，明年升高中部的考試給你酌情加分，至於加多少可以再議，之前我不跟你說，是怕你明天比賽有壓力，總之身為語文老師，我欣賞你，不想看到好苗子被荒廢，懂嗎？我說，懂。崔老師又繼續說，你跟秦理是好朋友是嗎？我說，嗯，從小學就是。崔老師說，那孩子的家庭我也了解一些，班裡也有同學說閒話。我說，秦理不是壞孩子。崔老師說，我明白，但他有點太另類了，不顧他人感受，嚴重干擾到別人，平時又缺那麼多成績，學校領導已經開始考慮要處理他了。我問，怎麼處理？崔老師說，暫時還不知道，你也就當沒聽過，回去別跟任何人說，包括秦理。上學期他跟李揚在教室打架的事，其實我都知道，李揚媽媽後來跟我告狀了，我還聽說，當時你差點也參與了。我說，我就是參與了，如果要處分的話，連我一起吧。崔老師說，別害怕，過去的事我不打算追究了，但老師誠心想提醒你一句，在校外我管不著，但是在學校裡千萬不能受他影響做什麼出格的事，萬一被校領導知道，我要給你爭取加分的事就很難了，我說的什麼意思，你能明白嗎？我說，明白了。崔老師說，明白就好。

我在北京比賽當天，秦理在學校裡失蹤了。說失蹤，其實是被陷害。當天下午學校組織大掃除，初二年級要換一批新的桌椅，各班的舊桌椅需要同學自行搬到學校地下的儲存室，其實是抗戰時期挖築的防空洞，育英校史有七十幾年，那些防空洞都是當年的學生配合軍人一起挖的，據說連通整個市中心，是個大網絡。平時學生間也都瘋傳地下的防空洞有多神祕，還有人胡編鬼故事嚇人，說至今還有戰死的軍魂在地底下遊蕩。之所以只是傳說，因為從未有學生真的下去過，而防空洞入口就在操場上，一個從平地凸起的鐵門。終於在我那屆入學同年，學校決定將防空洞簡單整修，當作儲藏室，存放閒置的桌椅和體育器材。當天下午，那扇神祕的大門終於向學生敞開，初二年級各班男生陸陸續續抬著舊桌椅從地上走入地下，遠看活像螞蟻搬家。崔老師不在，我們班的搬運工作自行組織，別人都是同桌兩個人搬一套桌椅，只有秦理一個人自己。據馮雪嬌說，當天女生基本沒人動手，都是男生來搬，而李揚回到教室以後，一直在跟幾個男生調笑秦理，說他帶著另兩個男生把秦理鎖在了防空洞的一個通道裡，居然還隔著半尺厚的鐵閘門問秦理服不服，秦理承認服了就放他出來。我聽到這的第一反應是，他們太不了解秦理了。馮雪嬌說，對。因為鐵閘門裡邊的秦理一直沒做聲，他們就那麼走了，想著關秦理兩個小時教訓他一下，結果兩小時後他們再下去開閘門，發現秦理根本不在裡面，全都慌了，再往深了走特別黑，也不知道那通道究竟有多長，沒走幾步全嚇回來了，也沒人敢跟老師匯報，膽子最小的那個男生還哭喪著說人是不是在裡面憋死了，要不就是被鬼魂給抓走了。我反問馮雪嬌，那你呢？馮雪嬌說，我本來都打算報警了。我諷刺她，報什麼警，直接跟你爸說不就行了。馮雪嬌說，一開始我還是猶豫，就先跟高磊商量了。我問，那高磊說什麼？馮雪嬌說，跟你說的一樣，他們還是太不了解秦理了。我們倆商量好，輪流給秦理家打電話，要是晚上八點以後還沒有秦理的消息，我就跟我爸說。結果八點不到的時候，黃姝來電話了，說秦理跟她在一起呢，替他報個平安。馮雪嬌感歎說，秦理真的太神了，第二天一早準點進到教室，跟個沒事人一樣，李揚他們幾個全看傻了。

不久以後，當我們五個人並排站在醫科大學操場上的防空洞入口前，秦理安慰我們說，不用怕，這下面我都走過，雖然黑，但是路我都記住了，這裡的防空洞跟育英中學還有和平一小下面的防空洞都是連通的，整個市中心的地下通道連起來，至少十公里長。那天我才知道，原來秦理被鎖那次，獨自一個人，向那條通道的黑暗最深處走去，走了四個小時，摸黑，從育英中學的操場地下一路直到醫科大學操場地下，要上來的時候，發現出口的鐵皮蓋被從外面用一把爛了一半的鎖頭鎖住，幸好在腳下找到一塊磚頭，砸爛鎖頭，破土而出，重見光明。我問秦理，下面那麼黑，不害怕嗎？秦理說，一開始有點，貼著牆多走幾步就不會了，因為再走下去也不會更黑了。我問，那下面到底是什麼樣子？秦理說，能看見星光。我說，吹牛吧，防空洞在地下，哪來的星光？不是你缺氧眼花了吧？秦理說，真的，像螢火蟲一樣。馮雪嬌興奮地說，我也不相信，真的好想看啊。秦理說，可以下去親眼看。馮雪嬌大驚失色地叫說，你說現在嗎？秦理說，嗯。我和高磊覺得秦理真的瘋了，不約而同地轉頭看向身旁的黃姝，黃姝淡淡地說，我可以陪你們，沒關係。她這麼一說，膽子最小的馮雪嬌反倒來了勁頭，一個勁兒慫恿我和高磊，還諷刺我們膽子不如秦理大。最終，我跟高磊無路可退，為做好萬全準備，先陪著秦理去藥房買了幾瓶醫用酒精和幾卷紗布。回到操場時，天已經擦黑，馮雪嬌跟黃姝坐在空蕩蕩的看臺石階上，剛剛吃完最後一袋零食，那天本是高磊生日，我們約好在醫大操場來一次所謂的野餐，秦理貢獻了零食，高磊貢獻了汽水和啤酒，當時我們三個男生都喝了一點啤酒，興許是酒精作祟，沖昏頭腦，我跟高磊撿來幾根小臂粗的樹枝，秦理用紗布一圈圈纏在樹枝頭上，蘸滿酒精，最後才想起，沒法點火。此時高磊從口袋裡掏出一個打火機說，我有。其他人都很驚訝，因為之前誰也不知道高磊從初一開始就偷偷抽菸。五根火炬點燃，馮雪嬌興奮得像動畫片裡的原始人一樣呼叫，逗得黃姝合不攏嘴。秦理打頭，黃姝和馮雪嬌夾在中間，我跟高磊殿後，像小時候玩老鷹捉小雞一樣，一隻手高舉火炬，另一隻手搭在前面人的肩上，由夜空下走進黑洞中。一陣陰風夾帶著潮濡的味道撲面而來，火光在洞中顫抖，我們數著腳下的步數，剛剛踏下第一段階梯，轉角便再見不到頭頂的夜空，最後一絲自然光棄我們而去。又是馮雪嬌第一個怪叫，大嚷著害怕，問我能不能牽著她的手。我說不要。馮雪嬌再說話就已帶著哭腔，說真的太嚇人了，不想再往下走了。

我說，那你就上去。馮雪嬌說，上去我一個人也害怕。高磊說，那我上去陪著你好了，我在這下面有點上不來氣。我回過頭，隱約可以看見火光下高磊眼中的閃爍，我知道他也怕了。馮雪嬌作勢賴著我跟高磊一邊往回走，一邊問走在最前面的秦理和黃姝，你們真的還要下去嗎？秦理肯定騙人呢，這麼黑哪有什麼星光。黃姝說，我相信他，我想去看看。她的回音在深邃的通道裡重複了兩次，彷彿在替她表達堅定。如今我無須再掩飾，當年那一刻我怕得要死，本來從小最怕黑，連小時候一個人玩得晚了上樓都要喊我媽在樓道裡迎我。就在我猶豫的瞬間，距離我最遠的秦理回頭說，上去吧，到和平一小的操場等我們，那的入口沒上鎖。說完，他拉起黃姝的手，兩點火光很快消失在下一個漆黑的轉角。

去往和平一小的路上，馮雪嬌一直在自責，是自己出了個餿主意，大半夜兩個人在下面多危險啊。高磊安慰她說，放心，秦理就算自己丟了，也不會把黃姝弄丟。而我沉默不語，心中一直在恨自己的懦弱。馮雪嬌情緒仍很低落說，這種感覺真不好。高磊問，什麼感覺？馮雪嬌說，分開的感覺，我們是最好的朋友，永遠都不應該丟下彼此單獨行動。高磊說，我同意。他又像個大哥哥那樣，用他的大手拍了拍馮雪嬌的頭。而我正一邊走路，一邊仰望夜空，猜測著我沒有勇氣追逐的地下星光和天上的比，到底哪個更美。

回到小學母校，我和馮雪嬌輕車熟路地帶著高磊翻牆躍入校園，按照秦理的指示找到了教學樓側的那個沒有上鎖的，被相似的一塊鐵皮簡單覆蓋住的洞口。原來自己在這個校園裡流竄了整個童年，竟從來不知道那裡的地下也住著一個神祕的防空洞。校園看起來不如小時候宏偉，彷彿在我們離開後陡然縮水，當時卻沒有意識到，是我們瘋長得太不可思議了。那是我跟馮雪嬌、秦理、黃姝最初相識的地方，是一切開始的地方。三個人就站在那個洞口邊，有一句沒一句地聊著，等待秦理和黃姝再次出現，夜色中，那感覺好像不是一條防空洞通道，而是一條時光隧道，忘記到底過了多久，當秦理和黃姝出來，我們所有人都將一起回到更年幼的時候，沒有嘲諷、沒有嫉妒、沒有成人世界的言不由衷和爾虞我詐，只有遍地的歡笑，和漫天的星光。

坐臥鋪火車去北京的那個晚上，我幾乎整夜沒睡，躺在下鋪墊高枕頭，瞪大眼睛看著車窗外的星星追逐著我。大學那幾年，我已經數不清有多少次獨自坐那班夜車在家鄉與北京之間往返，可是再沒有哪個夜晚的星星，像第一次那樣閃爍著真誠。有那麼幾次，當我早已對車窗外的星光失去興趣，竟突然想起秦理和黃姝走進地下防空洞的背影，已經成年的我，真的很想知道，在那個只屬於他們兩個人的夜空裡，到底閃爍著怎樣的星光。

馮雪嬌說，我看美國電影裡，每個家族都有家徽，特別神氣，我覺得我們五個人也應該設計一個，縫在衣服上或者刻一個印章，多好玩啊。我潑冷水道，幼稚。馮雪嬌反嗆，就你成熟。高磊在一旁笑著說，我覺得這個想法挺好，我們幾個人就你學過畫畫，就你來畫吧。馮雪嬌說，好啊，可是畫個什麼好呢？說話的瞬間，鐵皮蓋終於在寂靜中發出響動，外面三人合力移開，秦理和黃姝終於從黑暗的地下走出來，秦理手中的火炬已熄，黃姝手中的火炬尚燃著一絲微光，臉上都蹭著灰痕，好像兩隻小花貓。黃姝這隻小貓異常興奮，蹦跳著回到馮雪嬌身邊，沒等我們問她，自己歡叫著說，真的有星光！我看見她身後的秦理，臉上展露出許久未見的笑容，眼神始終沒有離開過黃姝。馮雪嬌也突然興奮起來，拉著黃姝的手說，我知道畫什麼啦！黃姝一頭霧水地反問，什麼畫什麼？高磊跟我相視一笑。馮雪嬌說，就畫一個火炬。

3

二〇一三年十二月十八號晚。樓裡大部分同事都已經下班，唯獨剩下馮國金在辦公室帶人開會，其中唯一一位女同事就是施圓。馮國金心裡覺得對不住，原本人家可以早點回家陪老公跟孩子的。以前法醫跟刑偵不在一棟樓裡，後來公安部建了新樓，都胡擼到一塊了。馮國金跟施圓不在一層，平時除了工作必須，他都有意迴避施圓。這兩天馮國金的腿又有點犯病，一打彎就疼得鑽心，施圓體諒他，帶著屍檢報告上樓來找他開會。馮國金跟整隊人都在，辦公室裡菸一根接一根地續，嗆得施圓睜不開眼，抱怨說，都少抽點吧，尤其是你馮隊。馮國金點點頭，老老實實把菸掐了。劉平說，開始吧。施圓開始：曾燕，女，十九歲，死亡時間在兩天前，十二月十六號晚七時左右，死前曾遭到性侵，但陰道內未發現精液成分（這點奇怪），死因是被勒頸窒息，雙手手腕均有勒痕，背部有多處鞭打傷和擦挫傷，可判斷屍體在死後曾被拖拽。劉平插了一句說，還是拋屍，故意選的鬼樓大坑。施圓不評論，繼續說，屍體腹部發現的刀刻圖案，跟十年前那個受害者腹部的圖案在同一個位置，造型也完全一樣。劉平說，擺明了，挑釁呢，操，馮隊你見過這種事嗎？馮國金搖頭說，沒。施圓臨走前，馮國金從抽屜裡拿出幾包餅乾非要施圓收下。馮國金說，我女兒從美國帶回來，拿回家給孩子吃，耽誤你休息了。施圓說，本職工作，別這麼客氣，曾燕家屬白天來指認過了，現在情緒還很激動，我建議你們等過了今天再問話。馮國金說，受累了小施，早點回家吧。

散會以後，馮國金杵在辦公室窗前發呆許久，他也不知道自己在看什麼。新大樓建在開發區，視野廣闊，風景勝過以前那老樓不知道多少，一低頭就是整個東北占地面積最大的河濱公園，月光下，老人孩子遊玩其中，渾河貫穿而過。馮國金一直想不通，渾河這名字最當初到底誰給起的？自己年輕時候，河是挺渾的，周邊老百姓啥垃圾都往裡倒，岸上飛蚊蠅，水底爬螞蟥，上游的婦嬰醫院有時還把打下來的死孩子往裡丟，下游釣魚的老頭兒動不動就釣上來一兩條胳膊腿。但自打世界盃中國隊在本市出線以後，政府就開始大力整治，十年來挺見成效，惡臭沒了，水也清了，可名還是得叫渾河沒法改，真冤。馮國金總愛突發奇想，要是人心也能像河，不管費多少年，只要一堆一塊地拚命撈，就能把所有穢物都澄乾淨了，該多好。

劉平給馮國金遞來菸，並排站在窗前問，想啥呢？馮國金說，小鄧。劉平說，上個月他老母親過壽我去了，隊裡的意思也都帶到了，老兩口身體還行。馮國金說，好。劉平說，案子不破，都對不起小鄧。馮國金說，肯定得破。劉平問，馮隊，這回你怎麼想？馮國金看了看劉平，十年了，這小子也老成了，是個獨當一面的好手，沒意外將來要接自己的班，反問道，你怎麼想？劉平說，我在想，當年咱們抓秦天，雖然線索全都指向他，拋屍是他，燒車是他，磚頭房最後也發現了黃姝的ＤＮＡ，但始終沒有證據證明是秦天強姦了黃姝，還有殺害小鄧的凶器也一直沒找到，小鄧指甲裡發現的DNA也跟秦天的對不上，唯一直接的證據，就是黃姝內衣上的血跡是秦天的，再就沒有了。要不是當年曹隊催著趕著結案，咱肯定還得把殷鵬那條線追下去。那天施圓跟我說，現在國內鑒定技術也革新了，湖北公安部的實驗室，去年就能檢測出痕量DNA了，當年黃姝體外發現的精液就是痕量，案子要能重啟，施圓說，強姦黃姝的人到底是誰，很快就能有答案。馮國金說，前提是把當年所有的嫌疑人再抓回來。劉平說，還有，兩人屍體都被刻上的那個圖案到現在也沒個說法，一次沒意義，兩次就是故意，我看過當年報紙上每一篇寫鬼樓案子的報導，姦殺虐待都寫了，但沒有一個字提過這個圖案，說明除了現場我們的人和兇手以外，沒人知道這件事，也就說明不存在模仿作案的可能，那完全可以假設，現在的兇手跟當年就是同一個人，或者當年其實就不止他一個兇手，至少還有人協同作案，才會故意下手刻圖案，至於目的不清楚。馮國金反問，要是當年真抓錯人了呢？劉平說，那這十年真兇就一直逍遙法外。

劉平分析得一點沒錯，馮國金只是自己不敢說，借他嘴而已。如今基本確定，真兇一直逍遙法外，至少其中一個是，他該怎麼面對過去這十年？又怎麼心安理得地面對小鄧的父母，還有秦理那孩子？劉平看出馮國金心裡不舒服，安慰說，其實也算好事，至少兇手的範圍被縮得很小了，當年有重大嫌疑那幾個，秦天死了，殷鵬、老拐、魏志紅還活著，秦天弟弟秦理也在，順著這幾個人摸回去，當年到底漏掉了誰，不難。馮國金說，可殷鵬人找不到了，小鄧出事以後就沒影了，他那司機老拐也消失了。劉平說，我記得，秦天被送到醫院搶救之後，你也在醫院做手術，我自己帶人去了殷鵬公司和他家裡查過，人不在，就連他老婆孩子都不知道他去哪了，車一直在公司樓下停著，車牌號跟小鄧那天晚上追的車也對不上，機場和火車站查不到購票紀錄，出境紀錄也沒有，連老拐也找不到了，倆大活人憑空消失，那時間點不邪性嗎？我覺得說明一切了，就算黃姝不是他倆親手殺的，他倆也絕對逃不開干係。馮國金說，你信小鄧會跟錯人嗎？劉平說，不信。馮國金說，那你還記不記得當年是怎麼確認，奔馳車裡坐的不是殷鵬跟老拐？劉平說，是曹隊確認的。馮國金說，但是你跟我從來沒看到過收費站的監控錄像，從來就沒人給我們看過，殷鵬公司的監控那幾天也壞了，你說邪性嗎？不用馮國金再掰皮說瓤了，劉平全懂了。劉平說，都過去十年了，當年收費站的監控錄像肯定找不到了。馮國金說，今天以後跟上面的行動匯報，什麼說什麼不說，心裡有數就行了，就算咱們手下的人，大會可以參加，小會就你跟我，懂嗎？劉平點頭說，懂。馮國金說，現在首要任務，是找殷鵬，單線找不出來，就從司機老拐下手。劉平說，還有一個人，秦天他弟弟秦理。馮國金說，黃姝死那年，那孩子才十四。劉平說，我沒說他是兇手，我就是覺得，他跟他哥一直生活在一起，他哥要是真在他眼皮子底下做那種事，他怎麼可能什麼都不知道？就沒有可能，秦理也參與了嗎？馮國金說，你忘了，秦天被抓以後，我們調查過秦理，他確實有不在場證據。劉平說，記得，食物中毒在一家小診所搶救，秦天送他去的，就在黃姝死前兩小時，秦理的確在醫院躺了一宿。馮國金說，對。劉平說，那也得再查一遍，畢竟當初他跟黃姝走得最近，不知道現在人在哪呢。馮國金說，應該還住在十年前那棟老樓裡。劉平問，你早查過了？馮國金說，三年前還收到他的短信。劉平問，他怎麼會有你的號？馮國金說，這些年我一直也沒換過號，當年打過他家電話，記住了吧。劉平說，聽說秦理小時候是個天才，過目不忘啊？馮國金說，可能吧，嬌嬌說是。劉平說，可惜了，他一定挺恨你吧？馮國金反問，你覺得呢？

劉平回家以後，就剩馮國金自己了。女兒嬌嬌才從美國研究生畢業，在北京轉機跟以前同學玩了一禮拜，剛到家沒幾天，馮國金就見到一面。本來他跟楊曉玲分居以後，楊曉玲搬去自己外面買的一處房子住，他自己在家也沒意思，隔三差五去老孫開的餃子館喝到半夜，有時喝完回家住，有時回隊裡。現在嬌嬌回來非要住家裡，楊曉玲就從外面搬回來陪女兒，馮國金不自在，堅持回隊裡住。他倆要離婚的事，其實嬌嬌一年前就知道了，可她裝成個沒事人一樣，從來不提，當父母的也不忍心，一直配合把戲演下去。拖了十年，如今馮國金終於下定決心要離，心裡反倒很平靜。嬌嬌回家第二天，他就給楊曉玲打電話，讓她放心，這回肯定離，這案子忙完就回家簽字。撂下電話那一刻，馮國金的心還是咯噔過一下，他問自己，本來早晚的事，十年前怎麼就沒乾脆一點呢？為什麼來著？噢，想起來了，抓秦天那天晚上，自己受了重傷。這十年裡，馮國金自己從來不敢主動回想當晚的一切，不是後怕，是空虛，像被摘掉星星的夜空那樣空。在馮國金跟秦天隔著一條街四目相對的一刻，兩個人幾乎同時間動身，一個跑，一個追，馮國金來不及等其他同事跟上，何況他們距離秦天都不如自己近。當晚的星星彷彿真被誰給摘掉了，一條野路上既沒有月光也沒路燈，兩個影子一前一後翻越過一堵水泥牆，稍慢一步的馮國金在落地時，右腿突然襲來一陣劇痛，膝蓋被什麼利器貫穿，人直接癱倒在地，秦天就蹲在他身旁怒目圓睜，馮國金在那一刻以為，自己到此為止了，可他沒等來秦天再次下手，那人影一頭竄入黑夜之中，馮國金下意識掏出槍，側躺在地上，朝前方黑暗連扣兩下扳機。萬籟俱寂。當他在急救室裡醒過來，才得知秦天被其中一槍打中了脊椎，沒死，怕成植物人了。女兒馮雪嬌和老婆楊曉玲正守在他跟前哭作一團，他醒來以後被楊曉玲一把抱住。就是那時候，馮國金明白了，原來死就那麼回事兒，不疼不癢的，像小瀋陽那小品裡說的，眼睛一閉不睜就全完事了，但是死的感覺太空虛了，女兒老婆都見不著了，沒勁啊，還是得活著，吵也好，打也好，有勁，不空虛。對，就那天晚上，他跟楊曉玲都開悟了，夫妻還得是親的，敲斷骨頭連著筋呢。這根筋韌性不小，又扯了倆人十年才鬆勁，吵和打的勁都沒了，才真正是時候了。倆人唯一對不起的就只有女兒嬌嬌，多懂事的閨女，沒一個外人不替他倆驕傲的。馮國金安慰自己，這輩子夠本了，彼此都自在點比什麼都強。

馮國金正準備收拾一下回宿舍時，女兒馮雪嬌來了。馮國金有點吃驚，這麼晚了怎麼還跑過來？你媽呢？馮雪嬌說，我媽出去應酬了，我怕你還沒吃飯呢，給你送飯來了。馮雪嬌把保溫飯盒擺開在辦公桌上，得意地說，都是我做的。馮國金笑著說，我閨女真行，心裡有爸爸，還會做飯了。馮雪嬌說，在美國跟同學學的，外面吃不慣，就自己做，爸你嘗嘗。馮國金說，還真沒吃呢。女兒這麼乾瞪著自己吃飯，想起來還是頭一回，馮國金吃幾口說，你也吃點。馮雪嬌說，我吃過了。馮國金吃飯神速，不一會兒放下筷子說，看什麼呢？馮雪嬌說，爸，你老了。馮國金說，能不老嘛，你都長成大姑娘了，有對象了嗎現在？馮雪嬌臉紅說，沒呢，不稀罕。馮國金說，這什麼話，稀不稀罕，到歲數也得找啊。馮雪嬌說，都不如我爸爺們兒。馮國金笑了，點著一根菸說，就會耍嘴，哄你爸開心。馮雪嬌說，真的，現在的男生一個個都扛不起事兒，你少抽點爸。馮國金說，誰都是從年輕時候過來的，你得給人家時間長大，老想一口吃個胖子不靠譜。馮雪嬌說，別說我了，說說你跟我媽吧。馮國金不說話了，光抽菸。馮雪嬌繼續說，你這回是不是鐵下心要跟她離了？馮國金還是不說話，光點頭。馮雪嬌說，行，那我支持你，我跟你過。馮國金楞住了，感覺自己手有點麻，桌子底下的右腿也跟著疼了一下。他必須承認，這麼多年來陪在女兒身邊的是楊曉玲，雖說楊曉玲可能做妻子不夠賢惠，可是當媽算夠格，拚命賺錢不說，馮雪嬌從小要啥給買啥，長大了送出國讀書也是楊曉玲在供，他自己這點死工資哪夠，所以他以為女兒一定會選擇跟楊曉玲親近。女兒冷不防整這一齣把馮國金眼眶給搞濕了，點著頭說，閨女，有你這句話爸就夠了，往後爸還是爸，媽還是媽，跟以前一樣，你都成年了，等過完年爸媽湊錢給你買個小房子，你想怎麼過，跟誰過都行，是你的自由。馮雪嬌說，不，我就跟你過。馮國金終於繃不住了，哭了。馮雪嬌說，我知道你倆這麼多年一直沒離婚都是因為我，但是我也不傻，心裡清楚是誰有毛病，我就是怎麼都沒想到我媽是跟那個傑克好，我要是知道，以前那些年他們送我的東西，我都不會要的，是我媽對不起你。馮國金說，爸知道，我閨女有出息，但是沒有誰對不起誰，爸也做得不夠格。馮雪嬌說，爸，反正你得照顧好自己身體，少抽菸，酒也少喝，我知道我不在家這兩年你老跑我孫叔那去喝酒，現在我回來了，我得看著你，你身體好了，退休以後我才能帶你出去玩，你都還沒去過美國呢，我畢業典禮你也不來，你知道我見到我媽是拉著那個傑克來的，我心裡什麼滋味嗎？馮國金說，是爸不好，爸以後聽你話。馮雪嬌也哭了，說，這還差不多。

多少年吃頓飯都沒這麼開心過，馮國金仰脖把菜湯都喝了。馮雪嬌感慨說，真給面子。馮國金打算先送女兒回家，再回宿舍過夜，可馮雪嬌堅持讓他跟自己回家，馮國金堅稱工作沒做完，案子一天不破都睡不踏實。馮雪嬌不管，上手就劃拉馮國金桌上那一堆文件，說有什麼工作不可以帶回家做，今晚我媽估計回不來了，你得在家陪我。正僵持不下，馮雪嬌眼睛突然落在不小心被她掀開的文件夾中間，那是一張屍檢照片。馮國金正搶著要合上，說，別看這些，做噩夢。可是他的手被馮雪嬌攔下，只見女兒眼睛越瞪越圓，問他，爸，這個就是你在電話裡跟我說那個案子嗎？像黃姝的那個？馮國金說，是。馮雪嬌指著照片上屍體腹部那個奇怪圖案說，爸，這個我認識。她的手指牽動照片在桌上不停地抖，說，這是火炬。

馮國金從她的手指下猛地抽出照片，顛來倒去地看了幾遍，腦子裡突然想起十年前小鄧開玩笑說這個圖案像肯德基的聖代，為此不愛吃甜的自己還特意跑去肯德基買了個聖代，齁半死也沒琢磨出來——原來，是火炬啊。他的臉色變了，轉頭問自己女兒，你怎麼知道的？你在哪見過？馮雪嬌說，不是見過，這個圖案，就是我畫的。

父女倆多少年都沒說過這麼多話了，其實馮雪嬌從小跟父親的相處模式就是如此，馮國金平日一臉嚴肅，話少，有話馮雪嬌也不敢跟他聊，都是跟姥爺說。如今父女倆一夜不睡，好像打算把多少年欠下的話債一古腦清了。馮雪嬌給爸爸講了那個火炬圖案的由來，講了秦理、黃姝、王頔，和高磊。馮國金越聽越慚愧，原來自己錯過了女兒幾乎整個童年和青春期，他什麼都不知道，尤其是在馮雪嬌說「這些我跟我姥爺都講過」以後，心裡更彆扭了。馮國金問，這麼說，知道這個圖案的人，一共就你們五個？馮雪嬌想想說，應該是，我們當年發過誓，永遠不告訴外人，除非秦理給他哥看過。馮國金自言自語說，那就是秦理、王頔、高磊，都可能跟黃姝的死有關。馮雪嬌補充說，但是黃姝出事的時候，王頔和高磊跟我一樣，都在育英住校呢。馮國金問，那以後你們誰都沒跟秦理再聯繫過？馮雪嬌說，應該就我有，在網上，聊過QQ，剛上大學的時候，後來他那個號再也沒登錄過，也可能是對我隱身吧。馮國金說，都聊什麼了？馮雪嬌說，他就說自己在家照顧植物人的哥哥，我問他靠什麼生活，他說養蛇。馮國金不懂，養什麼蛇？馮雪嬌說，就是養一些冷血動物，蛇，蜥蜴，青蛙什麼的，當寵物在網上賣，那時候他還有個網店，我看過照片，幾百塊錢一隻，蛇上千的也有，後來網店也關了。馮國金的菸抽沒了，抓心撓肝，最後終於在劉平的抽屜裡搜到半包，狠狠地抽，馮雪嬌也沒再攔，看著他一口接一口，好像在報復自己。馮雪嬌問，爸，你想什麼呢？馮國金說，要是當年讓你看一眼照片就好了，但是我不敢。馮雪嬌說，我明白，你怕我害怕，還故意瞞著我。馮國金說，嗯。馮雪嬌說，我是最後一個知道的，還是聽高磊說的。馮國金說，其實當初我看到你跟黃姝發的短信了，就在黃姝出事前一個多月，其實我比你更害怕，我怕你被捲進來。馮雪嬌說，我都明白。

天邊泛白了，辦公室裡的父女倆半天沒有說話。馮雪嬌看著馮國金把最後那半包菸也抽完，才開口問，爸，你覺得黃姝的死，真的跟秦理有關係嗎？馮國金說，我不知道，要照你們形容的，秦理真是個天才，為什麼會幹這種傻事？犯一次躲過去了，還要犯第二次？說不通。馮雪嬌說，我不相信是秦理，他跟黃姝的感情，比我們誰都深，人怎麼會捨得傷害自己最親近的人呢？馮國金當了半輩子刑警，多可怕的人性他沒領教過？人性？他想說，閨女，人性還不是你能完全懂的東西，可自己最終還是把這句話嚥下去了。馮國金說，明天，不對，待會兒吃完早飯，你自己先回家。馮雪嬌問，那你去哪？馮國金說，去找秦理。馮雪嬌說，我陪你一起去。馮國金站起身，腿沒之前那麼疼了，或許是因為腦子想太多轉移走了注意力，他踱步到窗前，再次眺望公園裡的景色，晨曦中老人們又帶著孩子出來遛彎了，零星有幾隻沒拴繩的小狗在追逐，儘管仍是寒冬，可還是妨礙不到凡人行立坐臥，吃喝拉撒，反正他們早已習慣了寒冬，幾百年，幾千年，老天爺冷他的，我們活我們的，這他媽才叫人性。馮國金抬起頭時，遠方初升的太陽迎面照過來，像是跟他約好了在這一刻碰面。他清了清嗓子，頭也沒回地對身後的女兒說，好，一起去。

4

二〇一五年春天，我結婚。婚禮極簡，不過是兩家人吃了一頓飯，高磊是伴郎，全程忙前忙後，我倒像個木偶配合流程，特別省心。從小就是個怕麻煩的人，不然也不會把人生過那麼混沌。用嬌嬌的話說，就是懶。我說，我是怕。我們的女兒當時已經一歲多，身為父母婚禮上最特別的嘉賓，理所當然搶走了所有人的關注。有時我盯著她多看幾眼，彷彿能看到我自己，只有為人父母才會了解生活真正的艱辛，否則你這一生所受用的善惡，始終缺一角。我媽在酒桌上哭了，平時滴酒不沾的她連乾了三杯，隨後又倒滿三杯，起身灑在地上，敬我爸的。看得我眼睛也有點濕，他們倆初初為人父母時都才二十五歲，比後來的我更風華正茂。女兒小名叫白白，別人都以為是打招呼那個拜拜，鬧了不少笑話，只有嬌嬌懂我，取自何意。女兒快一歲開始，我便時常跟她對望發呆，那雙眼好像有股能滌蕩不潔的魔力，賜予我短暫的心安。清醒過後，又會莫名替她感傷。因為我知道，那股魔力會隨著她年齡的增長漸漸消失，人世間太多的不潔，會混淆她的視聽，浸染她的心胸，甚至脅迫她與之同流合汙。人性的最初，都是非黑即白，兩者勢均力敵，終己一生像在打一場靈魂的爭奪戰。然而我所見識過的人，絕大多數在成年以後，都是白不敵黑，服輸告饒。三十歲那年，我清楚我自己這一場靈魂之戰看樣子是要敗的，卻固執地將僅存的希望寄託在這個天真的孩子身上，希望等她長大成人那天，靈魂裡能多一點白，再多一點白。

假如說我三十歲前的人生有過輝煌，只那麼一次。十五歲那年，我在那次作文比賽中拿到一等獎，從北京回來後的第二個月成績公布，隨後我登上了本市報紙教育版頭條。一等獎的獎金有三千塊，十五歲以前我從來沒在手裡一次攥過那麼多錢，雖然是一張匯票，比不上三十張人民幣有厚重感，但是當我把它交到我爸手上時，他的雙手往下沉了又沉，拉彎了腰，好像是在接受領導頒獎。在我剛上小學時，他一直是廠裡的先進職工，每年年底都會從領導的雙手中接過一箱雞蛋、一袋白麵、一盒凍刀魚，還有他最看重的那張獎狀。那些獎狀直到他去世還貼在客廳的牆上，整整一面，跟著老房子一起泛黃發霉。廠子倒閉，下崗以後，我知道他最懷念的還是上臺領獎的瞬間，那是屬於他一生不復再有的輝煌，直到我那張獎狀最後一次成全他，我偷偷凝視了他那雙手很久，除了被熱油濺燙的疤痕，十個指甲縫裡是永遠洗不淨的辣椒麵跟孜然。自己結婚以後，我曾無數次在睡前回憶他短暫的一生，他的一生雖然大部分時間敗給了貧窮，但他的靈魂沒有敗給黑暗，起碼他身體裡的白，到死都沒服軟過。

剛從北京回來時，只有秦理問過我，決賽出的什麼題目？我說，開放題，兩百人坐一個階梯教室，監考老師拎著一臺小電視走進來，開機是一片雪花，小時候看電視壞了那種，放了一分鐘沒關掉說，開始寫吧，限時一小時。秦理問，你寫的什麼？我說，「黑白戰爭」。秦理說，還行。說完就回自己座位看書去了。直到我獲獎，他對我的評價也始終停留在那句「還行」。後來一段時間的秦理，跟誰講話都是看心情，有時會突然出現在我跟馮雪嬌面前，問左右不靠的怪問題，其餘時間都堅守在屬於他的角落，寫著什麼或看著什麼。自從他跟黃姝從那個防空洞裡走出來，兩個人好像都有種說不出的改變，但彼此之間更加親近。進入初二下學期，馮雪嬌主動提出以後週末要減少活動了，得為升高中部的大考做準備，可以前最愛折騰的也是她。秦理對升學表現得無所謂，在我有一個月沒見到黃姝的日子裡，他們倆幾乎每週都見面，直到後來黃姝出事，我們才知道兩個人還有一處屬於自己的小天地——黃姝遇害的那間磚頭房。剛入秋時，秦理曾被學校試圖勸退過，但他毫不理會，堅稱每次大考都是故意壓著及格線答的，學校沒有正當理由，他又沒犯法。我之所以對這個時間點記得特別清楚，是因為秦理當時每天往回撿落葉，各式各樣，貼在那本交換日記裡，做上標記，搞得教室地上到處是碎葉子，被值日同學投訴，但他毫不理會。學校也確實沒法強行攆他走，可是又看不懂他硬要留在學校的目的。用校長的話說，好好一個少兒班的神童，怎麼就魔怔了呢？

二〇〇二年秋天，某個清晨，馮雪嬌的姥爺楊樹森在睡眠中停止呼吸，快八十了，一點沒遭罪。馮雪嬌發現給自己做了十幾年早飯的姥爺當天居然沒起來床，推了又推也不動，才明白過來。他姥爺當了一輩子警察，聽說出殯當天出動了好多警車。馮雪嬌三天沒來上學，憋在家裡自己哭。那個週末，是五個人最後一次集體活動，約在碰碰涼喝飲料，黃姝組織的，擔心馮雪嬌在家憋壞了，想陪她散心。馮雪嬌一邊吃一邊哭，黃姝在一旁安慰。高磊提議說，下週學校組織去大連秋遊，住兩天兩夜，一起報名吧。黃姝附和說，去好好玩吧，真羨慕你們。我轉頭問秦理，你去嗎？秦理說，沒想好，家裡有事。我問，什麼事？秦理說，我爺爺死了。除了黃姝，其他三個人像同時挨了雷劈一樣呆在座位上。秦理把一場死亡說得波瀾不驚，對比得馮雪嬌似乎做作了，一個老人的死居然也能搶另一個老人的風頭。我質問秦理，為什麼不早說？不把我們當朋友嘛？秦理說，沒想說，也沒發喪，就我和我哥。我指責說，你應該說的，萬一有我們能幫忙的。秦理說，死人還有什麼忙可幫？秦理說話過分了，當時我有點生氣。黃姝看出來了，打岔說，你們都一起去玩吧，等你們回來給我講，大連我一直都想去。馮雪嬌終於不哭了，接話說，那等我們明年考完了試，咱們五個也一起去外地玩兩天，好不好？這次我們先去。黃姝說，一言為定。馮雪嬌看著我時，我說，要交四百五。高磊說，沒關係，你跟秦理的我請客。秦理說，用不著。我說，我回家先跟我爸媽說說。馮雪嬌追問秦理，那你到底去不去？秦理說，去。

黃姝非要搶著買單，她掏出錢包時，我們都看見裡面夾著的那張五個人的大頭貼，還有一張紙片，上面是用紅色圓珠筆畫的「火炬」草圖，馮雪嬌畫的。馮雪嬌驚歎，哎呀你還留著呢。黃姝說，當然，我覺得特別好看，還想哪天紋在身上呢。馮雪嬌徹底把悲傷忘乾淨了，驚叫說，太酷了！真羨慕你，沒有爸媽管，我將來要敢紋身我爸能打死我！話一出口，才知道犯錯了。黃姝笑得很委婉，馮雪嬌說，對不起。黃姝說，沒關係，你幫我想想紋在哪會好看？馮雪嬌說，腳踝？後腰？聽說還有女生紋在胸上呢。兩個女孩嬉笑起來。黃姝說，我覺得手腕也挺好看。馮雪嬌說，好看。高磊插嘴說，紋身得想好，沒法後悔。黃姝說，我也就說說，怕疼。馮雪嬌學舌說，我也怕疼。

假如我知道，那是我們五個人這輩子最後一次相聚，我不一定會更感傷，散夥是人生常態，我們又不是什麼例外。只是我偶爾會想，假如那天真能重來一次，應該過得再莊嚴一點，正式地吃一頓飯，拍一張照片，好好看著對方的眼睛說聲永別。

去大連的火車上，崔老師把我叫到車廂一頭單獨跟我說，住宿是兩個人一間房，你也知道其他男生都不太願意跟秦理同屋。我打斷說，我明白了，我跟他一起住。崔老師說，你幫忙看著點他就行，那孩子最近越來越古怪，我怕他到處亂跑，在外面學校可負不起責。我說，懂。崔老師最後說，給你加分的事，學校領導已經在討論了。我說，謝謝崔老師。回到車廂裡，秦理就坐在車窗邊發呆，秋風颼颼地灌進來，不停掀起他的瀏海兒。秦理一雙丹鳳眼，跟他哥哥一樣，挺好看的，就是有種距離感。我不禁想小學時他剛跳級到我們班，小小的個子被書包壓得更低，小心翼翼地自我介紹時的樣子。「我叫秦理，謝謝。」只有這麼一句。

我和秦理人生第一次見到海，都是在大連。我大部分時間都跟高磊在一起，秦理則是埋頭在海邊撿各種貝殼。我們住的招待所條件不錯，是李揚他爸幫忙安排的，有空調有熱水還有VCD機。最後一天晚飯後，秦理不知道去哪了，高磊來房間找我，兩個人閒極無聊躺在床上發呆。高磊突然說，回去以後，我打算跟黃姝表白。我說，你跟我說幹什麼？高磊說，就想跟你說一聲，君子不奪人所好，可這麼長時間了我看你也沒動靜。我說，跟我沒關係。高磊說，你真不生氣？我說，我生哪門子氣，你倒是應該想想秦理。高磊說，我覺得他倆更像姊弟，你覺得呢？我說，我不知道。高磊說，我看馮雪嬌其實挺喜歡你的，你感覺不到嗎？我說，她有病。兩人一陣沉默，我平躺著看幾隻蚊蟲不停在往棚頂滾燙的電燈泡上撞，死得啪啪響。都有病。

門沒鎖，李揚領著另兩個男生進門，直接忽視我的存在，對高磊說，知道你在這，好盤帶來了嗎？我知道他們說的好盤是什麼意思，就是我在高磊家客廳看的那些東西，讓我變得沒有過去那樣乾淨的東西。李揚繼續說，等回學校了拿我的跟你換。高磊猶豫片刻，說，你們等下。他起身回去自己房間。李揚一屁股坐到秦理的床上，跟我大眼瞪小眼。我問，你看什麼？李揚說，你跟秦理怎麼能是好朋友呢？我說，跟你有關係嗎？李揚說，一起看唄。我說，滾犢子。李揚說，你是不是覺著自己特牛逼？我說，一般，比你牛逼。就在對話再繼續下去就有動手趨勢時，高磊回來了，腰後衣服裡掖著好盤，問李揚，你拿走回自己屋看吧。李揚說，不行，我跟班長一屋，去你屋看。高磊說，我隔壁住的是陳主任。李揚說，那就在這屋看。我說，你傻逼。李揚不說話，盯著高磊看，高磊過來拉起我說，走吧，讓他們看吧。

出門以後，我追問高磊，為什麼哄著李揚那個傻逼。高磊說，我爸有個項目得他爸批條子。原來，就是這麼不可理喻又順理成章的理由。我無權指責高磊，因為我之後的所作所為遠比他低劣得多。當我跟高磊從外面回來時，發現門開了道縫，我直覺哪兒奇怪，小心地推開門時，崔老師和德育處陳主任就在房間裡，一站一坐，盯著我和高磊，盤就在陳主任手裡，他一個中年謝頂的男人，裸女封面搭配他那張臉更怪了。我踏進門的前一刻，高磊縮到我身後低聲說，千萬別賣我，咬死不承認。隨後就消失了。陳主任拍拍茶几，示意我站到那去。崔老師看我的眼神全是失望。陳主任問，誰的，說吧。我說，不是我的。陳主任說，剛跳窗戶跑的是誰？我說，不認識。陳主任說，行，你嘴硬。

就在我跟高磊離開後，李揚他們沒關窗，隔壁的女生聽到聲音後直接向陳主任舉報，好像是方柳。陳主任帶著兩個男老師來撞門時，李揚三人直接跳窗跑了，二樓，下面是草坪，臉沒看到。陳主任說，給你最後一次機會，跑那三個人是誰？我說，不是我。

就在此時，秦理偏偏回來了，進到房間裡也是一楞。陳主任對秦理太熟了，初二以來，崔老師沒少把秦理往他那送。陳主任說，喲，你呀。秦理還是不明白。陳主任說，剛才跳出去的要不是別人，肯定有你們倆，我這麼分析沒錯吧？秦理見到陳主任手裡敲著的那張盤，全明白了。我只有那一句，不是我。但我管不了秦理，他徑直走到自己床前，鑽進被窩，戴上隨身聽的耳機，閉眼要睡覺了，完全當陳主任和崔老師是空氣。陳主任笑了，說，你倆可以，睡吧，好好睡，咱等回了學校一起說。臨走前，陳主任站在門口說，用我幫你倆關燈不？秦理躺在床上像睡著了，我站在原地不吭聲，開關真的被陳主任關了。崔老師臨出門前，手指狠狠戳了兩下我的肩頭，咬著牙說，火車上都跟你說什麼來著？白瞎我一片心！

他們走以後，秦理竟真的睡著了。整件事本來跟他就一點關係都沒有。但我不一樣。這種事發生在育英，記過都是妄想，直接開除。高磊找到我說，對不起，把你害了。我說，還有秦理。高磊說，千萬不能把李揚說出去。我說，為什麼？高磊說，抓到李揚，他一定把我給兜出來。我說，難道要我跟秦理扛？憑什麼？高磊不說話了。我說，你讓我想想，但我肯定不會背這黑鍋，我背不起。高磊說，我知道，你等我找李揚聊聊。我說，你一開始就不該搭理他。高磊說，晚了，我也是沒辦法。我說，你活該。

深秋的夜涼了，兩個人站在陽臺上，聲音壓得很小。月光下，秦理躺在床上睡得很安靜。我一直不相信直覺這回事，可諷刺的是，對於人生中的厄運，我卻總是提前有預感。我望著秦理，心裡莫名難過。那片刻寧靜彷彿是種奢侈，但凡清醒時，他永遠都在跟心懷叵測的命運作對，一刻也不得歇。我跟高磊說，回學校以後，你給我個說法吧，陳主任找我以前。高磊說，知道，我對不起你。我說，我不恨你，我只是不想再被人隨便欺負了。

回到學校的第二天就是十一國慶假期，直接放假。陳主任沒找我，崔老師也一句話沒跟我說。看樣子是要等到七天以後再收拾我和秦理，噩夢越做越長。放假當天，陳主任在操場上碰到我，還是故意露出那種笑，說，別怕，現在我也管不著你了，直接交給校長處理了，正開會呢，假期結束就有結果，你回家好好休息。回到家我給高磊打了一個電話，高磊說，他不敢跟爸媽說，怕被打死，李揚那邊鐵定不會承認，實在不行，放假回來以後，他陪我一起去校長那坦白，他爸跟校長關係還不錯，上點禮，怎麼也不至於開除，記大過唄。

我們以為計畫好了一切，可命運只有在這種時候開玩笑，才會讓人真正意識到它的存在——誰都沒料到那場意外的來臨。二〇〇二年十月五號，早上馮雪嬌給我打過一個電話，說當天輪到她護校了，但她肚子疼，不想去，問我能不能替她。換作平時我就答應了，但我還在擔心兩天後要面對校長的事，實在沒心情。馮雪嬌在電話那頭抱怨似的說，好吧，幸好還有秦理陪我。放假七天，初二每班出十個人輪流護校，基本沒任何事做，走流程而已。我問她，護校也有秦理?馮雪嬌說，有，還有方柳，討厭。

當天上午，馮雪嬌到了學校才發現，自己被安排的崗位居然是鍋爐房，她偷偷去查了登記，原來看鍋爐房的本該是方柳，馮雪嬌的崗是食堂，但方柳來得比她早，先把食堂給占了，馮雪嬌找她理論，方柳死賴著不換。我常說馮雪嬌就是個紙老虎，關鍵時候誰都搞不定。馮雪嬌氣得直哭，又去門衛室找齊阿姨說情，齊阿姨說，女孩子在鍋爐房待著確實說不過去，又悶又熱的，你們班這是誰安排的啊?要不你去找個願意跟你換崗的男同學說說，有人願意換就行，但得保證不缺崗。馮雪嬌只有去找秦理，秦理的崗舒服，宿舍樓門衛室，有床有電扇。馮雪嬌說，她肚子疼得實在挺不住了，再在鍋爐房裡待下去快暈了。秦理一句沒多問，讓馮雪嬌躺在床上休息，把門帶上，自己拿著本書朝操場另一邊的鍋爐房走去。後來馮雪嬌曾跟我描述，她看著窗外秦理大步流星的背影，一瞬間覺得他真的長成大男孩了，一個爺們兒。假如她知道那天會出事，打死她也不會要秦理跟他換崗的。馮雪嬌每每提起都哭得厲害，我只有安慰說，我信你。

秦理走向的，是他一生中注定要面臨的深淵邊緣。那場爆炸不止摧毀了他的身體，同時將他的靈魂步步緊逼著往深淵裡推。秦理在那個邊緣挺了好多年，其實多少次只要稍稍一鬆手，就那麼掉下去，一切都了結了。但是他就一直那樣挺著，因為他還有重要的事沒完成，不可以了結。

二〇〇二年十月五號上午十一點半，由於鍋爐房新來的工人違規操作，加上設備年久失修，引起一場意外爆炸，方圓半里內都聽到了震耳欲聾的爆炸聲。工人和秦理雙雙受傷，但秦理當時距離爆炸點更近，傷勢更重，據說被氣流撞飛到了牆上又彈出去，當場昏倒。秦理被救護車送到醫院的時候，是門衛的齊阿姨跟車走的，馮雪嬌想上卻被攔了下來。她站在學校門口嚎啕大哭，跳著腳哭，直到救護車再也看不見。

那場爆炸，造成秦理雙側耳膜穿孔，右耳聽力完全喪失，左耳尚有殘存的微弱聽力。此後的兩天，我、馮雪嬌、高磊，都試圖去醫院看秦理，卻被他哥哥秦天給攔在了門外，他什麼都不說，就是使勁兒把我們往外推。他看馮雪嬌的眼神裡，有股無處宣洩的恨。唯獨一個人例外，就是黃姝。黃姝在秦理出事當晚，就去醫院陪了一整夜的床。我們只有問黃姝，黃姝說，真的不好，肋骨折了兩根還能養回來，但以後恐怕都聽不見了。馮雪嬌聽到以後，哭得幾乎站不住，靠進我的懷裡，平生第一次，我沒有拒絕她。她嘴裡叫著都是自己的錯，我想要說安慰的話，可是又有什麼理由能站得住腳呢？我只有拍著她的肩膀，直到她哭得沒了力氣，像是睡著了。然而，對於馮雪嬌來說無可挽回的事故，輪到我跟高磊這裡時，才只是開始。

秦理出事第三天，十一長假最後一天。一大清早，我竟接到崔老師的電話，叫我馬上去學校一趟。德育處辦公室裡，崔老師和陳主任都在，還有一個我從沒見過的女人，是不是學校老師我也不確定。說好的校長呢？崔老師把我拉到門外，單獨問我，秦理出事，你知道吧？我說，知道。崔老師說，你跟老師說實話，那張盤到底是不是你的？我說，不是。崔老師說，老師相信你，那就是秦理的。我說，也不是。崔老師說，那到底是誰的？你別撒謊！我說，反正不是我們的，是誰的你讓陳主任自己查吧。崔老師說，你真是要把我氣死！查什麼查！現在就認定是你了！我說，不是我！崔老師說，沒用，誰相信？除非你跟學校作證，盤是秦理的。我吼說，跟秦理沒關係！崔老師說，王頔，你怎麼跟個傻子似的呢？學校什麼意思你不明白嘛？我說，不明白。崔老師說，只要你願意作證，盤是秦理的，就沒你的事了，而且校長還親口答應，作文比賽一等獎可以直接轉成二十分，加到下學期的大考成績裡，有了這二十分，你升高中部就能托底了！我說，崔老師，我求你別逼我了。崔老師說，我哪是逼你，現在真心替你著想的就我了！不然你就只剩一條出路，開除！

空蕩的走廊裡響起很沉悶的回音，我滿腦子全是作文比賽那臺電視裡的黑白雪花。崔老師讓我回家好好想想，假期結束前必須給她一個答覆，還要承認作證的日子是在被陳主任抓的當晚。我不明白，到底什麼意思。回家以後，我不敢當我媽面打電話，跑去樓下公用電話打給高磊。高磊說，我知道你肯定覺得我是膽小鬼，不是男人，但我們都沒辦法。我說，什麼叫沒辦法？高磊說，學校早晚要開除秦理，誰心裡都清楚，你只是個借口，不然你就是替罪羊。我說，對，替你的罪。高磊說，對，我就是不敢站出來，王頔，你也沒能力承擔後果，承認自己害怕了，真有那麼丟人嗎？我們都不是聖人，誰也救不了誰。你明白我意思嗎？現在就是要你選，保秦理還是保我，但是秦理現在已經那樣了，算我求你還不行嗎？

那大概是我靈魂裡打過的第一場硬仗。黑方完勝，白方毫無還手之力。卑鄙戰勝了高尚，我輸了。當我趴在德育處辦公室的辦公桌上寫那封捏造的證明書時，大腦好像被人抽真空了。當我按上手印的一刻，也還是沒想到學校真正的目的，是讓我證明秦理早在出事前幾天就被校方開除，只是趕上假期沒來得及公布，因此秦理在出事時理論上已經不是育英的學生，誤入校園護校算意外，私自竄崗也是違規行為，校方也就不用對他過多賠償。秦天一度狀告學校，最後也只是多收到兩萬塊精神損失費，給弟弟治病都不夠。我忘不了，黃姝在得知真相以後，看我的眼神。她拒絕收下我為她專門錄製的那盤磁帶，含著眼淚說，秦理是你最好的朋友，你的良心過得去嗎？

過不去。這麼多年了，從來就沒有過去。婚前有一天，嬌嬌又因為肚子痛在床上躺了一天，我閒來無事，坐在一旁拍著她助眠，順便欣賞她那張熟睡中的臉。我在想，為秦理短暫的一生，我們到底該承受多少內心的譴責，才能心安理得地過完下半生。那一場事故，對你來說是無意，可對我來說，是一場試煉。敵人只有我自己，我是自己認輸的，跟你不一樣。所以直到婚後，我也從來不敢跟你提起當年的真相。因為我從來都沒有停止過害怕，害怕被我最親近的人鄙視終生。

我怕連你也無法原諒我啊，嬌嬌。

天理

1

馮國金以為這種老樓早該拆了，周圍幾棟二十年往上的全動遷了，怎麼就它還杵在這？難不成老天看這孩子太可憐，專門劃出個地界來養活？搬走不好嗎，換個新環境，新風水，重新來過。畢竟這棟樓不會留什麼好回憶給這孩子，爸爸死，爺爺死，哥哥死，死前都在這裡住過。如今樓裡的住戶基本都搬走，人氣越來越寡。馮國金踏著遍布裂痕的水泥石階往七樓走時，生怕踩重了會使整棟樓傾塌。對於這裡，馮雪嬌要比她爸爸更熟悉，小學六年級，她跟黃姝經常相約來秦理家玩，有時他哥哥秦天在家，就去隔壁樓王頔家。如今王頔家那棟都扒掉一半了，只剩下秦理和他的老樓。十年了，門內的秦理還是當年自己認識的那個人嗎？傻啊，當然不是。十年前他就幾乎聽不見聲音了，病情後來發展到影響發聲系統，馮雪嬌一直不明白那是怎樣一個原理，只記得最後一次見到秦理的時候，他甚至連說話都很艱難，大部分溝通靠筆寫，偶爾發出一兩個音節，也像是用鼻腔和後槽牙使勁，字字悶鈍，嘴裡像含了一塊鐵。馮雪嬌拚命想把那兩個字的比方從腦子裡摳除，可她控制不住——弱智。那個說話的方式就像是弱智。

馮雪嬌站在門外，紅著眼睛砸門，手都砸疼了才想起來，噢，秦理聽不見。身後，馮國金一聲不吭地拽了兩下牆犄角裡的一根塑料繩。還是爸爸聰明啊，馮雪嬌猜，那應該是連通到屋裡的某盞燈吧。果然，半分鐘後，斑駁的門被推開半扇寬，那張已然陌生的臉出現在馮雪嬌面前時，整高過她一頭。門內的那雙熟悉的丹鳳眼先楞住了，隨即馬上要關門，被馮國金的大手一把卡住，嘴裡說著，孩子，就是來看看你——對了，他聽不見啊——馮國金緊接著用口型誇張地說「來，看，你」。馮雪嬌也跟著說，秦理，讓我們進去吧，求你了。

還是當年的老樣子，只是曾經屬於腐朽老人的味道不在了。父女倆跟著秦理進屋時同時發現，秦理的左耳耳蝸裡戴著一個肉色的助聽器，想必是能聽到些聲音的。秦理沒招呼，甚至沒再回頭，坐回面向窗戶的電腦前，繼續敲打著鍵盤，屏幕上是一堆馮國金看不懂的數字和代碼。這間臥室，十年前馮國金本該來過，在秦天被逮捕後的那次例行搜查，可當時自己因傷入院，是劉平帶人來的，什麼有價值的都沒找到，秦天從果園裡挖出的二十萬現金，後經證實是秦大志當年搶劫運鈔車留下的部分贓款，最終被警方沒收。往後這些年裡，這個孩子靠什麼生活下去的呢？馮國金沒臉坐，他站在原地環視著房間，腳有點擎不住身子了，一個個透明的塑料盒和玻璃缸子裡，爬的都是他這輩子最怕的東西：蛇、蜥蜴、蠍子、蜘蛛，還有一些他認不出也不想再細看下去的玩意兒，若是照嬌嬌說的，正是這些要命的玩意兒才合力把另一個生命養活到今天。整間房子，整棟樓，不也是一個大玻璃缸子嗎？一個半聾啞的天才，蟄居其中十春秋，樓都發霉了，人呢？

馮雪嬌一直試圖跟秦理溝通，秦理卻連理都不理。馮雪嬌怕他是因為聽不見，忍不住想上手比劃，卻又覺得太殘忍，收回了手。馮雪嬌哽咽著說，秦理，是我，嬌嬌，你看我一眼啊。秦理仍舊無動於衷。馮雪嬌的眼淚終於從眼窩裡跑出來了，摀住嘴不敢哭出聲。對不起，秦理，對不起。女兒的那句道歉還是從指縫裡艱難地擠出來，看得馮國金也憋紅了眼，他注意到，電腦屏幕反射秦理的臉，他的嘴角也在抽動。一樣都是好孩子，憑什麼呢？馮國金告訴自己要平靜，從後面捋了捋馮雪嬌的背，站在身後跟秦理說，孩子，看看這個，見過嗎？馮國金把一張曾燕屍體上的「火炬」特寫放在秦理的電腦桌上，秦理低頭看了一眼，毫無反應。馮國金問，你仔細想想。馮雪嬌急了，拉住秦理胳膊問，這是咱們的家徽啊，我畫的，你怎麼會不記得呢？你不可能不記得！馮雪嬌越哭越厲害，求著說，你快跟我爸說啊，到底怎麼回事兒，你快說清楚啊，跟你沒關係，對不對？

沒，見，過。

當那三個字從秦理口中憋出來，馮雪嬌聽到的聲音比十年前更沉悶，像是從某個地洞裡傳上來的。馮雪嬌已經哭得說不出話來，馮國金往前站了一步，說，孩子，我今天來不是以警察的身分，你就當我是個叔叔。十年前的案子，你還記得什麼，沒跟人提過的，今天都可以跟我說，或者你跟嬌嬌說也行，不算訊問。你哥當年要真是被冤枉了，我願意認錯，補償，怎麼都行，但現在需要你幫我，不為了你哥，也當是為了黃姝。

聽到黃姝兩個字，秦理終於再也坐不住，可父女倆沒想到的是，他起身就把兩人往門外推，瘋狂地用力地推，一直推到大門外邊。那個沉悶的聲音再次響起，只是比剛剛更加吃力。

走！——走！

秦理關上大門的前一刻，馮雪嬌最後說了一次，對不起。秦理那兩個幾乎是從顱腔發出的音節，在晦暗的樓道裡引起共鳴，馮雪嬌見到樓梯角頂上的那張輕薄的蜘蛛網也跟著微微顫動，可是沒見到網的主人，不知道是藏起來還是死掉了。

馮國金陪女兒坐在車裡哭。馮雪嬌說，當年黃姝出事跟秦理沒關係，你不會抓他，對不對？馮國金真的不知道該怎麼回答，只能如實說，不知道。馮雪嬌緩緩情緒，說，爸，我知道他沒忘，他比誰記得都清。馮國金問，什麼意思？馮雪嬌說，剛剛我看到他手機上掛的吊墜是根小櫻桃的頭繩，那是我們小時候他送給黃姝的禮物。我畫的那個火炬，他不可能不記得。馮國金說，我知道，不然就說不通了，但這沒法當作證據。馮雪嬌說，爸，是不是我害了秦理，他才成現在這樣？馮國金說，當年秦理在學校出事，你們這幫孩子應該跟大人說的，至少你應該跟我說，當時哪怕有一家大人出面，也不至於到最後那樣，說到底，秦理他哥當年也還年輕。馮雪嬌說，那還是說我害了他，當初秦理是替我遭的罪，現在變聾子的應該是我。馮國金說，別這麼想，人各有命——這四個字說得有多心虛，就馮國金自己心裡清楚。

把馮雪嬌送回家後，馮國金趕回隊裡。劉平已經帶人從被害人曾燕的父母家裡回來了。曾燕生前是一家酒店的前臺，獨生女，平時跟父母住一起，社會關係不複雜，但之前有一個男朋友叫陳冰飛，小混混，嗜賭，後來曾燕就跟他分手了。據曾燕母親說，曾燕在失蹤前一晚接到一個電話，當時已經後半夜了，曾燕在電話裡跟對方吵了幾句，就匆忙出門了。劉平繼續說，剛才咱們的人查了，那個號應該就是陳冰飛，位置也掌握了，躲在南市場一個檯球廳裡，我已經派人在那盯著了，這邊下命令，那邊就抓人。馮國金問，殷鵬以前公司和家裡查了嗎？有線索嗎？劉平說，兩組人正在分頭行動，他以前公司的副經理已經找到了，現在經營一家外貿公司，先找哪個，看你意思。馮國金說，馬上把陳冰飛帶回來，你跟我去見見那個副經理。

路上。劉平接到電話，直接開免提給馮國金聽。殷鵬全家當年在河畔花園的別墅在二〇〇五年就賣了，是殷鵬他老婆賣的，後來她老婆帶著孩子移民加拿大了，現在應該還在那邊，聯繫不上了。但據說在當年出國之前，把幾處房產和幾臺車都買了，感覺就沒打算再回來。但是我們找到了殷鵬的岳母，還在本市，她說自己女兒跟殷鵬在二〇〇三年以前就離婚了，殷鵬到底在哪誰也不知道。電話那頭問，接下來怎麼辦？馮國金回覆說，去查一下當年的房產交易紀錄，還有二手車交易紀錄，最好能找到當年經手的人。掛掉電話，劉平問馮國金，查車？可當年收費站的錄像都沒了，能怎麼辦？馮國金說，起碼我們自己心裡能清楚，當年小鄧跟的那輛車裡到底是不是殷鵬和老拐，如果是，那就不排除殷鵬是去跟秦天碰頭的，這兩條線就穿上了，起碼能確定殷鵬跟黃姝和小鄧的死都有關係。劉平嗯了一聲。過半天，馮國金補了一句，我還是相信小鄧。

所謂的貿易公司異常冷清，辦公人員沒幾個。馮國金了解，這種公司不少都是空殼。副經理姓侯，看樣子四十歲不到，普普通通一人。他在電話裡已經承認，自己當年就是鵬翔家具公司的副經理，跟殷鵬幹了十年，直到殷鵬把公司賣了，他才出來單幹。馮國金問，殷鵬那麼大的公司，說不幹就不幹了？什麼原因？侯經理說，那我真不清楚，聽人說是欠了筆錢，數不小，賣了公司還債。馮國金問，二〇〇三年二月以後，你跟殷鵬再沒有聯繫過？他人去哪了？侯經理說，真不知道，我以前也就是給他打工。馮國金說，你辦公室，能看看嗎？侯經理說，隨便。馮國金起身，點燃一根菸，在辦公室裡兜了一圈，沒碰也沒翻，重新坐下，從劉平手裡拿走他的記事本，甩到侯經理的辦公桌上，說，看看吧。侯經理沒翻，反問，看啥？馮國金說，你公司這兩年的偷稅漏稅和非法經營紀錄，都在裡面呢，看看吧，別漏了啥。侯經理還是沒翻，問，這什麼意思？我這公司做的都是小買賣，哪來非法經營？馮國金說，行，知道了，等法院傳單吧。說完就從桌上拿回本子，示意劉平該走了。還沒到門口，侯經理就叫住他們，重新請兩人坐，自己也點上一根菸，說，兩位大哥，你們到底啥意思，直說吧。劉平說，這話得問你吧，你沒什麼要說的？侯經理猶豫地說，我不知道你們要問什麼啊。馮國金說，非法經營，偷稅漏稅，不歸我管，我也懶得管，但是你要不跟我說實話，剛才那本子的東西夠你蹲個十年八年的，你自己合計。

在馮國金的連番逼問下，侯經理終於承認，殷鵬在失蹤以後，確實還跟自己有過聯絡。馮國金問，怎麼個聯絡法？侯經理說，用我公司給深圳的一家金融公司做賬，再把錢打到美國一個賬戶，差不多半年一次。馮國金問，是殷鵬在美國的賬戶嗎？侯經理說，我不知道，賬戶是個外國名字，我只負責中間轉錢，別的什麼都不知道。馮國金問，深圳那家公司叫什麼？侯經理說，啟力金融。馮國金問，法人是誰？侯經理說，我真的不知道，我也不想知道，從來都沒問過。當初就是殷鵬從美國打電話來，讓我照辦，我就辦了，畢竟他對我有恩，再說轉錢也不犯法，又不是黑錢。

坐進車裡，劉平問馮國金，剛才你就那麼詐那姓侯的，怎麼知道他就不會翻開那本子。馮國金說，我不知道。劉平點點頭說，牛逼。馮國金說，現在起碼知道殷鵬確實是跑了，結合他跑的時間點，什麼都不用說了。劉平說，黃姝跟他有一半關係至少。馮國金說，一大半，還有小鄧。劉平忍不住歎氣，媽了個逼，心裡憋屈。馮國金說，還得忍著，另外還有一個人要找。劉平說，我知道，殷鵬司機，老拐。

回到隊裡，馮國金打了兩個電話，一個給老七，一個給深圳的乾弟弟小吳。他拜託小吳在深圳幫查一下啟力金融的背景，小吳讓他放心，還一個勁兒埋怨馮國金這些年也不回一趟深圳，都把他這個拜把子弟弟給忘了，光有事才想起他。給老七的電話，是讓他幫找人，二手車在十年前有幾個非正規交易市場，馮國金手下的人在車管所查了，沒有殷鵬前妻賣車的紀錄，因此馮國金猜測車就不是通過正規渠道賣的，而那些非正規途徑，通常就社會上幾個有實力的人物把著。老七說，哥，人我可以給你找，不過你得保證，別找人家麻煩，要不然我老這麼給你一警察搭橋，以後出去沒法混了。馮國金說，放心，給我盡快。

馮國金打完電話，走進審訊室，劉平已經在審陳冰飛了。小流氓一個，欠了別人四萬塊錢賭債還不上，跟曾燕好了不到半年，借曾燕錢也不還，曾燕提出分手以後，他還糾纏過一段。劉平說，你現在是不是特願意在這關著？放出去了怕被債主剁手剁腳吧？所以你跟曾燕借錢，曾燕不借，你就殺了她。陳冰飛急得直躥，手銬嘩嘩響，大叫說，我剛才都說多少遍了，我沒殺曾燕！劉平說，那你就是無辜的唄，那我得放了你啊，你參與賭博那家棋牌社叫什麼來著？劉平身邊的年輕警員替說，鼎鑫娛樂城。劉平說，我現在派人把你護送到那去，行不？我估計人家也能管你飯。陳冰飛老實了，猛搖著頭，後脖筋帶著嘴角一起抽搐。馮國金站一邊搭眼就看明白，這小子吸毒。馮國金示意年輕警員，給他根菸。陳冰飛接過菸，點火急得差點燒到嘴。劉平繼續說，飯也吃了，菸也抽了，走不走啊？我送你！陳冰飛低著頭說，我說。

馮國金看著劉平，挺有手腕了現在。陳冰飛開始交代，馮國金也拉了把凳子坐下。劉平說，既然要說那就痛快點兒，十二月十五號凌晨，曾燕失蹤前一晚，你給她打電話幹什麼？陳冰飛說，叫她出來。劉平問，別廢話，叫她出來幹什麼？陳冰飛說，見個人。劉平罵道，你擱這兒拉線兒屎呢？問一點擠一點！陳冰飛說，那天上午，我接到一個電話，陌生號，一個男的，說他知道我在鼎鑫欠了四萬塊錢，想幫我，只要他找人跟鼎鑫老闆打聲招呼，四萬塊錢就能拖一年再還，還可以打折，一年之後還兩萬就行。劉平問，條件呢？陳冰飛說，讓曾燕陪他。劉平說，這個人曾燕以前認識嗎？怎麼知道的你電話？陳冰飛說，我根本就沒見著，曾燕認不認識，我不知道。劉平說，你就答應了？陳冰飛默認，繼續說，他約我在開發區的一個路口見面，凌晨兩點多，把曾燕放下我馬上走，我帶曾燕打車去的。劉平說，曾燕也不是傻子，就那麼老實跟你去？陳冰飛說，是我騙她說，我被追債的盯上了，可能會牽扯到她，送她去外地躲躲，我一個朋友在那等著接她。劉平說，然後你就走了？對方說什麼你都信？陳冰飛說，我也是實在沒辦法了，嗯，把曾燕放那我就走了。劉平追問，對方在電話裡還跟你說過什麼？陳冰飛狠狠撓著頭說，沒了，對了，他還在電話裡問我，曾燕是不是處女。我說應該是，反正她一直不給我睡。

馮國金讓人查陳冰飛手機裡的那個陌生來電，果然是個野號，通過那一次話以後就沒再用過。對方狡猾得很，從頭到尾都沒露過面，也沒留下任何破綻。劉平問馮國金，怎麼辦？線都是斷的。馮國金說，曾燕的案子，肯定是跟黃姝的分不開了，捏一起查，倒推不成，從頭再捋，往死裡查殷鵬。劉平說，馮隊，我有個直覺，殷鵬人根本不在美國，現在就在市內呢。馮國金剛點上菸，抽了半根才說，想一塊去了。

快下班前，馮國金來到技偵辦公室，找到一個專攻網絡技術的年輕男同事，給他看了手機裡的一張照片。男同事擺弄著手機說，馮隊，新手機不錯啊，咱這還買不著呢，水貨吧？馮國金說，我女兒從美國帶回來的，你想要，我讓她託同學再給你帶一個。男同事笑說，不白送我就不要了，我這點工資可買不起。馮國金說，你看看這張照片，電腦上都是啥，你懂不？照片裡，一個青年正對著電腦操作。那是馮國金去秦理家當天站在身後偷拍的。男同事把手機裡的照片導進自己筆記本電腦上，放大幾倍仔細看了半天。馮國金追問，都是啥？男同事語氣有點感歎地說，要沒看錯，是破解密碼呢，道行還不淺呢，抓網絡犯罪呢？我們這邊沒收到風啊。馮國金說，不是，別的案子，受累了，你把照片刪了吧。男同事說，我再研究一會兒，下班之前肯定刪。馮國金反問，還有什麼好研究的？男同事說，有點意思，這哥們兒是個天才啊。

連著兩天晚上，馮國金都是在車裡過的，自己一個人在秦理家樓下守著，連劉平也沒叫。馮國金也弄不清楚，自己心裡到底是想發現秦理有嫌疑，還是什麼都不想發現。原來秦理晚上還打一份工，就在家附近的一家二十四小時洗車行，負責洗車打蠟，夜班只有他自己，晚十點幹到第二天早六點，白班四個員工來接班，秦理在早點攤兒吃完飯再上樓回家。盯到第三天早上，秦理下班以後，馮國金猶豫再三，走進洗車行，把老闆拽進辦公室隔間，亮出證件，說，我問你話的事，不能跟任何人說，包括你的員工，老婆孩子也算，一個字都不准提，懂嗎？老闆聽話地點點頭。馮國金問，秦理在你這幹多久了？老闆說，得有兩年了。馮國金問，平時工作準時嗎？老闆說，挺準時的，也挺賣力。馮國金問，從來沒發現過什麼不正常嗎？老闆反問，不正常什麼意思？啞巴啊？我知道，挺可憐的那孩子，他哥我從小就認識，當年鬼樓那案子他哥幹的，讓警察給打死了，都知道。馮國金問，這兩年他有沒有跟你聊過當年那個案子？老闆說，我倒是想問，可他啞巴啊，跟我們誰都沒說過話，兩年前來我這想要個活兒，還記得他是拿筆寫紙上的，我一個月給他開一千六，也算替他哥照顧下這個弟弟，畢竟當年都是髮小兒。咋地了？秦理也犯事兒了？馮國金說，剛跟你說了，別問。老闆說，不問。馮國金問，最近一個月呢，他跟平時有什麼不一樣？老闆想了一會兒，說，有，算有吧。馮國金問，什麼事？老闆說，就這週二，客人來取車的時候投訴，說車後屁股給刮了一道，那車是秦理前一天晚上擦的，其實誰也不確定到底是不是秦理弄的，車送來時誰都沒仔細檢查，我就只能認唄，賠了人家五百，從秦理工錢裡扣。馮國金問，什麼車，什麼顏色？老闆說，黑色，尼桑貴士，商務車，六十來萬吧。馮國金問，車牌號記得嗎？老闆說，記一半，尾號三個六，當時就想車主肯定不是一般人，可橫了。馮國金問，秦理一天晚上平均能擦幾臺車？老闆說，多了四、五臺，少了一兩臺，更多是打蠟。馮國金問，那天晚上擦了幾臺？老闆說，好像就兩臺，還有一臺馬自達。馮國金問，小車？老闆反問，啥意思？馮國金問，車裡空間小？老闆說，挺小，肯定比商務車小啊。馮國金問，你記準了是週二？老闆點頭，取車當天十七號，前一天週一，十六號，送我女兒去托兒所的第一天。馮國金在洗車行裡轉了一圈，跟老闆說，監控調出給我看看。老闆說，聾子耳朵，擺設，兩年前就壞了，修了兩次壞了兩次，後來乾脆不整了，也沒啥用還費錢。

臨走前，馮國金把自己和劉平的手機號都留給了老闆，又囑咐一遍，記住，誰都不能說。往後秦理有任何跟往常不一樣的舉動，第一時間打這兩個電話，明白了嗎？老闆說，明白了，可是他上夜班都是自己一人，誰能天天晚上看著他啊。馮國金說，只要你眼皮子底下的，都跟我匯報。老闆說，行吧，其實這孩子可老實了，膽子也不大，能幹啥壞事？

連著兩宿沒睡的馮國金，回到隊裡時，見到劉平也紅著眼睛，原來他也看了一通宵曾燕在開發區下車地點周圍最近的監控錄像，還是一點線索都沒有。劉平問，秦理那邊有什麼可疑嗎？馮國金說，暫時說不好，曾燕的屍體是哪天發現的來著？劉平說，十六號，晚上十一點多。馮國金說，死亡時間是晚上七點多，五個小時，這麼短，報案人是誰？劉平說，是個女的，說完屍體具體位置就給掛了，沒留任何信息，接線員打回去但不通。馮國金說，怎麼早沒人提？劉平說，你懷疑是拋屍的人自己報的案？能是誰？殷鵬還是秦理？可聲音是個女人啊。馮國金腦子有點亂，他也不知道該從哪下手查下去了。坐下，抽根菸，望望窗外公園裡晨練的老人，長歎了一口氣。他有一種說不上來的感覺，像是有人在跟他玩一場遊戲——到底是誰？報案的又是誰？一共幾個人？馮國金拚命地清著腦子，對劉平說，派兩組人，到秦理家樓下，二十四小時盯著，有情況隨時匯報，另外把十六號當晚十一點到十七號凌晨之間，秦理家對面洗車行附近路口的監控都調出來，查下有沒有一輛黑色尼桑商務車在那段時間裡經過。另一組去盯姓侯那個經理，每天去哪，見了什麼人，我全要知道。劉平都記下來了，抬頭說，對了，今早上曹隊過來了一趟，問咱們案子來著。馮國金問，你怎麼說的？劉平說，我就打哈哈，什麼具體的也沒說。

馮國金想起來，該給小吳打個電話了。小吳那邊一接起來就說，哥，我正要給你打呢。馮國金急著問，什麼情況？小吳說，啟力金融，十二年前在深圳註冊，老闆叫殷力，男的，香港籍，但我查了他背景，本身不是香港人，原來戶口就在你們市，十幾年前遷過來深圳，後來才入的香港籍，他原來的戶口上還有一個人，叫殷鵬，是他親哥——其實馮國金早猜到是類似情況，十年前殷鵬不知道以什麼手段逃到國外以後，找了個自己信得過的人繼續幫他經營國內的生意，再把錢轉到姓侯的公司洗一遍，最後再打回到國外自己的賬戶，只是沒想到殷鵬找的這個人，就是自己親弟弟。小吳繼續說，啟力金融在深圳做的生意沒發現涉及什麼違法的，但是一年前他們公司名下有個員工，叫金虎，在一家夜總會捅了人，沒出人命，我們的人去他公司抓人時，人已經跑了，現在還是通緝犯，對了，金虎也是你們市人，以前在道上混的，有個花名，叫啥來著——

老拐。馮國金說。

對，就叫這個。小吳說，是你要找的人嗎？馮國金說，你幫哥大忙了。小吳那頭笑了，一口濃重的廣普說，小意思啦，哥你啥時候忙完帶嫂子和姪女來深圳玩啊，我們多少年沒見了？有十年了吧？用你們東北話怎麼說來著？不夠意思！馮國金一口一個答應，去，明年肯定去。

放下電話，馮國金把正要出門的劉平叫住，說，再加一個，查全市所有大小酒店旅館的登記紀錄，有沒有住過一個叫金虎的人。劉平問，金虎誰啊？馮國金說，老拐。劉平大驚，老拐回來本市了？馮國金說，還不知道，但我有直覺，他現在就在本市。劉平說，知道了，我這就去安排。馮國金說，秦理，姓侯的，老拐這三個都不用你親自去，你待會兒直接去接線員那要來當晚報案人的電話錄音給我。劉平說，知道了，然後呢？去哪？馮國金說，跟我一起，去找曹隊。

2

十二月二十號下午，老七給馮國金回過電話，說，哥，我給你找到一人，大名吳全財，外號嘎啦，早幾年和平區到鐵西區一半往上的二手車都從他手裡過，後來不幹那個了，現在開發區開了幾個四S店，正經生意，我請他喝酒磨了一宿才答應見你的，你可千萬別讓我難做啊。馮國金說，知道。老七說，哥，我再跟你說個事兒，修自行車的老宋，得癌了，看樣沒幾天了，我叫人給送去三萬塊錢，沒別的意思，就跟你說一聲。馮國金說，你算仁至義盡了。

在開發區一個四S店二層的辦公室裡，馮國金和劉平見到了嘎啦。馮國金問他，〇三年到〇五年期間，有沒有從你手裡賣過一臺黑色奔馳，型號是S六〇〇，車牌號是A94575？嘎啦說，你這麼問，我咋能想得起來？那兩年每個月我都賣上百臺車，肯定記不住啊。馮國金問，都沒有紀錄嗎？嘎啦似笑非笑地說，哪能有紀錄呢。除非，你提人，我記人不記車。馮國金早有準備，讓劉平拿出一張報紙，二〇〇二年的，上面有一條新聞，知名企業家下鄉給希望小學捐款，殷鵬夫婦站在校門口前照的，都戴著紅領巾，被一群師生簇擁。馮國金指著殷鵬老婆的頭，問嘎啦，這女的，有印象嗎？嘎啦仔細看了看，這不殷鵬嗎？馮國金問，你認識殷鵬？嘎啦說，賣家具的，當年本市第一輛加長悍馬就他買的，不拉人，光打廣告用，把他家具公司的名字貼在車兩邊，車頂架一排喇叭，開車滿城繞，賊嘚瑟，本人倒是挺低調。馮國金心裡有點興奮，繼續問，他從你這買過車嗎？你跟他熟嗎？嘎啦說，不熟，那兩年在夜場玩兒的時候，別人介紹過，都沒怎麼說過話，他一大老闆，怎麼可能買二手車？馮國金說，你再仔細看看這女的。嘎啦抬頭說，原來這是他老婆啊，太記得了。馮國金問，來你這賣車？嘎啦說，對，不止一次。馮國金問，哪年？嘎啦說，〇四年要不就〇五年，記不太清了，賣的全好車。馮國金問，都哪兩次，兩次都賣的什麼車？嘎啦說，第一次什麼時候記不清了，賣的車記得，一臺小悍馬，一臺寶馬七系。第二次來的時候是冬天，我記得——這麼想還真想起來了，這女的確實來我這賣過奔馳，S六〇〇！劉平怕他是受馮國金引導搞混，插一句問，確定嗎？印象那麼深？嘎啦點頭，說，深，因為她一次來賣兩臺，一模一樣的車，都是S六〇〇。馮國金讓劉平拿出筆記，問嘎啦，詳細情況，能記多少都說一下。嘎啦回憶說，那次她來，感覺是急用錢，跟我還了半天價，還哭了，說算求我幫個忙，其中一臺改裝過，換龍骨就花了二十萬，確實挺漂亮，非讓我給那臺加點價。馮國金問，最後你收了？嘎啦說，嗯，我沒給加。馮國金問，車呢？嘎啦說，早賣了。馮國金問，賣誰了？嘎啦說，上哪記得去。

回去劉平開車，馮國金坐在副駕駛，翻出他一直隨身帶著的小鄧留下的筆記本。翻到最後一頁，二〇〇三年二月二十三號，小鄧遇害當天。亂字如麻中，馮國金找回了那兩個字：龍骨。馮國金閉上眼睛，一言不發，他想把自己想像成小鄧，借他一雙眼睛，回到十年前，究竟發現了什麼？劉平在一旁沒敢打攪，直到十分鐘後，馮國金再次掙開眼，才問他，馮隊，想到什麼了？馮國金說，是兩臺車。劉平問，你說殷鵬？馮國金說，當年殷鵬有兩臺S六〇〇，原裝那臺平時開，換過龍骨那臺，有特殊事的時候才開，比如跑路，或是接那些女孩的時候，估計出事以前，殷鵬還沒那麼謹慎，只是給那臺改裝車上了個套牌，A94575，他跟老拐跑路當晚，開的應該是這臺。劉平問，你意思是小鄧早就發現了？馮國金說，我猜是他在跟施圓一起在殷鵬公司門口蹲守的時候才發現，第一次我和小鄧去他公司時，他那輛原裝車就停在公司門外，我沒太留意，也沒記車牌，估計小鄧在心裡記了個大概，直到那天晚上小鄧看見兩個人上的是那臺改裝車，感覺跟之前看到的車不一樣，發現了龍骨有改裝，根本不是同一臺車，才寫在本子上的。馮國金繼續說，可能是因為天黑，車又不一樣，導致小鄧也懷疑自己會不會認錯了人，雖然他在出租車裡給我打電話時一口咬定，但是在最開始，他自己也不確定，我還記得施圓跟我說，她也只看清兩個人的外形，臉一直沒看清。

劉平聽完，一句話沒說，直到他把馮隊送到秦理家樓下，馮隊說要一個人留在那盯梢。劉平把車給留下，自己打車回隊裡的路上，他又琢磨了一遍。他知道馮隊後來為什麼不說話了，因為話不好說。小鄧不傻，那小子比誰都機靈，他下車幫殷鵬的車換胎，冒著暴露的危險，為什麼？只有一個解釋，除了要確認自己跟對了人，他是想讓殷鵬或者老拐的臉暴露在監控裡，當年拉小鄧的出租車司機說過，殷鵬的車拋錨時，離收費站非常近，很可能就在攝像頭範圍內——但就是這段錄像，十年前自己跟馮隊誰也沒看見過，是大隊長曹猛去交通隊查的，打電話說沒發現異常，也沒見到那臺 A94757 的黑色奔馳——還用馮隊多說嗎？多說就沒勁了。劉平在辦公室裡假設了一宿，假如自己是馮隊，該如何處理這種情況？騎虎難下。第二天早上，雖然當馮國金讓他跟著一起去找曹隊時，自己有心理準備，可怎麼也想不到，馮隊沒打算跟虎講和，更沒打算從虎背上下來，他選擇打虎。

大隊長曹猛正在辦公室裡喝茶，茶臺是新換的，木頭什麼材質劉平不會認，挺大，檯面鋥亮。曹猛問，案子有進展嗎？劉平正要沒話找話之際，馮國金跟在後面進來了，把門關上，反鎖。曹猛問他，鎖門幹啥？馮國金坐到曹猛的桌對面，拿起他手邊那盒三五菸，抽出一根，自己點上，菸盒繼續留在手裡擺弄。曹猛笑笑說，蹭菸來了啊。馮國金說，我一直想知道這洋菸到底什麼味，多少錢一盒？曹猛說，我也不知道，別人送的，五十多吧。馮國金說，不便宜啊，以前有人給過我這菸，我沒抽，真不識貨啊。曹猛沒說話，繼續喝茶。馮國金說，給我這菸的人，你也認識。曹猛給馮國金倒了一杯茶，問，誰啊？馮國金說，金虎。

劉平看見，馮國金那雙眼睛就像捕獸夾子，死死咬住曹猛的目光不放。他知道，馮國金要逮的那一瞬間，中了。那一瞬間過去，曹猛心平氣和地問，金虎是誰？馮國金說，你比我清楚。曹猛說，哦，想起來了，外號叫老拐那個，當年殷鵬的司機，怎麼了？馮國金，對，不過就在今天早上以前，我跟劉平誰也不知道老拐的大名。曹猛放下茶杯，問，國金，你什麼意思？馮國金反問，十年了，你睡得著覺嗎？

曹猛靠向椅背，一言不發，聽著馮國金說。該說的，馮國金全說了，撈乾的說，每說完一點，夾子就咬得更死一下，直到見了血，露了肉。等馮國金咬完了，曹猛才說，國金，你這麼說就是冤枉我。馮國金說，我真沒想到是你，打死也沒想到。直到昨天跟交警大隊的人確認，十年前就是你親手拿走的錄像，我還是不敢相信。曹猛說，我知道，案子沒破，你腦子亂，但你也不能亂咬，實在不行，咱到上面領導那說。馮國金掏出自己的玉溪，點上，沒抽，插進了茶臺的夾縫裡，菸縷縷飄升，像一炷香。馮國金問，你還記得，小鄧剛進隊裡是誰帶他？曹猛說，我。馮國金問，後來是誰把他分到我手底下的？曹猛說，我。馮國金說，虧你還記得。直說吧，這次的案子，我讓劉平什麼都不跟你說，就是故意瞞你，現在實話告訴你，快了，我拿人頭跟你保證，我對這炷香跟小鄧保證，不出一個禮拜。這一個禮拜裡，你有兩個選擇，第一，十年前收費站的錄像肯定還在你手裡，交出來，算你配合我，案子破以後，我會跟領導說明情況，但不會全說，幫你爭取工作過失，從輕處理；第二，你繼續隱瞞，我照樣能破案，到時我會如實上報，你失職加包庇兩罪並罰，可能還涉嫌謀殺，小鄧的死，我就算你一人頭上，不把你送進去我絕不罷休。兩樣，你自己選。

等了許久，曹猛說，我有事先出去一趟，晚點回來再說。馮國金說，案子破以前，你肯定是走不了了，就在這屋哪也不能去，我叫我的人二十四小時看著你。曹猛說，國金，你這麼幹知道什麼後果嗎？你這叫濫用職權！馮國金猛一拍桌子，起身大吼，你他媽跟我說濫用職權？話說到一半，馮國金喊劉平幫手，掏出手銬直接把曹猛銬在椅子扶手上。馮國金說，我他媽往後就算不幹了，今天也肯定不能放過你！

那炷香燃盡時，曹猛遮遮掩掩地交代出了大概。兩個老刑警過招，套路彼此心裡全有數。曹猛一再強調，當年的錄像確實不在了，但就是不提「銷毀」兩個字。馮國金問他，你跟殷鵬什麼時候認識的？是不是你幫他辦的假證件出的境？曹猛說，二〇〇一年認識的，但自己從來沒收過殷鵬賄賂，小鄧出事當晚，殷鵬只是給他打過一個電話，說自己遇上仇家了，要躲債，還承認自己開了個套牌車，萬一在哪被攔了，讓他幫忙擺平，如果成功出去了，幫他把監控錄像找到，不能讓別人知道他往哪個方向跑的。曹猛說，自己沒幫殷鵬出逃，他最後怎麼出境的，用的什麼假身分，都跟自己沒關係。馮國金問，那你知不知道小鄧一路在跟那臺車？曹猛說，我是在交警大隊看到錄像才知道的，那段時間打黑剛結束，我才從外地回來，鬼樓案子具體就你跟劉平還有小鄧清楚，還沒人跟我匯報過。馮國金想，這句確實沒撒謊，當時就是自己跟曹猛說，要找殷鵬那輛車，曹猛主動替他去的交警大隊。馮國金說，監控裡到底拍到什麼了？馮國金邊問邊點著第二根菸，把燒完那根換下來，說吧，對著這炷香說。曹猛說，拍到臉了。馮國金問，誰？曹猛說，都拍到了，殷鵬，老拐，還有小鄧，小鄧戴了個紅色的帽子。馮國金說，公牛隊。曹猛說，什麼？馮國金說，你說你的，怎麼拍到的，具體什麼情況？曹猛說，殷鵬的車應該是拋錨了，停車的地方跟收費站距離也就二十米，先是殷鵬跟老拐一起下車看了一眼，得換胎，殷鵬就回車裡待著，老拐一個人去開後備箱，這時候小鄧不知道從哪上來的，跟老拐說了兩句什麼，就幫著一起從後備箱裡把備胎拿出來，換上了，過程中小鄧一直偷偷回頭看攝像頭，他讓老拐蹲的位置也是特意能被攝像頭拍到的角度。十分鐘以後，老拐上車開走了，一輛出租車跟在後面，副駕駛上坐的就是小鄧。第二根菸也燃盡了，馮國金沉默很久，才繼續問，殷鵬和老拐跑了以後，有沒有跟你聯絡過？最近有沒有聯絡過？曹猛說，當時和後來都沒有，殷鵬跑了以後，我才知道小鄧死了，後來我才知道殷鵬是你們的懷疑對象，後悔也晚了。那個老拐，我根本不知道去哪了。馮國金說，不對，我們查了老拐那麼久，都不知道他大名叫金虎，但你知道，你說你們倆沒來往，覺得我會信？曹猛半天不說話。馮國金說，你要不說，我就當你選了二。曹猛歎一口氣，承認當初殷鵬還求自己幫老拐找人改戶口，說是為幫老拐躲仇家，這事是在鬼樓的案子之前，二〇〇一年吧，剛認識殷鵬那會兒。馮國金問，金虎改的名字叫什麼？曹猛說，想不起來了。馮國金說，我給你時間想。說完又點著第三根菸，插在茶臺上。半根燒沒了，曹猛說，好像是叫張強。馮國金問，二〇〇三年以後，殷鵬沒再跟你聯絡過？也沒通過老拐聯絡你？曹猛說，沒有，真的。

三炷香都燒完了。馮國金抬著頭想，弟弟，哥就這點能耐了。記著查收。

馮國金拿過曹猛桌上的手機，開始翻通話紀錄。翻到幾天前的一個沒名字的來電，鐵嶺的號，應該是公用電話。他直接撥回去，沒人接。馮國金轉頭對劉平說，你找人查一下，這個號在鐵嶺的具體位置，直接去鐵嶺，把這個電話周圍大小酒店賓館旅社的登記信息全過一遍，找張強和金虎兩個名字。曹猛說，真沒人再跟我聯絡。馮國金問，那這個鐵嶺的號是誰？曹猛說，一個朋友吧，記不清了。馮國金說，你現在還有的選，別等我真抓住殷鵬和老拐的時候，再知道你跟我撒謊。曹猛說，國金，真至於這樣嗎？馮國金沒回答，跟劉平說，你叫兩個人過來，看住他，吃喝拉撒都在這屋裡，把我那張行軍床也搬過來，手機拿走，再給他家裡打個電話，就說這幾天回不去了，辦公室電話看情況可以接，案子破以前，他不能離開這一步。

馮國金走出去以前，最後問了曹猛一句，殷鵬沒賄賂過你，你還敢為他違紀？曹猛說，你還記得不，那兩年我媽重病，心臟病加肝癌。馮國金說，記得，挺重的。曹猛說，當時就一種德國的蛋白藥能幫我媽續命，這邊買不到，能搞到的我也買不起，一千二一支，一天一支。馮國金問，殷鵬幫你搞來便宜藥了？曹猛說，沒要錢，一直扎到我媽死。馮國金沒話再說，開鎖出門，聽到曹猛在身後說，國金，畢竟是我老媽。馮國金回過頭，說，小鄧也有老媽。

下午，劉平從接線員那拿到了十六號當晚報案人的錄音。的確是個女人聲音，就是聽著特別奇怪，上來直接說屍體發現具體位置，不到十秒鐘就掛了。馮國金反覆聽了幾遍，關掉，搖頭，掏出手機，打開一個軟件，輸入幾個字，點擊播放，給劉平聽。劉平驚呼，我操，不就是這個聲音！馮國金說，一幫壞事的，連我這個歲數的都不如。劉平問，這是啥軟件？馮國金說，嬌嬌給我買的手機裡自帶的，你打字進去，機器就能自動給你念出來，選男女聲都可以。這個報案的，根本就沒用本人聲音。劉平說，兇手自己報的案！馮國金說，是不是兇手還不能確定，至少是涉案者。不用自己聲音報案就兩種情況，一種就是害怕暴露自己身分。劉平問，另一種呢？馮國金說，自己不能說話。

晚上，馮國金跟劉平誰也沒回家，都住在隊裡宿舍。儘管腦袋裡那根弦都離快綳折不遠了，但彼此都清楚，被他們放走了十年的人，也不遠了。劉平問馮國金，怎麼知道那個鐵嶺的號就是老拐？馮國金說，我不知道，但肯定跟老拐或者殷鵬有關係。第一，時隔十年，兇手再犯案，通常情況都是重新出現，不然這十年裡為什麼一點相關線索都沒有？而且自從案發，曹猛就對咱們案子進展特別地關心，一天問八遍，不邪乎嗎？那完全可以假設，他也知道這個人回來了，甚至可能還跟他聯繫過，至於目的不清楚，是殷鵬還是老拐或者另有其人，也不清楚。那這段時間所有跟曹猛聯繫過的陌生人，都值得懷疑。但我肯定，早上曹猛還是沒說實話。劉平說，明白，咱們的人已經到鐵嶺了，正查呢。馮國金說，動靜別鬧太大。劉平說，放心，我讓鐵嶺警方配合行動了。

睡前，馮國金接到女兒嬌嬌的電話，想來宿舍看他，送個夜宵，他說不用來，讓她好好在家陪她媽。嬌嬌問他，爸，你們現在是不是還懷疑秦理？是不是要抓他？馮國金讓女兒別問了，誰有罪，都得付出代價，現在還不能確定。嬌嬌非要追問，那秦理現在算是有重大嫌疑嗎？馮國金說，暫時還沒有直接證據指向他。嬌嬌還想問，被馮國金打斷說，多的別再問了，早點睡覺，還有，最近都不要再跟秦理聯繫了，別去找他，也別發信息，能答應我不？嬌嬌頓了一下，說，能。

第二天上午，劉平跟馮國金一起又看了一遍距離洗車行最近路口的監控錄像，果然被馮國金猜中，十六號當晚十點剛過，秦理開著那輛尾號六六六的黑色尼桑商務車經過路口，奔北去。一路監控顯示，他駕車進了開發區，十五分鐘後消失在了最後一個有監控的路口，再二十分鐘後，重新在那個路口出現，原路返回市區內，但沒有回洗車行，而是把車開進了南市場八卦街——那之所以叫八卦街，就是因為當年張作霖蓋的時候就按八卦迷宮蓋的，曾經遍布妓院菸館，十六個進出口成放射狀，一半路口都沒有紅綠燈和攝像頭。從那以後，那輛車就消失了，一共停在裡面多久，最後又是在哪個時間段從十六個路口中的哪一個駛出來的，基本沒辦法查。最後只能確定秦理開車回到洗車行的時間快早上四點，路上車已經很多了，再往回捋路線，發現他花了三個多小時幾乎把全市各個區都兜了一圈，才往洗車行回。

劉平說，實在太可疑了。馮國金說，是太聰明了。馮國金在心裡說，嬌嬌沒誇張，這孩子真的是個天才，即使此刻他有百分之九十確信，那輛尼桑車從開發區回來時裡面就載著曾燕的屍體，可秦理就是沒給他留下一丁點把柄，就算把車找來都沒用，秦理幹什麼的？洗車的。車裡就算真留下曾燕的DNA，也早被洗個一乾二淨了。比起秦理為什麼要殺曾燕，甚至人到底是不是秦理殺的，馮國金更想弄清的是，他到底是怎麼做到的？劉平說，馮隊，不用想了，肯定就是這小子啊！不然怎麼可能這麼巧？他開車出去的時間，正好跟拋屍和報案的時間吻合，不是他還能是誰？抓人吧！馮國金好像不急，把手裡的菸抽完，說，我現在也相信是他，可是證據呢？劉平反問，還要什麼證據？馮國金說，鬼樓四周的攝像頭，根本就沒拍到過有人把屍體搬到院子裡的過程，那麼顯眼一輛車，從頭到尾甚至就沒在鬼樓周圍出現過，你怎麼證明，拋屍的就是他？劉平不服氣，繼續反反覆覆看晚十點半以後鬼樓四周所有攝像頭裡的監控錄像，真的沒有，就是沒有，那輛黑色商務車就像個魂兒，從駛入八卦街的一刻就消失了。劉平狠狠一捧鼠標說，先抓回來再說吧！馮國金搖頭說，萬一背後還有真兇呢？就打草驚蛇了。再說不是派人二十四小時在他家樓下盯著了，有動向嗎？劉平說，剛來過電話，兩天一宿了，晚上正常去洗車行幹活，早上回到家就沒出過門。馮國金說，所以，還得等，繼續盯著。劉平心裡本想說見了鬼了，可最後從嘴裡冒出來的那句卻是，他媽的神了。

下午三點多，劉平接到鐵嶺那邊的電話，附近所有酒店旅館都查了，沒有叫金虎或張強的人住過。馮國金想了想問劉平，曹猛的手機呢？劉平說，在看他的人手裡。馮國金說，昨天跟今天有可疑電話進來嗎？劉平說，沒啥，都是家裡打的。

走進曹猛辦公室，菸味嗆眼睛，兩個年輕警察加一個曹猛，憋在屋裡大眼瞪小眼，光抽菸了。曹猛正躺在馮國金的行軍床上，眼睛閉著，沒戴手銬。劉平質問兩個年輕人，誰讓你們把手銬打開的？其中一個支支吾吾說，曹隊。曹猛睜開眼睛，看到馮國金，說，兄弟一場，不至於，我不跑。馮國金坐下，遞給曹猛一根玉溪，自己沒點。曹猛抽了一口說，我發現，還是這個好抽。馮國金說，說吧，在鐵嶺的到底是不是老拐？曹猛眼睛低著，繼續抽。

馮國金說，都這時候了。曹猛終於點點頭。馮國金確認，就是老拐？馮國金說，他回來多久了？曹猛說，不知道。馮國金問，找你幹什麼？曹猛說，要錢。馮國金說，什麼錢？曹猛把菸捻滅說，想訛我唄，知道我跟殷鵬的事兒。馮國金問，以前有過嗎？曹猛說，十年裡這頭一回，我以為這人早躲起來了。馮國金問，前幾天他來電話，你怎麼說的？曹猛說，我沒答應，他說還會給我打。馮國金對劉平說，讓鐵嶺那邊的人隨時待命。曹猛說，國金，真的就這些，我都說了。馮國金說，你早該說了。曹猛說，我現在挽回，還來得及嗎？馮國金沒有直接回答，把電話還給了他，說，老拐再來電話，你知道該怎麼做。

多少小時沒合眼了，馮國金根本不記得，前一晚在宿舍躺整宿也沒睡著，望著天花板想起了十年間所有的一切，黃姝、秦理、秦天、小鄧、曹猛、殷鵬、老拐，穿插著也想了老婆楊曉玲和女兒嬌嬌，後來可能是迷迷糊糊地進入了幾分鐘無意識狀態，像做夢但自己又知道不是真的，他見到了去世的母親衝自己笑，還有老丈人楊樹森，像過去那樣拍三下他的肩膀，嘴裡說著，我沒看走眼，你是個好警察。後來他就被劉平的呼嚕聲給喚回來了，有眼淚流出來，把枕頭邊給濕了，他都分不清到底是哭了，還是瞪一天眼睛乾的。此刻的馮國金，兩眼滿布血絲，看什麼人身上都裹一圈紅影。劉平硬逼著他回自己辦公室沙發上躺會兒，曹猛在那屋有他盯著。馮國金躺在沙發裡嘗試了半天，還是一樣睡不著，他腦子裡想的是那天見到秦理的情景，好好一個孩子，天才，毀了，背了十年的冤屈，是不是自己的錯？確實怪不著別人，就是自己的錯。可是啊，可惜啊，就目前所有狀況看來，嫌疑最大的人也是這個孩子，天才。要是自己真冤了秦家兄弟十年，如今難道還要趕盡殺絕？他不知道了，沒法想通，永遠也想不通。偏偏這種時候，他想起十年前，老宋砍人的案子，他也是一樣痛苦，但比不上此刻痛苦，他想起自己跑去母親墳前訴苦，哭著說出的那句話——這個世界，壞人都抓不過來，好人還跟著犯錯，你叫我怎麼辦？

不知道過去了幾個小時，有那麼一瞬間，馮國金以為自己快睡著了，幾乎在同時，劉平衝進門來，連珠砲似的說，老拐來電話了！來電話了！馮國金蹭地一下從沙發上彈起，問，說什麼了？劉平說，他跟曹隊約在後天下午四點，鐵嶺火車站附近，讓曹隊自己帶錢去。馮國金穿好外套說，後天一早，你親自再領幾個人去鐵嶺，帶曹猛一起，提前部署好，等我命令抓人。劉平問，老拐是亡命徒，萬一拒捕，做兩手準備嗎？馮國金說，必須抓活的！打殘，打癱瘓，你看著辦，只要給我帶回來個能說話的！

3

經歷了一天半的漫長等待，十二月二十四號下午四點鐘，馮國金終於接到劉平從鐵嶺打回來的電話，老拐抓到了，一開始拒捕，差點開槍。馮國金問，有群眾受傷嗎？劉平說，沒有。馮國金問，自己人呢？劉平說，沒有。馮國金說，開警燈，高速走專用通道，一小時以內把人給我帶回來！

下午四點四十五分。刑警總隊審訊室。劉平親自押著老拐進來，手銬腳鐐一個不少。馮國金早早坐在審訊室裡等著，老拐走進來的時候，馮國金血紅的雙眼連眨都沒眨過一下。老拐，金虎，張強，不管面前這個人換什麼名字，他那張刀削過一樣的臉，化成灰馮國金也認得。被銬在椅子裡的老拐，根本是副骷髏架子，臉都嘬腮了。跑路，躲債，吸毒，早折磨得沒人形了。劉平坐到馮國金身邊，小聲說，路上我簡單問了，感覺他心裡都有數，但堅持要等見到你再說。馮國金點點頭，把屋裡的人清了清，就剩自己和劉平，還有兩個紀錄員。

劉平先開口問，叫什麼名字？老拐說，金虎。劉平問，還有沒有別的名字。老拐說，張強，假名。劉平問，多少歲，家住哪？老拐說，四十五，老家鐵嶺，現在沒家。馮國金對劉平擺手，意思是對一般人走的過場就免了。馮國金點著一根菸，親自問，想到過有今天嗎？

老拐說，當年就想到了。馮國金問，當年是哪一年？老拐說，〇三年。馮國金問，知道犯多大事兒嗎？老拐說，知道。馮國金說，那就自己說吧。老拐說，我要個無期。馮國金說，死緩，看情況。老拐這時才抬起頭，看著馮國金說，人是我殺的。馮國金問，誰？老拐說，那個年輕警察。本以為老拐嘴裡要說的名字是黃姝，馮國金和劉平都楞住了。劉平激動說，操你媽，他有名！叫鄧岩！馮國金也需要冷靜一下，問老拐，你知道我幹這行多少年了？老拐說，不知道。馮國金說，一輩子了，什麼樣的亡命徒我都見過，拿裁紙刀把鄰居一家老小割喉的，就為要一個同事命放火燒掉一整棟樓的，把仇人殺了碎屍手指頭剁下來扔家裡魚缸餵魚的，八三大案，十一年殺十八個人，兇手從來沒失眠過，我問你，這些人狠不？老拐說，狠。馮國金問，比你狠不？老拐說，比我狠。馮國金說，對，殺人的時候，個個比你狠，可他們坐進這屋裡，十個有九個都慫了，跟我哭，說後悔，想起老婆孩子，老爹老媽了，悔不當初了，眼淚大鼻涕流一地，還有尿的。說實在話，這種的我瞧不起，不叫個爺們兒，啥叫爺們兒？到死也不能掉鏈子，不就吃顆槍子兒的事嘛，就衝這點，我瞧得起你，沒慫，算個爺們兒。但是你也比他們狠，那些人，沒一個敢他媽殺警察的，我現在明告訴你，死緩肯定是沒戲。老拐說，隨便吧。馮國金問，有老婆孩子嗎？老拐說，沒有。馮國金說，行，光桿兒一個，死個安心。

劉平看見馮國金的雙手在桌底下抖，一隻手按住那個受傷的膝蓋，他知道馮國金的平靜也是強撐。馮國金說，二〇〇三年二月二十三號晚，你殺害刑警鄧岩的整個過程，從頭到尾，一字別漏。老拐說，具體幾號記不清了，反正就是殷鵬要我送他跑那天，我開車，當時已經天黑了。馮國金問，什麼車？車牌號多少？老拐說，黑色奔馳，型號是S六〇〇，車牌子是套牌，A94575。馮國金問，是殷鵬平時開的車嗎？老拐說，不是，平時開的是另一臺一模一樣的奔馳，在公司有登記，套牌車是有事時候才開的。馮國金問，有什麼事？老拐說，去外地辦事，或者見一些領導不方便。馮國金問，還有嗎？老拐說，我替他接女孩用。馮國金說，這個一會兒再說，繼續說二十三號晚上的事。老拐說，自從你跟那個年輕警察來過公司，殷鵬就知道事情不對了，查到他頭上了，那時候他已經做準備要跑了，但他找人打聽到，當時你們還沒掌握什麼證據，他就跟我說，再等等看。直到他接到一個電話，是個陌生號。馮國金問，殷鵬哪個手機接到的電話？老拐說，就當時你們去查他的那個小號。馮國金說，尾號七四六一。老拐說，對。馮國金說，當時你撒謊是你的手機。老拐說，要不呢？他還能找誰替他擋？馮國金說，繼續，那個陌生號是誰？老拐說，不知道，是個男的，在電話裡說，他手上有殷鵬強姦虐待女孩的證據，準備五十萬去指定地點見他，不然就把證據交給警察。馮國金問，殷鵬答應了嗎？老拐說，他不傻，叫我做兩手準備，五十萬可以給，但對方要是不老實，拿了錢還耍花招，就整死，然後跑路。馮國金說，所以那天車上有殷鵬準備跑路的家當，和五十萬現金？老拐說，對。馮國金問，最後你們見到那個人了嗎？老拐說，還能是誰？就是那個年輕警察。劉平說，你放屁！馮國金讓劉平別激動。老拐說，我提醒殷鵬，比約定時間早去一個小時，躲起來看看對方什麼情況，好不好下手。馮國金問，見面地點約在哪？老拐說，郊區一個果園。馮國金，你們都做什麼準備了？老拐說，殷鵬讓我帶槍。馮國金問，殷鵬還有槍？什麼槍？哪兒來的？老拐說，九九年我去雲南找人買的，五四式手槍，還有五十發子彈。馮國金問，殷鵬要槍幹什麼？老拐說，他生意剛做大那兩年，得罪了不少人，有些是道上的，他就說要買把槍以防萬一。馮國金問，槍現在在哪？老拐說，我不知道，但肯定在殷鵬手裡。馮國金說，繼續說二十三號晚上。老拐說，開車快到收費站時候，扎胎了，後面不遠一輛出租車上下來個男的，說幫我換胎，開始我就覺得奇怪，哪有這麼熱心腸的，直到我翻後備箱，掉出來一些東西讓那人看到了，我看他眼神不對，我就認出來是你那天帶去的那個年輕警察了，可能以為天黑戴個帽子我就認不出來他。馮國金問，什麼東西讓他看見了?老拐說，手銬，鞭子啥的，反正就一堆變態玩意兒，殷鵬虐待女孩用的，我不知道他都給塞那車後備箱裡了。回到車裡，我就跟殷鵬說，約他見面的好像是之前那個年輕警察，問他等下怎麼辦。殷鵬說，不管是誰，找到機會就動手。把車開進果園以後，車停得很遠，殷鵬留在車上，我就找了個地方躲起來，等著那輛出租車跟上來，但車沒進來，那個警察是自己走進來的。他在約定地點轉了半天，掏出手機想給誰打電話的時候，我就下手了。

聽到這裡，馮國金感覺自己的肺也像被人扎了一刀進去，幾乎上不來氣——小鄧那個電話，正是打給自己卻沒接到的。但他還得繼續問下去，用的什麼凶器?老拐說，一把蝴蝶刀，用槍太危險了。馮國金問，然後你跟殷鵬就開車跑了?老拐說，當時我不確定那個警察死沒死，但離不遠那條土路上有車過，我就趕緊走了。馮國金問，凶器呢?老拐說，扔河裡了。馮國金問，之後開車去哪了?老拐說，給殷鵬送到機場，他買了張機票飛香港了。馮國金問，他用的假身分叫什麼?老拐說，我也不知道，我就知道他有個人專門給他辦這種事，光護照就好幾本，有真有假，身分證也有三張。這些事他都不讓我知道，賊得很。馮國金問，他沒讓你跟他一起走?老拐說，怎麼可能呢，我還得幫他擦屁股，把套牌摘下來換一個，車開回他河畔花園那個家的別墅裡，跟他媳婦兒說，他出國躲債去了，別找他。他跟他媳婦兒其實早離了，但一直住一起，他媳婦兒還管著一部分錢。馮國金說，槍呢？老拐說，我藏在鐵嶺老家一個老房子裡了。馮國金問，現在還在嗎？老拐說，不在了，肯定被殷鵬拿走了，我只跟他說過槍具體藏哪了。馮國金問，所以你早就知道殷鵬回來了？老拐說，不是，也是我最近找人打聽才聽說的，他跑國外以後，讓我去南方躲躲，後來我就到了深圳，他安排我到他弟弟殷力的公司當司機。馮國金說，用的身分是張強。老拐說，對。一開始，還給我開點錢，過了幾年，越給越少，再後來，吸毒，賭博，不夠花了，殷鵬和他弟弟也不供我了，趕上我在深圳又犯了事兒，我就又跑了，躲了幾個地方，混不下去，後來我看這邊風聲也過去差不多了，上個月才回的鐵嶺，一到鐵嶺我就馬上回那個老房子找槍，發現槍不見了，我才確定殷鵬是真的回來了。我想找他，跟他要一筆錢，畢竟我知道他所有那些事，但是怎麼也找不到，就聽人說在一個夜總會看見過一次他人。馮國金問，然後你就想起找曹猛要錢了？老拐點頭，說，我知道他跟殷鵬的關係，當初殷鵬能跑出去，都是他從中幫的忙，找不到殷鵬我就找他，他這個身分，肯定哆嗦。我其實就想要個二、三十萬，已經聯繫上人能給我搞到日本去了。

小鄧的死，跟馮國金曾經假設過的差不多，不是秦天，就是殷鵬和老拐幹的。只不過十年前，秦天嫌疑更大，如今一切都清楚了。給殷鵬小號打電話的那個陌生人就是秦天，他本來要約殷鵬和老拐在果園見面，自己準備好要跑路之前，想一次性在果園完成三件事：銷毀麵包車，取走秦大志藏在那的二十萬贓款，見殷鵬和老拐。只不過沒想到，殷鵬和老拐耍了心眼兒，比約定時間提前到果園，又恰巧被小鄧一路跟蹤，兩人誤以為小鄧就是打電話的人，黑警訛錢，就算拿走了錢也保不齊怎麼回事兒，乾脆把小鄧給做了。兩人逃跑以後，秦天才進入果園，應該是沒發現小鄧的屍體，也沒見到殷鵬和老拐，就只把那二十萬挖出來，燒了麵包車，再坐車回到市內，準備找機會把二十萬交給弟弟，自己再消失。

老拐問，能給我根菸嗎？劉平說，等你死了，我給你燒一條。馮國金平靜些，抽出兩根菸給老拐，說說殷鵬的「那些事」吧。老拐把兩根菸都抽完，開口說，殷鵬就是個變態，還特別迷信，九七年以前，他在廣州做過幾年生意，我跟他也是那時候認識的。殷鵬在廣州拜了一個啥大師，也是東北人，其實就一江湖騙子，跟他說了兩件事，一是讓他養蛇，說他命裡缺保家仙，蛇算莽仙兒，請一條放在辦公室裡哪個方位供著，能保他一輩子發達。再一個，每次有大生意要做之前，找一個處女，生意肯定見紅。後來他回到本市以後，都按那個大師說的做了，還真就發大財了。一開始，他都是花錢找小姑娘，一年也就兩三次，後來發現，花錢能找到的都是社會上那些小馬子，哪來的處女，他就開始通過各種方式認識女孩子，凡是看著清純的，年紀小的，他就盯上人家，叫我想盡辦法去聯繫，女孩子願意來的，一般接送也是我，事後殷鵬會給錢，三、五千，八千，一萬，說不定，只要真是處女，他出手就不小氣，有過兩個女孩，為賺錢後來還主動回來找過殷鵬，但是第二次就不是處女的價了，五、六百塊，打發走人，殷鵬還沒有約過兩次以上的女孩。不過後來他越玩越邪乎了，大概二〇〇一年以後吧，他學會嗑藥了，有時候還扎針，情緒也不太穩定，那時候他在公司地下室弄了一個倉庫，裡面安了一套衛浴，還有床，打那開始，他找的女孩就讓我給送到那裡，我也不能進，有時候他在裡面一待就是幾天不出來，玩虐待那一套，有一次我進去過，裡面還裝了電視和錄像機。後來，我送過一個女孩回家，那女孩路上一直哭，罵殷鵬變態，說不想活了。我也好奇，就問她，那女孩說，殷鵬有病，那玩意兒根本不好使，就用各種工具折磨她，還用錄像機拍下來，讓她不准說出去，不然就弄死她。我才想起來，九七年在廣州的時候，殷鵬在天河區一個家具城跟人搶地盤，讓對方給收拾了，差點沒被打死，那時候我跟他剛認識，去醫院看過他，那玩意兒好像是受傷了，沒準兒就那時候落的病根。

馮國金問，殷鵬是什麼時候認識的黃姝？殷鵬想了半天說，出事前兩個月，應該是〇二年底，在一個夜場裡，當時黃姝在臺上跳舞，殷鵬一眼就叼上了，年輕，看著也就十八、九，大個兒，特別漂亮。當時就讓我在臺下要過電話，黃姝沒搭理，直到過年那段時間，有一次汪癩子來一個飯店找殷鵬，跟著他的竟然就是黃姝，殷鵬才知道黃姝是汪癩子的親外甥女，就想到從汪癩子下手了。我還從來沒見過殷鵬以前對哪個女孩那麼死盯著不放，一般都是找個兩三次，不行就算了，但是他那段時間給汪癩子打了好幾次電話，電話裡他答應給汪癩子不少好處，包括生意上的，只要他能讓黃姝出來。汪癩子一開始也不太願意，問殷鵬找他外甥女幹什麼，殷鵬說就是喝酒唱歌，沒別的。之後汪癩子應該是把殷鵬的小號給了黃姝，也不知道怎麼勸的，後來黃姝還真給殷鵬來電話了。殷鵬跟黃姝說的也是，就出來陪他喝酒唱歌，沒別的，事後答應給黃姝一萬塊錢，有天晚上，我去一家肯德基接的黃姝，晚上。馮國金問，具體是哪天？殷鵬說，記不清了，應該是過完大年初五了，就那一兩天。馮國金問，你把黃姝送去哪了？老拐說，殷鵬公司下面那間倉庫，然後我就走了。馮國金問，殷鵬把黃姝，一共關了幾天？老拐說，有四、五天吧，殷鵬從沒在裡面待過那麼長時間，中間殷鵬還叫我送過兩次飯。馮國金問，那你看見什麼沒有？老拐說，殷鵬把門就開了一道縫兒，我就瞥到一眼，黃姝手被銬在床欄杆上，跪著，身上沒穿衣服。

馮國金翻開小鄧那個筆記本，第一頁上就寫著「二〇〇三年二月六號到十一號，黃姝都去哪了？」，現在都對上了，黃姝被鎖在那間看不見光，陰冷潮濕的倉庫裡，受盡凌辱，整整五個日夜。馮國金問，黃姝到底是不是殷鵬殺的？老拐說，不是。馮國金問，都說到這個分兒上了，撒謊沒意思了。老拐說，殷鵬真的沒殺黃姝，幾天以後，殷鵬叫我把黃姝送回去的，當時是下午，晚上我陪殷鵬坐飛機去的廣州。回來以後，你跟那個年輕警察來公司問話，我才知道黃姝就是第二天死的。馮國金問，那天下午，你把黃姝送去哪了？

老拐突然低下頭，問半天也不說話。此時已經快晚上八點，有人敲門進來，是施圓帶著法醫同事，著急來取老拐的DNA。施圓一進門，兩眼就盯著老拐不放，走到馮國金跟前問，是他嗎？馮國金沒說話，只點點頭。施圓回到老拐身邊，雙眼通紅，在她的注視下，兩個同事負責完成了對老拐的DNA採集。抽血，取唾液，剪毛髮，刮皮屑。全程，施圓就站在原地一動不動，直到完成，她也沒掉過一滴眼淚。施圓出門以後，馮國金對老拐說，看見了嗎？你撒什麼謊都沒用，技術不會撒謊，兩天都不用，你到底幹過什麼，都瞞不住了，你現在說，對自己有好處。老拐還是低著頭，開口說，那天下午，我開車把黃姝拉到鐵西一個廢棄的工廠裡，也對她下手了。馮國金問，下什麼手？說清楚點！老拐說，我也強姦了黃姝。

有那麼一瞬間，馮國金幻想自己不是個警察，只是個普通的父親，甚至就是黃姝的父親，面對眼前這個兇手，給自己一把刀，敢不敢一刀捅死對方？恍惚間，他被劉平碰了一下胳膊，回過神兒來，告訴自己，不對，對面坐著的只是幫兇，真兇還沒抓到，要死也得這倆人一起去死。馮國金在心裡告誡自己，都走到這一步了，每一個兇手，都會死在自己手裡，但他們不能就這麼死，太輕易了，簡直是享福，絕對不行，他們必須死得全無尊嚴，死得身首異處，死得遺臭萬年。

馮國金問，之後呢？老拐好像對馮國金表現出的冷靜感到吃驚，終於抬起頭，說，之後我就送她回家了，可是半路上她非要下車，我就把她放下了。馮國金問，在哪下的車？老拐說，我記得是醫科大學門口那條街，全是賣醫療器械的。馮國金問，再之後你還見過黃姝嗎？老拐說，沒有。馮國金問，第二天，在廣州，殷鵬是不是還接過黃姝一個電話？老拐說，是，那個電話是我接的。馮國金說，那個電話到底是誰打的？老拐說，真不知道，對面沒說話，我要掛的時候，傳來一聲吼，跟狼嚎似的，嚇我一跳。

馮國金不用再猜了，他心裡已經想通九成了。電話那頭的聲音，一定是秦理。黃姝死後，她的手機一直沒有找到，因為在秦理手中。黃姝死前一定是把真相都跟秦理說了，她死後秦理給殷鵬那個號打回去，是一時衝動，他想要感知電話對面的人，雖然他當時幾乎已經聽不到聲音，也說不出話，但他要記住自己的感知，他要確定，對面的人，沒有死於一場意外或是死在別人手裡，因為那個人，只允許死在一個人手裡，就是秦理自己。可是，黃姝死之前，最後見的人應該就是秦理或者秦天，在那個小磚頭房裡。那親手殺死黃姝的人到底是秦天還是秦理？為什麼？為什麼？

馮國金說，我最後問你一次，你到底知不知道殷鵬在哪？老拐說，我都死到臨頭了，為啥還要包庇他？我真的不知道！馮國金問，以你知道的，殷鵬如果剛回到本市不久，自己家沒有了，酒店旅館也不敢住，他還能去哪兒落腳？老拐想了半天說，殷鵬剛幫我辦完張強那個假身分的時候，用那個身分證買了兩處房子，但具體位置在哪，他沒讓我知道，就知道都在渾南新區，我回來以後本來想自己去查，但我怕露餡兒。馮國金對劉平說，你馬上叫人查用張強的身分證號登記戶主的房子，在渾南區，現在，帶上槍，做隨時抓殷鵬的準備，別忘了他有槍。

三個小時的審訊，終止到這。老拐最後問馮國金，死緩沒希望嗎？馮國金說，咱都別費那勁了，我現在看你已經是個死人了。

馮國金的辦公室裡，施圓一直在等他。馮國金問，有什麼情況？施圓說，你說是火炬的那個圖案，今天下午，我把黃姝的屍檢照片和曾燕屍體上的又比對了一次，兩個不一樣。馮國金問，不一樣？施圓說，血液凝結時間是可以檢測出來的，曾燕屍體上的圖案，是在死以後，傷口凝血很少，而且刀口的方向是正常的。馮國金問，什麼意思？施圓解釋，就是有人在曾燕死後，用刀片按照從頭到腳的方向刻的，如果照你說的，這個圖案有含義，是分上下的，那就比較能理解，就跟人寫字一樣，筆順是對的。可是，當年黃姝身上的圖案，是在人還活著的時候刻上去的，而且刀口的方向都是從下往上，等於寫字筆順是反的，而圖案的方向又跟曾燕的一樣是正著，就不正常。馮國金說，你意思是，在黃姝身上刻圖的人，是在她活著的時候，而且是倒著刻的？施圓說，大概這意思，你想想，正常人能順筆寫字，為什麼非要倒著寫？馮國金還是沒太聽明白。施圓解釋，很有可能，黃姝身上的圖案，是她自己拿刀片刻上去的。

劉平派人去渾南新區查殷鵬買的那兩處房子，已經過去快兩個小時了。劉平和馮國金一起在辦公室等消息，施圓也沒走，幫他們分析整個來龍去脈。劉平說，馮隊，你還記不記得，十年前秦天被捕以後，在他那個磚頭房裡發現了黃姝的血跡，才給秦天定罪。施圓補充說，就一滴血，在床底下，血液凝固時間跟黃姝的死亡時間基本吻合。劉平說，就是說，黃姝死前，在那個磚頭房的床上，自己拿刀片自殘？還是秦天或者秦理幹的？馮國金說，至少當時秦天或秦理有一個人在場。劉平問，馮隊，你現在想什麼呢？馮國金說，剛審老拐，他提到殷鵬在〇三年前後確實欠了不少錢，因為荷蘭村那個項目虧了一大筆。劉平說，荷蘭村在那兩年名頭特別響，號稱要建成全東北最豪華的別墅區，前靠河，後靠山，在開發區邊上占了老大一片地，後來趕上〇三年打黑，下馬的幾個領導在荷蘭村的項目上貪汙了不少錢，一半融資都是非法，新市長上任就給叫停了，到現在還是一大片空地，就蓋完那麼二十來棟，沒人住，冬天連供暖都沒有，跟鬼樓情況一樣，我開車路過一次，裡面就兩三棟樓裡亮著燈，挺磣人的，估計都是花了家裡所有錢買下來，又賣不出去，只能硬著頭皮住進去的。馮國金反問，一般投資蓋樓，中途項目黃了，或者黃一半，投過錢的人都套裡了，開發商都怎麼處理？劉平說，拿房子抵債啊，管你賣不賣的出去，都這麼幹——劉平說到一半，反應過來，反問說，你意思是荷蘭村那些沒人住的別墅裡，有殷鵬的房子？馮國金說，不是沒這種可能，照你說的，荷蘭村跟當年鬼樓情況一樣，房證都沒有，藏個人太合適了。

劉平的手機響了。同事從渾南區公安局打來電話說，用張強的身分證買的房子都查到了，的確都在渾南區的兩個樓盤裡，同一方向，離得不遠。劉平握著電話問馮國金，現在過去嗎？馮國金站起身，說，兵分兩路，讓在渾南的同事直接去那兩處房子裡找，槍都帶了嗎？劉平說，都帶了。馮國金說，你跟我，再帶一隊人，去荷蘭村。劉平反問，荷蘭村，真要去？可能白跑一趟啊。馮國金很堅定地說，監控裡拍到秦理開著商務車奔的是哪個方向？劉平說，奔北。馮國金說，渾南區在南，開發區在北。劉平恍然大悟，秦理在無意中給他們指了路，不管接走曾燕和殺了曾燕的人到底是秦理還是殷鵬，都不會這麼巧兩次都是在奔北往開發區去的路上消失。

馮國金的手機響了。是洗車行老闆。馮國金接起電話，老闆在那邊說，你不是讓我一有秦理的動向就跟你匯報嗎？馮國金說，別廢話，快說。那頭說，現在十點多了，秦理一直沒來接班，發短信也不回，他從來都準時。馮國金二話沒說，掛掉電話。劉平都聽見了，問他，秦理那邊怎麼辦？

馮國金說，收網。一起抓。

二〇一三年十二月二十四號。平安夜。

當天晚上九點多，馮雪嬌約我在當年我們五個人經常碰頭的那家肯德基見面。自打從北京回來，我就一直沒敢約她出來，其實是怕見面尷尬，半個多月前在北京的那天晚上，兩個人都喝到斷片兒，都是成年人了，有些事就當又喝了一頓迷魂酒，醒來假裝沒發生過，反而更好。

馮雪嬌坐在我對面，一連吃了四個草莓聖代，看得我都直倒牙，實在忍不住才攔住她沒買第五個。我說，大半夜吃這麼多涼的幹什麼？馮雪嬌說，我就是突然想吃，忍不住。我說，有病。順便拿出一張紙巾給她擦嘴——不記得從什麼時候，我也養成了出門隨身帶紙巾的習慣。馮雪嬌說，你什麼時候對我說話能溫柔點？從小到大你都這樣。我看馮雪嬌的樣子不太正常，一般這種時候，她都是要犯矯情了。我問她，你怎麼了？

馮雪嬌舔了舔嘴，說，王頔，我懷孕了。

聽到那一刻，我居然沒有表現得特別難堪，其中有多少是強裝，後來回想起來也不確定。我問她，那天晚上，咱們倆不是，沒做什麼嗎？馮雪嬌比我鎮定得多，說，是你不記得了，你比我醉。我問，什麼時候發現的？馮雪嬌說，晚來了好幾天，我就好奇測了一下。我說，這種事有那麼讓你好奇嗎？準不準啊？馮雪嬌說，我也不知道，怎麼了，你害怕了？我說，也不是害怕。馮雪嬌說，放心，我不會因為這個賴上你，但如果要是真有了，我想把這個孩子生下來。我說，那還是跟我有關係啊！馮雪嬌說，你就是孩子的爸爸唄，我又沒逼你跟我結婚。有一瞬間，我不確定馮雪嬌是不是在跟我開玩笑，可是當我仔細觀察過她的眼睛，我知道，她從小唬人是另一種表情，她一向都不太會撒謊。我說，明天陪你去醫院，要是真的，我們就結婚。沒想到，馮雪嬌樂了，說，看把你嚇的！我還不稀罕咧！我說，反正我表完態了，隨便你。馮雪嬌突然轉移話題說，我想再吃一個聖代，最後一個。我咬牙切齒地說，不行。馮雪嬌盯著我看了半天，笑了，說，噢，還沒當爸爸，先管起我來了。

在肯德基裡坐到了快十點，馮雪嬌也許是為了轉移話題，一直在跟我聊秦理，還有黃姝，高磊，聊我們小時候那些事。馮雪嬌問我，你還記不記得，有一年平安夜，我們五個就是在這裡過的，當年全市就這家肯德基是二十四小時營業，我們回家都兩點多了，當時誰都沒手機，沒人跟家裡匯報，回到家我媽差點兒沒打死我。我說，當然記得，那天晚上我們就在旁邊那張桌子玩了半宿大富翁棋，秦理一直贏，我跟高磊氣得差點兒掀桌子，黃姝睏得趴桌子上睡著了，醒來倆臉蛋上黏的全是番茄醬，跟傻姑似的。還有你，人家店員為了攆我們，撒謊說廁所壞了不讓用，你非一泡尿憋不住，跑外面牆根兒底下放水，還叫我站老遠給你放哨。馮雪嬌說，哎呀，煩不煩人，別說了！她自己笑了兩聲，沒一會兒，那笑聲又乾癟下去。她說，可如今再也湊不齊人了。我不知道該說什麼，問她，前天你在電話裡跟我說，黃姝身上有火炬圖案的事，是真的嗎？馮雪嬌點頭，說，秦理現在嫌疑最大，我爸可能要抓他。我問她，秦理現在還住當年那個家裡嗎？馮雪嬌說，是，你家隔壁樓。我想說什麼，卻如鯁在喉。還是馮雪嬌先說出口，要不今天晚上，我們一起去看看秦理吧？我說，行，打包一個聖代帶去。

到秦理家樓下時，已經十點鐘。那裡也曾經是我住了十年的家，只是如今身軀不再，剩下一半殘存的樓梯，緊貼在秦理家那棟樓陪伴著，彷彿死得不甘心。還差一層樓的時候，我跟馮雪嬌聽見樓上有急匆匆的腳步聲奔下來，三個中年男人跟我倆在樓梯裡險些撞個滿懷。

馮雪嬌驚呼，郭叔叔？

竟然是馮雪嬌他爸的同事，三個警察。那個姓郭的男人比馮雪嬌更驚訝，說，嬌嬌！你怎麼在這？馮雪嬌說，我來看我朋友。老郭反問，什麼朋友？秦理吧！馮雪嬌承認。老郭說，你也太不聽話了！我們在樓下盯他好幾天了，你爸還特意囑咐我，萬一見到你來找秦理，必須把你攔下來，你咋就這麼不聽話呢！趕緊回家！

三個警察硬拉著馮雪嬌下樓之際，我悄悄又上了一層——秦理家的門被強行打開過，我像被誰推著走了進去，家裡的布置，跟我們小時候印象中的一模一樣，除了秦理的臥室，堆著滿牆的玻璃缸子，蛇、蜥蜴、蜘蛛趴在裡面一動不動，臥室的窗戶開著一道細縫，我竟然有種錯覺，像回到了小時候，秦理玩累了打瞌睡，我幫他把窗戶關好。關窗時，我習慣性朝樓下望了一眼，黑夜裡，七樓好像沒有記憶中那麼高了。此時其中一個警察返上來把我也拉走。打包的聖代，被留在了秦理的書桌上。

到了樓下，老郭匆忙上車，馮雪嬌卻把著車門不放，口氣根本是在質問對方，我爸是不是讓你們抓秦理？你們是不是要去抓秦理！老郭也生氣了，硬扒開馮雪嬌死攥不放的手說，別在這攪和，你們趕緊給我回家！話說完，三個人開車絕塵而去。

我站在馮雪嬌身後，想像著她會有多少種方式表達難過或者崩潰，可她竟然沒有，什麼話都沒說，直接奔上街，攔了一輛出租車，留下一側未關的車門給我。容不得我猶豫，我也跟著上了車。車上，馮雪嬌讓司機緊跟住前面三個警察的車，快點兒，再快點兒。我問她，你這麼做有什麼意義？但她好像聽不見我說話，反問我，你說他們這是要去哪？他們知道秦理在哪嗎?我說,不管秦理在哪,他要是想跑,早跑了。馮雪嬌問,可是他們一直在樓下盯著秦理,怎麼跑的?我說,從窗戶出去,踩著空調箱,順我家那棟樓的樓梯下。馮雪嬌又開始自言自語,不是秦理,不是秦理。

直到快進那個叫荷蘭村的地方,出租司機說,裡面沒路燈,我可不進去了。馮雪嬌直接掏出一百塊錢沒找,我們倆下車,追著揚起的塵土,一路跑進去的。那裡面空曠一片,四處漆黑,每隔開很遠才有一棟四層樓高的歐式別墅,一盞亮燈的都沒有。我看著身邊狂喘不止的馮雪嬌,也想不通自己為什麼會毫無猶豫地陪她闖進這片黑夜,但我心裡知道,此刻我必須陪在她身邊,何況不止兩個人,如今我們是三個人。

終於我看見前面幾盞車燈,圍住了一棟亮著微光的別墅,走近前,加上剛才追的那輛,一共五輛車,十來個警察,都拿著槍,站在最前面的是馮雪嬌的爸爸馮國金,正在跟剛剛趕到的老郭說話——當他們同時看到不遠處的我和馮雪嬌時,兩個人的眼睛瞪得比車燈還亮。馮國金衝著過來,而馮雪嬌也朝他爸爸衝過去,我緊跟在後。馮國金大吼,你來幹什麼?誰讓你來的?馮雪嬌憋了一路的那根線終於繃折了,嚎啕大哭起來,爸,對不起,爸,我以為你們是來抓秦理的。我看見馮國金的眼睛裡,有種絕望。馮國金又看看我,對馮雪嬌說,你們去車裡待著，不准出來，我現在是執行任務，不是跟你鬧著玩兒。馮雪嬌越哭越厲害，像是在嚎叫，秦理在哪呢？秦理在哪呢？馮國金說，他人就在裡面，有槍。馮雪嬌說，我求你了，爸，你別打死他，你別抓他，爸，我求你了！馮國金冷漠地推開馮雪嬌，讓人把馮雪嬌連我推進了離門口最近的一輛車裡，老郭上來要關車門，卻被馮雪嬌的雙手死死頂住，同時，馮國金開始衝門內喊話，秦理，你把槍放下！把門打開！你要是殺了殷鵬，你哥就白死了！他下輩子都洗不清了！

門裡跟門外的黑夜一樣安靜。

馮國金喊，秦理，我不知道你能不能聽見！我知道你冤！你跟你哥都冤！我現在有證據能抓殷鵬！你這麼衝動，是在害你自己！十年了！你哥的死，你不是一直算我頭上嘛！你衝我來！我把槍放下，一個人進去！你要是聽見了，就踹三下門！

等了三分鐘，門內依舊沒有動靜。馮國金對身後的人說，衝進去。四人上前，用破門專用的工具，不到兩分鐘，那扇脆弱的保險門就被打開，我從車裡看過去，一層偌大的客廳，沒有人。馮國金在客廳裡簡單部署，開始帶人往樓上走，此時馮雪嬌突然衝出車外，負責看我們的年輕警察一不留神，馮雪嬌已經衝進別墅門內，我從另一側下車，緊緊追著她。當我跟馮雪嬌衝到隊尾的時候，被老郭死命攔在樓梯裡，壓著嗓子罵，胡鬧！滾！馮雪嬌像瘋了一樣，一直衝到了隊伍最中間，七、八個警察人人手裡握著槍，誰也不敢亂動。我仍被卡在隊尾，望著他們一路逼上天臺。最終，我跟馮雪嬌被兩個警察攔在進入天臺的門外，雙手被反扭著，我對扭著馮雪嬌的那個警察說，求你輕點兒，她懷孕了！那個警察一楞，眼神轉過去看已經站上天臺的馮國金，他知道馮國金也聽到了。而馮國金只是草草回頭瞥了一眼我跟馮雪嬌，又轉頭衝著天臺那頭大喊，秦理，放下槍！最後一次警告！

穿過堆擠在過道中的人頭，我望見了天臺那頭，十年未曾相見的那張臉，陌生得幾乎認不出來，可是那雙眼睛，我到死都不會忘，那雙眼睛包裹著我曾經的一切，和我的眼睛，彼此見證過這個世間最親密也最冷漠的東西。而此刻，那雙眼睛裡迸發著我今生從未見識過的凶狠，他一隻手拿槍死死抵住殷鵬的太陽穴，另一隻手緊緊勒住殷鵬的脖子，手中攥著一樣東西。

馮國金站在所有人的最前面，舉槍對準秦理的方向，大聲喊著，秦理！放下槍！

死——！

那聲怒吼，或者叫哀嚎，本應具有劃破夜空的鋒利，卻像個瀕死的生命一樣無力，沒有迴響，轉眼被黑夜生吞——那是來自一個無法訴說苦難的身體裡，最深處的絕望。秦理將手中那樣東西突然朝馮國金丟過來，馮國金喊著「不許動！」，可沒打算開槍，看著丟到自己腳下的，是一盤黑色錄像帶。連冬夜的寒風都被凝結在原地的一刻，馮雪嬌突然從身後年輕警察的手中掙脫，瘋一樣衝到馮國金的身旁，她再也不哭了，面容鎮定，俯下身從地上撿起一樣很小的東西——直到扭著我的年輕警察也選擇放棄，任我也跑過去站在馮雪嬌和馮國金的身邊，才看清馮雪嬌撿起的是一個可以塞進耳蝸的小小的助聽器。大概是秦理剛剛在挾持殷鵬的一路上，不小心撥弄掉的。

馮雪嬌對馮國金說，爸，你說什麼，秦理他聽不見。讓我來，求你了。

馮國金大喊，你給我回去！

馮雪嬌毫不理會馮國金的阻攔，逕直走向前，直到距離秦理不到十米的地方，秦理將手中的槍轉而對準她時，才站住不動。馮國金跟身後所有人的槍都突然舉得更高，寒風裡沒人允許自己喘氣。

馮雪嬌抬起右手，掌心裡是那個小小的助聽器，對秦理說，戴上吧，求求你聽我說話。走——！

馮雪嬌想要再走進一步，可是秦理晃動起手中的槍，示意她不要再向前，他自己緊勒著殷鵬，已經退到了天臺的邊緣。可馮雪嬌沒有停下的意思，那一刻，我的雙腳催促著我飛身上前，就像小學六年級那天，有人推著我上前擋在秦理面前，高舉起凳子劈向欺負秦理的胡開智時一樣，我張開雙手，擋在了馮雪嬌面前。我的喉嚨裡，完全發不出聲音。可是卻有另一個人在替我說話，他是十年前的那個少年，是十二年前的那個孩子，曾經拋棄秦理如今又回來的孩子。那個孩子的聲音在哽咽著說，對不起，秦理，對不起，都是我的錯！我的錯！

走——！

秦理最後的一聲哀嚎，穿透我的耳膜，過濾掉了所有憤怒。我知道，那一刻，他聽見了。我彷彿也聽見初一那年，他跟李揚在教室裡打架，我本想衝上去幫忙，卻被他狠狠推出教室門外，反鎖上門，隔著玻璃對我喊出的那一聲——你走！

身後馮國金的喊聲再次響起。

秦理！黃姝是死在你手裡的！你必須負責！

幾乎同時，秦理手中的槍稍稍放低了，他身前一直沒有吭聲的殷鵬突然用手肘向後撞開秦理，掙脫出來，直奔馮國金而去，沒跑出幾步，兩腿一軟，癱倒在馮國金面前。所有人衝上前將殷鵬死死按在原地，只有我和馮雪嬌，在距離秦理最近的地方，親眼注視著秦理回頭望了我們最後一眼，踏前一步，從天臺的邊緣墜落，跟黑夜真正融為了一體。

樓底傳出一聲悶響，如同秦理最後那聲哀嚎的音調。

馮國金和其他人，一起衝過來天臺邊緣。只有我和馮雪嬌，並排傻站在原地沒動。

我終於注意到，天臺後緊挨著護城河，周圍沒有公園，沒有路燈，也沒有老人和孩子，恐怕是這條河水在流經這座城市中，最祥和的一段。水面波瀾不驚，映射著比市區裡更繁密的星光。這個夜晚，它只接受一個生命的陪伴。唯一乾淨的生命。

4

北方的秋天短，短到根本就是來通知人一聲，冬天馬上到，都別嘚瑟。馮國金聽話，他那條傷腿比天氣預報準，只要連著疼三天，肯定立冬。別人還穿單衣單褲時，他就得把毛褲套裡面了，第一場雪一過就得換成棉褲，嘎嘎冷那幾天，右腿膝蓋還得加個納米發熱護膝。大夫說過，他自己要不拿這條腿當回事兒，六十歲後等著拄拐吧。

二〇一四年十一月，對馮國金的一生來說，再平常不過的一個夜晚。孫記餃子館。除了馮國金和老孫，還有另一桌沒走，四個小青年，喝高了圍那兒吹牛逼呢，一個說現在社會上誰誰最好使，鐵西區一踩亂顫，另一個說誰誰不行了，叫和平區新冒出來的誰誰給幹了，腿給卸了，全市就自己大哥最牛逼，刑警隊長都得給面子。馮國金給聽樂了，老孫喝口酒說，操，我天天都聽這些玩意兒，換你鬧心不？馮國金調侃說，聽著沒？他大哥我都得給面子。老孫說，咋樣？當大隊長以後輕鬆點不？馮國金說，工作沒見少，閒話倒不少。老孫問，啥閒話？馮國金說，說我故意把曹猛搞下去，就為頂他位子。老孫，操，他自己犯那麼大事你還保他來著，沒進去就不錯了，還有人幫他說話？馮國金說，社會不就這樣嘛。馮國金夾了一口餃子，酸菜豬肉的，就一口酒。老孫說，我他媽一直就看不慣他，咱倆剛進隊那會兒，你還記得不？第一次外出執行任務，他為了巴結你老丈人，硬把我的功勞塞給你了，氣得我一禮拜沒起來炕。馮國金笑了，你為啥跟我嘔氣這麼多年，我能不記得嗎？老孫說，到現在我也覺得你能力不如我啊！我當年要是沒出來，你現在的位子沒準兒就我坐著。馮國金說，那可說不好，沒準兒你早犯事兒了。老孫說，也是，跟你不一樣，我愛錢。馮國金說，你開飯店賺得比我多多了。老孫說，這兩年也不好幹了，不過我也夠了，再過兩年打算把這店兌出去，養養花，釣釣魚，我沒老婆孩子要養，不遭這罪了。現在我想想，就是比你強，你看你，累得跟癟犢子似的，落一身傷，媳婦還跟人跑了。馮國金說，你他媽會嘮嗑不？老孫問，離沒離啊到底？馮國金說，離了，上個月。老孫說，不是去年就說離嗎？怎麼又拖到現在？馮國金說，不是趕上嬌嬌懷孕嘛，咱倆合計那個時間離婚太不給女兒留臉了，懷孕十個月她媽一直在身邊照顧，做完月子了我才提。老孫說，我說這倆月你咋沒來呢，生了？馮國金說，女孩，屬馬。老孫說，那得恭喜你啊，都當姥爺了，走一個！嬌嬌都當媽了，你說能不快嗎？馮國金說，快，太快了。馮國金掏出一張紅色請柬，說，你不問我都忘了，來給你送這個，我外孫女滿月酒，有空就來。老孫說，行，還跟我裝忘了，不就是來收我份子錢嗎？嬌嬌婚禮啥時候辦啊？你一起告訴我得了。馮國金說，婚禮就不請你了，嬌嬌說就想跟家人吃頓飯，不大辦了。老孫說，那我省份錢唄。

終於把那桌小青年給熬走了，二十四小時的店，老孫瞪眼撒謊說下班了。倆加一塊一百歲冒頭的男人，自己也喝高了。老孫問，去年那案子，最後給你幾等功？馮國金說，特等功。老孫說，操，你命就是好。馮國金說，有啥用？老孫說，將來等外孫女長大了可以講啊，她姥爺多牛逼。馮國金說，講這玩意兒幹啥。老孫說，先給我講講。馮國金問，講啥？老孫說，案子啊，上次你沒講完，那小子，叫啥來著？馮國金說，秦理。老孫說，對，秦理，把車開進八卦街以後沒了，最後怎麼運的屍體？馮國金說，憑啥給你講？老孫舌頭喝直了，說，你是我哥，行不？馮國金問，你還比我牛逼不？老孫說，你比我牛逼，你最牛逼。馮國金慢悠悠喝兩口酒，故意磨嘰老孫半天，才開始講，其實秦理把那輛商務車開進八卦街以後，確實就停裡面了，所以鬼樓周圍的監控錄像裡沒有。老孫問，那他到底怎麼運的屍體？馮國金說，他換車了。老孫問，換什麼車？馮國金說，當天晚上，洗車行一共有兩輛車，一輛是尼桑商務車，還有一輛，是銀色馬自達，那天晚上他提前了半小時去接班，等白班工人回家以後，他是先開著那輛馬自達進的八卦街，找個地方藏起來，又打車回到洗車行，十點鐘把商務車開出來，一路跑到郊區，挖出屍體裝上車，再開進八卦街，把屍體從商務車換到馬自達裡，再把馬自達開到鬼樓拋屍，從八卦街十六個出入口中沒有攝像頭的一個口出來，監控等於被切斷了，行蹤根本連不上。回去的時候，用的也是一樣的方法，還特意開著商務車全城兜了一圈，故意迷惑人，四點多開回洗車行，再打車回到八卦街，把馬自達也開回來。老孫說，真挺牛逼啊，那你最後怎麼發現是這麼回事兒的？馮國金說，半個月。半個月後我才想通怎麼回事兒，打電話問洗車行老闆，知道了那輛馬自達是銀色，再回看鬼樓周圍攝像頭，十點半到十一點半中間，有沒有一輛銀色馬自達出現，真有。老孫說，那不對啊，既然找到馬自達了，只要拍到過他從車上搬屍體下來，不就是證據嗎？就算死了也能給他定罪啊。馮國金搖頭，說，不能。第一，秦理開馬自達時，故意戴著帽子，臉根本沒拍到，第二，他開車在鬼樓周圍轉了三圈，等到最後一輛大巴車把進鬼樓院子唯一的入口給擋住了，他才把馬自達停在大巴車後面，攝像頭拍不到的死角裡，再搬屍體下車，拖進院子大坑的。那條街上有家旅行社，每天晚上十點以後陸續收車回來，街邊停滿一排，後來分析肯定是之前踩過點，周圍情況全了解了。老孫想了半天，還是搖頭說，不對，他要是真那麼聰明，開馬自達去拋屍時知道戴帽子，為什麼開商務車去挖屍體的時候不知道戴，讓攝像頭拍到了臉呢？還是百密一疏啊！馮國金笑說，挺有文化唄，還會用成語了。因為他是故意的。老孫問，取屍體故意露臉？為啥？馮國金說，他就是想讓我知道，他是奔哪個方向去的，後來也是因為他留下的這個線索，才在第一時間找到殷鵬的。老孫說，這麼周密，這得計畫多長時間啊？馮國金說，三個小時。老孫不說話了，酒都忘了喝，說，照你這麼說，秦理真是個天才啊。馮國金說，本來就是。老孫問，那他是不是你這輩子遇到過最聰明的罪犯？馮國金說，是，但他不是罪犯，因為到最後，也沒有任何直接證據能給他定罪。老孫說，白瞎了。馮國金乾掉杯中酒，過了半天才說，但是他為了找殷鵬，整整等了十年。老孫問，就為了給他哥報仇？馮國金說，不光是——有些話，他不願說透。馮國金感覺自己酒量真是不比當年了，才六瓶不到，就眼暈了。還有些話，他想說，但不是對老孫，就是自己想跟自己說，馮國金問老孫，要換做是你，用十年等一個仇人，別的什麼都不幹，你願意嗎？老孫想了想說，那得看是多大仇了。馮國金又問，為報仇你願意受多大委屈？老孫說，得看是多大委屈了。馮國金說，天大的仇，天大的委屈。老孫問，十年，秦理都幹什麼了？馮國金說，養蛇。老孫問，養什麼蛇？馮國金說，仇人的蛇。老孫問，啥意思？馮國金說，殷鵬後來雖然跑路了，但他從來都沒跑出過秦理的視線。隊裡搞技術的同事說，不知道秦理用的什麼方法，應該是破解了殷鵬公司的郵箱，從往來郵件裡發現了殷鵬的QQ號，殷鵬常用那個號登入一個養蛇的論壇，他跑到美國以後，最惦記的不是老婆孩子，竟然是他養的那條蛇。後來殷鵬自己交代，論壇裡有個人號稱開寵物店，就在本市，只賣蛇，還能寄養。殷鵬聊過，覺得對方挺懂行的，就讓那人去他公司連蛇帶缸子都拿走了，幫忙寄養。後來證實，那個人就是秦理。老孫說，設這麼大一套兒，得多聰明啊。馮國金說，之後十年，殷鵬隔三差五就在網上問對方，蛇養得怎麼樣了，卻完全不知道，連自己在國外的行蹤，對方都知道。殷鵬還說，等他回國那天，肯定把蛇取回來，再給對方一筆寄養費作為感謝。老孫說，所以，十年，秦理就等那一天。馮國金說，對，殷鵬回來取蛇那天。

一年前的平安夜。除了當晚的月光跟河面，一切都險些跟平安擦肩而過。警察在荷蘭村殷鵬所住的那棟別墅斜對面，五十米外的另一棟廢棄別墅裡找到了高清望遠鏡、自製簡易監控，一臺小型發電機，一臺筆記本電腦，一捆尼龍繩，一把刀，以及一些餅乾和礦泉水，沒有床，只有一張破凳子。秦理就是坐在那張凳子上，一直監視著回國後的殷鵬。馮國金後來派人重新搜查殷鵬的別墅，竟然在客廳及臥室的隱蔽處，也發現了針孔攝像頭，是那種在電子市場的黑商手裡幾百塊錢就可以買到的。據殷鵬交代，他是二〇一三年十二月初以新的假身分從國外回到本市，一週以後，主動在網上聯繫替他養了十年蛇的那個人，約在了一個離荷蘭村不遠的地方見面，可是對方卻沒出現。他自己琢磨，秦理就是在那個時候跟上他並找到了他在荷蘭村的藏身處。之後他多次試圖聯絡養蛇人，但對方再也沒回覆過。馮國金問殷鵬，秦理在監視你的那十天裡，有過任何察覺嗎？殷鵬說，沒有，就算跟我走個對碰都不會懷疑啊，我根本就不認識那個人。

在秦理偷設的監控錄像裡，清晰拍到了殷鵬在二〇一三年十二月十六號凌晨，將被害人曾燕帶回荷蘭村的別墅，當晚七點半，殷鵬拖著一個沉重的大編織袋從別墅裡出來，監控顯示他去了別墅後方的那片荒地，手裡還拿著一把鐵鍬，一小時後，殷鵬返回別墅，沒有再出來。後經確認，編織袋裡拖著的正是曾燕的屍體。殷鵬埋屍的全過程，被秦理的監控拍到了一半，但秦理當時就知道殷鵬殺了人，因為他就坐在望遠鏡的這邊目睹到一切。馮國金推測，秦理就是在那一刻，腦子裡已經把二次拋屍的計畫全都設計好了。晚七點半後，秦理應該是先返回到市內鬼樓附近，花了兩個小時在周圍踩點，確認過所有攝像頭的位置及死角，於晚十點鐘前回到洗車行接班，隨即開出黑色尼桑商務車前往荷蘭村殷鵬埋屍地點，將曾燕的屍體挖出，載回鬼樓院子裡的大坑拋屍，隨後用電話語音報案。秦理拋屍前，還做了最重要的一件事，就是用刀在曾燕的腹部刻上了火炬圖案，而這正是他費盡周折的真正目的——明知道黃姝屍體上同樣的圖案，只有當年經辦此案的警察和真兇才知道，這樣一來，他刻意偽造的假象就不得不引起警方的注意，必定將相隔十年的兩起案子合而為一，重新偵破。而最終能夠以故意殺人罪判處殷鵬死刑的唯一證據，就只有秦理自殺前在天臺上丟給馮國金的那盤錄像帶，錄像中清晰地拍攝下殷鵬性虐待並失手掐死曾燕的全過程。隨後警方又在殷鵬的別墅內找到了大量錄像帶，裡面記錄的都是殷鵬非法拘禁並性虐待那些女孩子。此後馮國金在殷鵬被槍斃當天，曾經跟劉平說過一句話，抓到殷鵬的是你我不假，可是最後能送他死，靠的其實是秦理。

三天後的總結匯報大會上，至少有兩百名同事參加。馮國金坐在臺上，還是把話筒交給劉平，自己坐在那發呆，旁邊領導跟他說悄悄話他都沒聽到，眼神直楞楞地看著臺下整齊劃一的深藍色警服，自己像是漂蕩在這片海上的孤舟，該往哪漂也不知道。還是不爭氣啊，到現在還怯場，腦袋裡卻偏在這種時刻蹦出一個小鄧當年給自己講過的段子，偷偷打了個哈欠。劉平在耳邊做工作總結，具體說什麼馮國金居然一個字都聽不清。最後劉平交給領導講了幾句，領導問臺下有沒有人對這個案子還有疑問，可以放開討論，一個年輕警察舉手站了起來。

年輕警察問，痕量DNA檢測結果證實第一個被害人黃姝身上的精液是屬於金虎的，但沒有證據證明秦天、秦理兩人曾對黃姝有過性侵犯，那黃姝到底是誰殺的？

馮國金主動從劉平手中接過麥克，說，不知道。

年輕警察問，意思是還沒找到證據？

馮國金說，就是沒有證據的意思。

場面有點尷尬。最後還是領導打了圓場，解釋說除了破案過程中技術層面的分享，別的暫時還沒法多說，這個案子比想像中要複雜得多。隨後可以再另行組織小規模討論，今天就到這吧。

散會以後，同事們都去食堂吃飯了，馮國金一個人靠在沙發上抽菸，他本來想自己靜一會兒，可是劉平也說不餓，故意留下來陪他。各自抽完一根菸後，馮國金問，你有話說吧？劉平說，我確實也沒想通，當年秦理的確有不在場證據，食物中毒被秦天送到家附近的小診所裡搶救，當時搶救他的那個女大夫親口作證，接收秦理的時間是在黃姝遇害兩個小時前，之後秦理在診所住了一宿，女大夫一口咬定時間記得沒錯，那黃姝的死確實跟秦理沒關係，不是嗎？馮國金說，秦理不是食物中毒，是農藥中毒，洗胃。劉平問，你怎麼知道？馮國金說，那家小診所，我又回去過一次。劉平大驚，為啥沒告訴我？什麼時候回去的？馮國金說，就前天，趕上你放假回家。劉平問，你自己找那個女大夫去了？馮國金說，人沒找到，前兩年車禍死了。劉平問，你懷疑那個女大夫做了偽證？馮國金說，可是到最後也沒證據。劉平問，人都死了，憑什麼懷疑？馮國金說，跟你一樣，我也想知道殺害黃姝的人到底是誰，這些天怎麼想總覺得哪不對勁，唯一還有疑點的，只剩秦理的不在場證明，我查了十年前的筆錄，那個女大夫叫張霞鳳，還有她生前的戶口。劉平問，查到什麼了？馮國金說，她的前夫，是秦大剛。劉平問，八三大案的秦大剛？秦大志他親哥？馮國金點頭，說，張霞鳳是秦天和秦理的大娘。劉平說，張霞鳳顧及到過去的親情，包庇了那兩個孩子？馮國金說，應該是。我問過診所裡一個老人，秦大剛被槍斃以後，張霞鳳一直自己過，聽說一直挺照顧那兩個孩子的，住得也一直很近，秦理還小的時候，過年還會叫到自己家吃飯。作偽證，應該是秦天求她的，當時她也不知道那是個多大的案子。劉平說，那就是說，黃姝的死，要不是自殺，就還是秦理下的手？馮國金說，沒人知道了。

劉平長吁一口氣，餓著肚子卻像有太多東西沒消化。他繼續說，殷鵬在回來以後，早就被秦理盯上了，以秦理的智商，要想把殷鵬給弄死再埋屍太容易了，給我們可能都找不到，仇報完了人一消失，不就全結了嗎？為什麼要費那麼大勁，兜那麼大一圈子，最後一刻才對殷鵬下手，被我們撲個正著？馮國金說，當時我們只是去抓殷鵬的，碰上秦理完全是巧合。秦理肯定想殷鵬死，但殷鵬不能那麼就死了，不然他哥的冤情就永遠都洗不清，他就是想讓殷鵬死在我們手裡。劉平說，那他在掌握了殷鵬殺害曾燕的證據以後，完全可以直接交給我們，為什麼還要偽造拋屍現場，留給我們線索又不明說？這不是聰明人幹蠢事兒嘛！秦理有的是機會下手，可又一直不下手，還在殷鵬身邊裝攝像頭，他怎麼就知道會拍到殷鵬再次犯案，而且還殺了人？再天才也不可能會算命啊。馮國金說，秦理不知道，他是無意中拍到了殷鵬殺人拋屍的證據，才臨時設計了一場二次拋屍。審殷鵬時他自己說了，殺人以後心裡有鬼，回去查看埋屍地點，發現屍體被人挖走，知道事情大了，再次準備跑路，就是那時候，秦理發現再不動手殷鵬就要跑了，最後被我們趕上了。

第二根菸抽到一半，馮國金開始咳嗽，想說什麼也給咳忘了。劉平在一邊來回搖著腦袋說，不對，還是想不通，監視殷鵬那麼多天，卻一直不下手，他等什麼呢？馮國金咳嗽完了，感覺胸口有點不舒服，說，你問我，我也不知道，秦理有太多祕密了，我怎麼腦袋也被扯著疼呢？

尾聲

A面

二〇一四年一月一號。元旦。

新一年的第一天，上午馮國金去參加了老宋的葬禮。老宋親戚本來就不多，一個修了半輩子自行車的老實漢子，又能來什麼撐場面的朋友？殯儀館最小的一間告別廳裡，人少得可憐。大家鞠完了躬，老宋的遺體被推進火化室給煉了。馮國金站在殯儀館外的空地上，抽著菸望著老宋從那根五層樓高的菸囪裡爬向天空時，心裡在想，等老宋再飄高一點，翻過了雲層，飛到太陽背面去，那邊會不會真有另一個世界在等他？重逢女兒時，老宋大概會說一句，不好意思，讓你久等了。那個世界裡的年齡是怎麼計算的？老宋是以一個六十來歲全白頭髮的老頭子形象見女兒呢，還是會變回青壯年時精神抖擻的樣子？他女兒呢？一直是當年那個少女，還是在那邊歲數也有長呢？

馮國金想，果然到哪邊都少不了煩惱啊，活人替死人瞎操心。

葬禮結束後，老宋家人在一家小飯店裡張羅了一桌，馮國金哪有心吃那口飯，留下份子錢後就開車走了。可是剛回到市區，馮國金肚子是真的餓了。他想吃點老念想的，還想喝一口。不知不覺中，馮國金把車開到了十三緯路的老四季麵條，要了一碗抻麵，一個煮雞架，四瓶啤酒。角落裡靠窗的位置是他習慣坐的，也是當了半輩子刑警的職業病，到哪都下意識尋覓能全覽整個環境的角度。他吃一碗麵用不了兩分鐘，吃完又後悔，告訴自己得慢點，今天該輪到他歇歇了。馮國金就著掰碎的雞架，慢悠悠地喝啤酒。他望起窗外，不遠處就是大西農貿市場，再遠一點，就是秦理家的那棟孤樓，周圍都拆遷得差不多了。那個叫王頔的孩子，小時候就住在秦理家隔壁樓。三天前，女兒嬌嬌剛剛確認懷孕，孩子的爸爸就是王頔。倆孩子跟馮國金說，打算先把孩子生了再結婚。馮國金心裡其實有那麼點不痛快，可好像也沒資格責備，當年自己跟楊曉玲不就是未婚先孕嗎？雖說婚姻路上分道揚鑣了，可是女兒嬌嬌不也順順利利地長大了，從小沒受過什麼大委屈。王頔那孩子，雖說家境不太好，父親過世得早，但乍看他也算一表人才，聽說小時候還拿過全國作文比賽的一等獎，如今也在一家大雜誌社裡找了個穩定工作，挺不錯的。女兒打小就是主意特別正的孩子，她自己看上的人，總該有點可取之處吧？兩個人小學到高中十二年的同學，知根知柢是肯定了。馮國金唯一擔心的是，嬌嬌從小被她媽和她姥爺捧在手心裡，嬌生慣養，王頔能替他們照顧好嬌嬌嗎？馮國金轉念又一想，那天晚上在天臺，秦理拿槍對著嬌嬌時，那孩子第一時間衝上前擋在了嬌嬌身前，那股勁兒應該不會有假吧？為自己女人死的勇氣都有，往後應該能照顧好嬌嬌吧？

但願他能。照顧好他的女人，和他們的孩子。

馮國金走出老四季，本想開車回家，但一想到如今酒駕查得嚴，管你什麼公不公安系統，幹部不幹部的，照樣罰，照樣擼，可不比多少年前了。馮國金聽說現在流行叫代駕了，可他不會，趕明兒得讓女兒教教他，這麼好的新手機，好多軟件都沒裝全呢。剛下過雪的第二天，一般都回暖，風也不硬，馮國金想，乾脆走走吧。

一路從當年黃姝死去的那個磚頭房的位置開始走。磚頭房早拆了，變成一個深淵般的巨大地基，看樣子是又要起一棟新的高樓。走著走著，以為自己是漫無目的地瞎蹓躂，其實他意識裡是順著某條路線走的，接連路過了女兒嬌嬌的兩所母校，和平一小和育英初中，學校放假了，空曠的操場上一個孩子都沒有。想到嬌嬌從小到大讀那麼多年書，自己連一次家長會竟然都沒替女兒開過，真是個不稱職的父親啊。走了一個多小時，馮國金站在了醫科大學門前的那條街邊，這裡緊挨火車站，街邊到處是手提肩扛著大小行李的外地打工者，來這座省會城市尋求一處謀生之所，臉上雖顯疲憊，可眼睛裡充滿著對未來生活的嚮往。他們下車以後，三五成群地在街邊便宜的小髒館子裡填肚子，要不是剛剛酒足飯飽，馮國金真想隨便走進一家，坐下喝杯酒，再來盤餃子，跟那些陌生人隨便瞎扯幾句，說到底，這才叫生活。被小飯店參差不齊的燈箱招牌包圍著的，是幾家賣醫療器械的門市，隨著醫科大學遷往開發區，他們的生意也不好做了，曾經醫療店的數量要比現在多得多。莫名其妙地，馮國金推門走進一家專賣進口助聽器的店，站櫃檯的是個大姊，問他想買什麼，馮國金掏出他的新手機，在相冊裡翻了半天，找出那張秦理戴的耳蝸式助聽器給大姊看，問，你們這賣這個牌子的助聽器嗎？照片拍得有點模糊，兩個上歲數的人都不知怎麼將照片放大，大姊戴上老花鏡，握著手機端詳了半天才說，型號看不清了，但牌子是我們的，德國原裝，全市就我們一家總代理。馮國金問，就這個型號的，賣多少錢？大姊問，你這個是啥時候買的？馮國金說，十年前。大姊說，那是最老的型號了，當年賣八千吧，現在最新型號的都是根據用戶耳蝸形訂做的，一萬五到兩萬八的都有，有需要你可以帶使用者先來做個測試，成品都是德國製作直接發貨，等半個月。

馮國金從那家店出來，酒勁兒散差不多了。差不多回家？望著剛剛來時走過的路，彷彿不是他自己一個人在走。恍惚中，他看見街對面一輛黑色奔馳車停下，一個高眺漂亮的十七歲女孩走下來，她的眼睛是紅腫的，裡面沒有從她身邊路過那些打工者眼中的憧憬跟嚮往，只有一潭死水。女孩走到街這邊，與馮國金擦身而過時，拿手背抹乾了眼角殘存的淚水，拉開剛剛那一家醫療店的玻璃門，很有禮貌地問阿姨好，但沒有半點猶豫，選購了一早相中的那款價值八千塊的助聽器，小心地揣進大衣懷中，走出店門，順著馮國金來時的路，頂著寒風，一心朝著那個已不復存在的磚頭房走去。一個小時，也許她步子比馮國金要慢一些，兩個小時，走到星月初升，走到手腳冰涼。路過農貿市場時，她似乎想到了什麼，在漆黑中徘徊許久，終於等到買菜歸家的人大多散去，才踏入那道門，來到農用產品的櫃檯前，買走了一瓶農藥。穿過一排排的新鮮蔬菜，糧油瓜果，她走得比剛才更加艱難，終於回到了那個只屬於她和另一個男孩的祕密天地。女孩幫男孩戴上新買的助聽器，讓男孩試試，能不能聽得清聲音。男孩聽到了，可他隨後聽到的卻是自己有生以來聽過的最殘忍的故事。女孩跟男孩坦白，自己想死，那瓶東西她已經先喝了。男孩用含糊不清的發音說，我陪你。兩個人飲盡了那瓶對他們來說彷彿是另一個世界的蜜糖，安靜地躺在床上，等著星星跟月亮陪他們一起去。女孩突然又想起什麼，是這個世界對她來說僅存的善意，她要把它帶走，於是找到一枚刀片，親手把它留在了自己身上——她已經不怕痛了，可為什麼連最後想抓住的一根稻草，都是被狠心的人動過手腳的，不純粹的？令她在生命的最後一刻也要痛苦無比，受盡折磨？或許，男孩不忍心看女孩受苦，含淚幫她先走一步，隨後再赴約，也或許，是女孩自己動手，世間任何一樣東西都可以輕易箍緊她的咽喉，不容她一絲喘息，那一瞬間，她只想要快一點脫離苦海，再快一點。女孩閉上雙眼的一刻，男孩就躺在她的身邊，跟殘存的時間做著最後的較量。對女孩來說，這能不能算是一種他人永遠無法理解的幸福？至少對男孩來說不是，因為他的哥哥在此時無意闖入，抱起他的弟弟飛奔向最近的那家診所，哥哥有他自己的私心，他不肯就那樣放自己生命中最重要的人不負責任地離去。男孩被救了回來，可她已經死了。男孩的哥哥再度返回原處，又抱起女孩的屍體，安頓在那輛麵包車上，或許只有他清楚，女孩的死到底歸咎於誰的手，或許他在心中已經為女孩想好了一個體面的安葬方式，也或許只是醉意，令他來不及多做思量。只可惜，那個月朗星稀的冬夜，也跟他開了一個惡意的玩笑。

再也不會有人知道。

女孩最後的那條路，沒有人可以替她走完。馮國金不行，他也沒有資格。馮國金攔了一輛出租車，朝家的方向而去。一路上，他都緊閉著雙眼，自己從來不是個善於發現美的人，可他至少清楚，不美的事物，自己也從不願再多看一眼。

一年後的春天，馮國金向組織申請，辦理了病退，用同事們調侃他的話說，告老還鄉了。本來還要在大隊長的位子上再多坐五年，上面領導也極力挽留，可馮國金的理由是，自己要搬去深圳幫女兒小兩口帶外孫女，堅決要享清福的心誰也留不住。另一方面，幾個月前單位組織體檢，自己肺上拍到一塊陰影，是什麼還說不好，大夫建議他做病理切片，馮國金婉拒，不做。與其說是不敢知道，不如說是不想。領導勸了又勸，馮國金只好把理由合二為一，我就想好好多活幾年，陪陪家裡人。

明白馮國金去意已決，上面只能從公安部抽調一位平級幹部接替他，劉平升任副隊長。

剛開春，河面還沒完全化凍。馮國金自己在家待著沒勁，來到渾河邊釣魚，特意挑了個人少的地，就想圖個清靜，在離開這座城市以前，他要想想還有什麼事沒做，還有誰的人情要還。到了地方，馮國金拿小錘在河面上鑿開一個臉盆大的窟窿，下了竿子，坐岸邊的小折疊凳上守著。快中午時，劉平開車來找他，交給他一個紙提袋子，裡面是他在電話裡要的東西。劉平先是陪馮國金坐了一會兒，沒十分鐘就吵吵冷。劉平問，馮隊，這大冷天跑這玩兒來，在家閒夠嗆啊，後悔退休了吧？馮國金說，外面空氣好。劉平說，多冷啊，凍腳丫子。馮國金說，你現在是副隊長了，我是平頭老百姓，以後別再叫我馮隊了。劉平說，叫習慣了唄，那還叫啥？馮國金說，叫哥吧。劉平說，那可以，以前咱隊裡就只有小鄧有特權敢叫你哥，別人叫都挨你批評。馮國金說，公是公，私是私，現在無所謂了。劉平說，你還不承認，你就是最喜歡小鄧，偏心眼兒。馮國金問，你今年多大了？劉平說，下個月就三十八了。馮國金說，噢，你就比小鄧大兩歲。劉平說，我比他早進隊一年。馮國金問，對象處了有五、六年了吧？啥時候結婚啊？別拖了。劉平說，年內吧，哥，你得回來喝喜酒。馮國金說，必須的。劉平又看了半天，問，能釣上來嗎？行不行啊？馮國金說，本來就打發時間，隨緣唄。劉平笑說，願者上鉤？跟這兒裝姜太公呢？馮國金笑笑。劉平四下看了一圈兒，馮國金問他，找什麼呢？劉平說，你這連個裝魚的桶都沒帶，釣上來往哪兒擱啊？馮國金說，再放了。劉平說，玩境界唄，真行。兩人沉默了一陣，各自抽著菸。劉平突然對馮國金說，你對秦家哥倆兒也算仁至義盡了。馮國金不說話，繼續盯著浮標。劉平說，當初秦天跟殷鵬撒謊要五十萬，就是想騙殷鵬和老拐出來弄死他倆，偏偏沒得手，還搭上了小鄧。我還是挺恨秦天的。馮國金問，你要是秦天，當初你會怎麼做？劉平想想說，一樣吧，我也會想殺了那倆人，給我弟弟和黃姝報仇。馮國金聽著，卻想起來，要去深圳前，是不是該去看看自己的哥哥馮國柱？雖說這幾年極少來往，彼此都有錯，可他畢竟是哥哥，小時候替自己挨父親數不清的打，馮國金都記著，從沒忘過。

都是天意吧。劉平突然感慨這麼一句，馮國金才發現連他都有白頭髮了。劉平低頭看著他帶來那個紙袋子，說，可惜秦理到死都不知道，他找了十年的東西，一直就在自己眼皮子底下，還是我們去他家取證時不小心摔碎了養蛇的保溫缸子，才在底下夾層裡發現的。後來問殷鵬，他自己都不記得藏那裡面了。太諷刺了。馮國金說，嗯，天意吧。劉平說，我一直在想，就算秦理最後落我們手裡了，也沒有直接證據證明他殺了黃姝，頂多蹲幾年就出來了，何苦尋死呢？太不值了。馮國金反問，死過一次的人，還怕死嗎？他多活了十年，就為一件事。劉平說，要不就是他自己心裡有愧，黃姝最後怎麼死的，我們不知道，但他自己心裡清楚。浮標在動，馮國金急忙收線，空無一物。他重新掛上餌，甩竿入水，目無斜視地說，還是那句話，沒人知道。

劉平離開之前，馮國金問他，這些東西隊裡有人看過嗎？劉平說，沒有，當時你叫我先別拿出來，我就鎖在自己辦公室櫃子裡了，沒人知道。後來其他證據足夠判死殷鵬了，也就沒人再問我要過，別人應該早都忘了。馮國金說，你拿給我，說到底還是不合規矩，有顧慮嗎？劉平笑了，逗我呢？哥，跟你十來年了，你見我怕過啥？馮國金朝劉平擺手，目送他離去。馮國金也收拾東西，準備回家了。開春雖然回暖，可風還是冷。收拾差不多後，馮國金才打開腳邊那個紙袋子，裡面是六盤黑色錄像帶，每一盒上都寫著黃姝的名字，還有日期。馮國金把每盤帶子的盒子都掰開，扯出所有磁條，堆在一起，像無數條盤踞在一堆的黑蛇。他掏出打火機，點燃其中一條，看著火苗蔓延成一團火焰，在北方午後的陽光下，不疾不徐。伴著那團篝火，馮國金覺得自己從內到外，終於暖了一些。他抽出最後一根菸，沒用打火機，而是把菸伸到那團火上竄的火苗尖上點著，瞬間燒掉半根，最後半根，馮國金遞到嘴邊狠狠嘬了兩口，踩滅，菸盒在手裡被攥成一團，離開的時候順手丟進了垃圾桶。

馮國金在想，是時候該戒菸了。

B面

白白五個月的時候，得了一次小兒濕疹，把嬌嬌急得滿嘴長泡。後來多虧我媽悉心照顧，還是花了兩個禮拜，白白才徹底好轉。那些天我媽沒睡過一個安穩覺，事後對我說，這樣我哪能放心啊，等你們搬去深圳，我跟你們一起過去吧，幫你們把白白帶到上幼兒園，我再搬回來。我說，媽，咱不回來了，一起過。我媽哭了。自打我爸去世，我在北京讀書上班，她就一直自己守著我爺爺留給我家的這套老三居，中間有兩年，她曾經騰出了一間大屋，租給了一對南方小夫妻，帶著小孩，正經熱鬧過一陣，還替人家看過一陣孩子，所以照顧孩子才有經驗。兩年後小夫妻攢錢買了房，搬走了。我媽從環衛退休以後，用那兩年攢的房租，在家附近兌下來一個小門市，繼續賣我爸當年的炸串兒。門市附近是一所小學，逢中午生意還不錯，後來被人掛到網上，也多了跟我同齡的年輕人專門去吃，說是能吃出小時候的味道，新千年以前的味道。

我說，媽，過幾個月你就把店兌出去，跟我一起走，到了深圳你要閒得發慌，咱在那邊再開一家。我媽點頭，說，行，就是你爸的墳還在這。我說，等那邊都安穩了，墳也遷過去。

自從嬌嬌懷孕，就一直跟我住在老三居。我跟她說，等我三年，攢點錢，在深圳買個房子。嬌嬌說，深圳房價那麼嚇人，還是不急。我說，你不相信我？嬌嬌說，相信，我是怕你壓力大。我說，想想我們爸媽，也都是這麼過來的。嬌嬌說，還是不一樣，他們年輕的時候，社會多簡單啊，物價也低，養孩子也沒現在這麼大壓力，家家都快快樂樂的。我說，也是。但我心裡也有不同意，即便在我們的童年，也不是家家都能快樂，幸福這種事，從來與時代無關。從北京回來以後，南方一家報業集團的編輯部領導聯繫到我，因為我給他們旗下最大的那本雜誌投過幾次稿，看過我寫的東西，問我想不想乾脆到他們那工作，南方媒體從業環境好一些，年薪能給到十萬。自從我大學肄業出來工作，從沒幹過一份正經活兒，更沒人給過這麼多錢。我根本沒猶豫，一口答應，還是在剛剛得知嬌嬌懷孕的時候，事後跟嬌嬌說，她並沒生氣，反而決定生完孩子跟我一起去深圳。懷白白四個月的時候，我們倆一起去了趟深圳，一是我去感謝雜誌社領導能寬容我一年後再來入職，二是陪嬌嬌去深圳一家最大的廣告公司面試製片人。有時我也會佩服她，自打從美國回來，性格改變了很多，任誰看了都覺得她是特別自信的那種人。面試很順利，廣告公司當場要人，也答應等她先生完孩子，工資算可觀，是我兩倍還多。那一趟，我們順道去了香港玩，在銅鑼灣一家環境不錯的西餐廳裡，我跟她求婚，象徵性的，沒戒指，也沒下跪。我跟她說，確實虧待你了。嬌嬌說，算了，反正你從小對我也都不上心。我說，確實，感覺對你做電視劇裡那些事，總有點噁心。嬌嬌說，果然是這樣，男人看你太久就沒新鮮感了。我說，不是那意思。嬌嬌說，真想好了嗎？我說，想好了。嬌嬌又問，你就確定是我了？那麼確信？我說，從小看著彼此長大，好賴都不用再廢話了。

白白生病期間，餵奶總吐，還拉肚子。有一天，我媽沒在家，白白拉完我收拾，不小心弄了一床，黏得她小屁股上都是。嬌嬌諷刺我一看平時就不上手，不是親爹。我忙著到處找紙巾，可家裡居然連一片紙都沒有，廁所裡的都用完了。我才想起來，我媽下樓說是去超市買紙的。慌亂之中，我突然看見書房桌子上放著的餅乾盒子，那是前一晚我跟嬌嬌聊了一通宵的童年往事，從衣櫃深處翻出來的，裡面裝的全是小時候保存下來的東西，球星卡，奇多圈，小浣熊乾脆麵裡的一百單八將，溜溜球，四驅車零件，還有我們五個人彼此互送的賀年片、小紙條和各種不起眼的小玩意兒。但是在最底下有兩樣東西，我故意壓在下面沒拿給嬌嬌看，其中之一是那包藍色的心相印紙巾。我猶豫了半分鐘後，逕直走回臥室，一張一張抽出來，折好，給白白擦乾淨了屁股。好一會兒，嬌嬌終於把白白哄睡著了，來到書房，斜靠在書櫃上，眼巴巴看著我在電腦前寫稿子。我問她，看什麼呢？嬌嬌反問，心疼嗎？我說，什麼心疼？嬌嬌說，跟我就別裝了，那包紙巾是當年黃姝送你的，你一直珍藏著捨不得用。我說，是真忘了。嬌嬌說，我要是問你，你能老實回答嗎？放心，我保證不生氣。我說，問什麼？嬌嬌說，小時候你是不是特別愛黃姝？我說，無聊。嬌嬌說，別扯沒用的，實話實說，你的回答我要是滿意，我就拿另一個祕密跟你換。我說，那時候太小，不懂事，再說我那不叫愛，秦理對黃姝的感情，才叫愛。嬌嬌笑不出來了，說，那就是特別喜歡唄？我說，嗯。嬌嬌問，是因為黃姝漂亮嗎？我說，是，也不是，你也清楚，生得漂亮，是她最不值得一提的優點。嬌嬌沉默了幾秒，又問，那你有沒有背著我們跟黃姝表白過？我說，有完沒完？嬌嬌說，快說！我說，沒有。嬌嬌說，不信。我說，真的，一開始我自卑，後來我也了解秦理跟黃姝的感情，從來都沒有機會提起。嬌嬌還不罷休，問，連一次超越友誼的表示都沒有嗎？真夠悶的，沒勁。明明知道她是在激將我，也懂得女孩子問這種問題說不會生氣都是撒謊，可就在那一刻，心底卻隱約有隻手在撩撥往事，我本打算當作一生只屬於自己的祕密，卻突然忍不住想讓另一個人知曉和理解。我再次打開桌子上的餅乾盒，從最下面掏出另一樣東西，一盤磁帶。嬌嬌問我，這是什麼？你給黃姝錄的表白？我說，想多了，就是九首歌。A面五首，B面四首。嬌嬌把磁帶拿在手裡，看著說，都是什麼歌？我說，你還記不記得，以前黃姝總說想跟我們學英文，我就想送她一盤磁帶，九首歌都是英文的，都是我當時最愛的歌，也算是我想對她說的話。嬌嬌說，想不到你還做過這種浪漫事，從沒見你這樣對過我。我像是被打開了心底的那道暗鎖，自己數起來，第一首是〈Hero〉，第二首是〈I Do It For You〉，第三首是〈The Shape of My Heart〉，中間記不清了，最後一首是Travis的〈LUV〉。嬌嬌說，一盤磁帶不是能錄十首歌嗎？B面最後一首怎麼空著？我說，故意的，給黃姝的時候，裡面夾著一份我手抄的歌詞，我讓她聽完不用直接回答我，只要選一首能代表她心思的歌，錄進去還給我就好了。嬌嬌問，那黃姝的第十首歌，在這裡面嗎？我說，不在。嬌嬌問，為什麼？我說，她根本就沒收。嬌嬌說，她因為秦理出事，生你的氣。我說，嗯，錄之前她就知道，等我想送的時候，已經是最後一次見她了。不由自主地，我兩眼酸痛，有淚水流出來。嬌嬌上來抱著我的頭，貼在自己胸前，也哭著說，我明白，我都明白。

我說，我不配做他們倆的朋友。馮雪嬌說，不是你一個人的錯，我們都有錯。我靠在嬌嬌的懷裡說，你知道黃姝最後跟我說什麼嗎？她說，她和秦理跟我們不一樣，他們之間是相依為命，她說要把自己的身體和心都完完整整地留給秦理，她願意等秦理長大。可當時我不服氣，我覺得她是為了報復我才故意說那些話激我，我說，我跟他們倆一樣，我也是窮人家長大的孩子，我從小也不快樂，我還自卑。我的眼淚愈發止不住，嬌嬌用那包紙巾剩下的最後一張替我擦著眼淚，問，黃姝怎麼說的？我說，黃姝她說，不一樣，至少你們都有一個完整的家。

哭過以後，嬌嬌說想聽一下磁帶裡的歌。我說，隨身聽都沒了。嬌嬌說，我有。她返回臥室，手裡拿著跟我當年用的同款索尼隨身聽，竟然是嶄新的。另一隻手裡，是一個牛皮紙袋。沒等我問，她先說，隨身聽是當年買來想送你的，哪知道你自己先買了一模一樣的，加上當時我好像因為什麼事在生你的氣，就一直沒拿出來。我問她，袋子裡裝的什麼？嬌嬌說，跟你換的祕密。當她把那個彩色硬殼封面的本子掏出來的一瞬間，我一眼就認出，那是秦理上初中時跟黃姝一起寫的交換日記。我驚訝地問，哪來的？嬌嬌說，是我爸他們後來在秦理的房間裡找到的，我爸發現裡面第一頁貼著我們五個人的大頭貼合照，就偷偷收起來了，問我想不想要，我就留下了。我問，你翻開看過嗎？嬌嬌說，沒有。你想看嗎？我說，不知道，我沒這個權力。嬌嬌說，我也沒有。我說，裡面會寫到我們五個嗎？嬌嬌說，應該會吧。我說，其實也應該問問高磊，怎麼說，他也是一份子。嬌嬌說，嗯，不然三個人投票吧，如果都決定打開看，再一起看。

嬌嬌把磁帶插進隨身聽，兩個人安靜地從A面第一首，一直聽到B面第九首。我翻看著那一張已經泛黃的信紙，稚嫩的筆跡抄寫了滿滿九首歌的中英歌詞。最後一首〈LUV〉的筆跡最潦草：

Are you changing?（你變了嗎？）
And where you been to that（那些你曾去過的地方）
You no longer remember?（都不記得了嗎？）
And distance tells you that（距離告訴你）
Distance must come between us（距離它總是橫亙在愛情中間）
Where have you been , LUV?（如今你在哪裡呢，吾愛？）

婚禮後第二個月，我去參加了一場初中同學聚會，嬌嬌懶得去，她說自己沒什麼想見的人。本來我也不想去，初中畢業十幾年，一次同學聚會都沒人搞過。那次算是被高磊硬拉去的。到場四十多人，居然是兩個隔壁班湊到一起辦的，可加一起還不到一個班的人數，一半人都找借口沒來，借口五花八門，真實原因無非就一個，自覺混得不好。後來我才知道，那場聚會就是高磊組織的，他本來就是隔壁班的。從北京辭職回來以後，他接手了家裡事業，做兩個國外保健品的東北區總代理，據他解釋，不算傳銷，國家定義叫直銷，下線買產品都是從廠家直接拿貨，不經上線的手，只要交六千五的入會費就行，下線還可以再發展下線，按級別提成。我說，挺好賺的吧，當年你爸媽就是上線的上線了。高磊說，這幾年不如以前好幹了，新品牌層出不窮，規模都不小，搶市場，爭客源，定期還要組織高級會員出國旅遊。我爸媽當年代理的是老品牌了，該發展的人數都差不多了，沒前景了，我現在自己幹的是一個新品牌，美國的，國內都認證了，嬰幼兒保健品也有，以後孩子這方面吃的用的我包了。我說，那怎麼行。高磊說，跟我你就別提錢了。

當天是二〇一五年四月一號，愚人節。也不知道高磊怎麼選的日子。聚會上，當別的同學大多喝高時，他一直在盡量保持清醒，三句話不離他的直銷事業，變相在說服有興趣的人入會。人散得差不多時，我把高磊單獨拉到包間外的小客廳，拿出那本交換日記給他看，說，我跟嬌嬌都覺得，應該跟你說一聲，畢竟這裡面也可能有你，我們想三個人投票，如果大家都同意打開看，就一起。高磊坐在沙發裡，拚命地喝水醒酒，但臉還是紅得嚇人。他搖著頭說，我沒臉看。我說，知道了。當我把本子塞回背包時，他問我，你跟嬌嬌呢？你們倆都投了打開？我說，不打開，三個人都同意不打開。

我正打算離開的時候，李揚朝我和高磊走了過來，一屁股坐進沙發裡。他最開始進門時，我根本沒認出來這個人，胖成一座碉堡。李揚滿嘴酒氣，摟著高磊的脖子問，聊什麼呢老同學？高磊說，瞎聊。李揚說，我看你幹這行也挺累人啊，一年能賺多少？哪天不想幹了，乾脆來我公司給我當副總得了，你能力我知道，虧待不了你。高磊說，有你這句話，我謝謝你。李揚捏著高磊的肩膀說，我認真的。高磊說，再說。這時李揚突然又盯上我，說，怎麼著王頔？小時候那點事還記仇呢？打進屋你就不愛搭理我，喝杯酒都不給面子？我說，生孩子以前就戒了。李揚說，噢，對！你跟馮雪嬌結婚了，真沒想到啊，婚禮也不叫老同學？我說，誰也沒叫，輪也輪不到你。李揚以為我的口氣是在開玩笑，先是一楞，馬上又嬉皮笑臉，說，行，你恨我，我不恨你，該來往還得來往啊，聽人說你要去深圳那家大雜誌社工作了，趕明兒你採訪採訪我唄，給我也寫成青年企業家模範，登個封面啥的，啊？李揚自說自話，見我跟高磊都不理他，突然又說，剛聽見你們好像在聊秦理，跟我們做過一年多同學那個，小天才，我才想起來，去年還是前年，他跟他哥犯那個大案子，太牛逼了，啊？你說上學的時候咋沒看出來呢？王頔，我記得那時候全班就你跟他好，我現在都記不清他長什麼樣了——沒容他說完，我衝上前大喊，操你媽！你再說一遍！可是在我動手以前，坐在他身邊的高磊突然拿起桌上的水杯，一回手砸在李揚的額頭上，杯子碎了，李揚的腦袋血流如注，高磊自己的手也破了，一翻身又把李揚騎在地上，掄起拳頭猛揍，只聽見身下的李揚連叫帶罵，高磊卻一聲不吭，只有喘息聲。那場面，沒容我上前的空隙。包間裡沒走的同學聞聲全部衝出來，幾個男生合力想把地上的兩個人拉開。可是那麼多人，居然拉不動一個高磊，李揚已經被打得滿臉是血，自己想要翻滾著逃開，還是被高磊用一條腿勾住腰不放，另一條腿繼續不停地朝他臉上踹，當兩人最終被分開時，茶几的玻璃檯面被踹碎了，衣架也被踢倒了，飯店服務員報了警，高磊跟李揚都被帶走了，我背上背包，陪著高磊一起去了派出所，高磊全程沒說一句話。

兩人被迫和解，李揚先被他爸派來的人領走了。我在派出所走廊的凳子上等嬌嬌，她一趕到就數落我，都當爹的人了，還學小孩打架？傷著沒有？我說，我沒動手。嬌嬌說，高磊也是個不省心的玩意兒。我給劉平叔打電話了，他正跟這裡的所長通電話呢，高磊一會兒就能出來了。我見到嬌嬌手裡正拿著隨身聽，問她，怎麼還放不下了？嬌嬌說，我覺得好聽啊，剛才在美容院做臉呢，聽著這些歌，特別好睡，白白天天晚上鬧覺，我都多長時間沒睡過一個囫圇覺了。我說，辛苦你了。嬌嬌說，我把B面最後一首歌給錄進去了，想聽嗎？我問，你用什麼錄的？她說，媽留下的那臺老三洋錄音機啊，你當年不就是用那個錄的嗎？還能用。嬌嬌幫我插上耳機，直接倒到最後一首歌，是一首日文歌，旋律很好聽。我問她，什麼歌？嬌嬌說，是我去年開始特別喜歡的一首歌，〈我也曾想過一了百了〉，中島美嘉的，演《NANA》那個，小時候我就一直覺得她哪兒長得跟黃姝有點像。我說，沒看過。嬌嬌說，你在這等著，我進去跟警察打聲招呼。

從派出所出來，快凌晨一點了。高磊的白襯衫上全是血，有李揚的，也有他自己的。上了出租車，我對高磊說，先送你回家吧。高磊說，不想回家。我問，那你去哪？高磊說，我想去一個地方。我問，哪兒？高磊說，防空洞。我跟嬌嬌坐在後排對視了一眼，聽見高磊在前面副駕駛說，你們要是不想陪我，也沒事。我對司機說，師傅，去醫科大學正門。

到了地方，我們在門口找到一家二十四小時超市，買了三個手電筒。大學已經搬遷，空無一人的校園裡，只有我們三個人並排在黑夜裡前行。我婚禮前一天，高磊陪我喝多了，他其實拉著我來過一次，他蹲在操場上防空洞的入口前，好像是哭了，隔著半人高的雜草，我沒看清。這一次，又來到原地，高磊沒有多說，直接叫我幫他把手，合力將已經鏽爛掉一半的鐵皮蓋子掀開，他好像忘了我跟嬌嬌的存在，直接跳下去往裡走，我跟嬌嬌也沒說話，安靜地跟上，把手電筒遞給他。防空洞裡，沒有半點風和光，地上遍布碎石和枯葉，我們藉著手電筒，小心翼翼地順著唯一的方向往深處走。高磊走在最前面，走了十分鐘左右，他在一個拐角處停下了，我和嬌嬌跟上去，發現他正用手電筒照著牆壁上的一塊區域，我走近兩步仔細看，才看清，牆上刻著兩個名字：黃姝，秦理。我們三個人在原地駐足許久，誰也沒有先說話。我聽見身旁有滴滴答答的水聲，發現拐角處的上方，從地面哪裡往下漏水，極其輕微的聲音，卻依然在密閉的洞裡泛起迴響。還是嬌嬌第一個開口說，我有個想法。我說，什麼？嬌嬌問我，本子呢？我從背包裡取出本子，嬌嬌又說，帶筆了嗎？我又找出一根筆，不知道她想幹什麼。嬌嬌翻開本子的第一頁，手電的光照上去，上面果然貼著我們五個人的大頭貼，還有一張，是黃姝和秦理單獨的合照。嬌嬌把筆遞給我，幫我照亮說，你最會寫，最後寫點什麼吧，就當是送給他們倆的。我想了想，把本子貼在牆上，藉著餘光寫下了一句話，字有些歪扭。身邊，我和高磊看著嬌嬌從地上撿起半塊磚頭，趴在牆上，仔仔細細地在黃姝和秦理兩個名字的中間刻上了一個火炬的圖案。嬌嬌問我，寫好了嗎？我說，好了。嬌嬌問，寫的什麼？我把本子遞給她看。

「為了照亮她的生命，你將自己付之一炬。」

手電光背後，我看見嬌嬌的眼圈裡有淚光。她說，嗯，寫得真好。她轉頭問高磊，打火機呢？高磊從菸盒裡掏出打火機，遞給嬌嬌，嬌嬌蹲下，點著了那本交換日記的一頁，或許是洞中氧氣不足，火燃得很慢，半天才升起半團火光。此時，身後傳來一聲悶響，我和嬌嬌回過頭，高磊高大的身影跪在地上，面對著角落裡那漸漸竄高的火光，嚎啕大哭，口中不停重複一句話，對不起。哭聲響徹整條漆黑的防空洞隧道，卻一點都不瘮人。嬌嬌和我都無意打攪，她從手提包裡掏出隨身聽，彈出那盤磁帶，交到我的手上，我蹲下身，把磁帶一同丟進那團火焰裡。一滴水滴落在我的額頭上，我下意識地舉起手電筒往頭頂照亮，看了半天，對嬌嬌和高磊說，往上看。嬌嬌抬頭，問，看什麼？我說，仔細看。高磊也終於抬起頭，追隨我手中的光，一起往頭頂上看。從地面上滲進來的水，在防空洞頂分散成許多條緩緩前行的細流，凝結出一片成群的水珠，在手電筒和火焰的映照下，反射出星星點點閃爍的光亮。

原來真的有星光。

新人間叢書 310

生吞

作　　者—鄭執
主　　編—羅珊珊
責任編輯—蔡佩錦
校　　對—蔡榮吉　蔡佩錦
封面設計—吳佳璘
行銷企劃—吳儒芳
總 編 輯—胡金倫
董 事 長—趙政岷
出 版 者—時報文化出版企業股份有限公司
108019台北市萬華區和平西路三段二四〇號四樓
發行專線—（〇二）二三〇六—六八四二
讀者服務專線—〇八〇〇—二三一—七〇五
（〇二）二三〇四—七一〇三
讀者服務傳真—（〇二）二三〇四—六八五八
郵撥—一九三四四七二四時報文化出版公司
信箱—10899臺北華江橋郵局第九九信箱
時報悅讀網—http://www.readingtimes.com.tw
電子郵件信箱—ctliving@readingtimes.com.tw
思潮線臉書—https://www.facebook.com/trendage
法律顧問—理律法律事務所　陳長文律師、李念祖律師
印　　刷—勁達印刷有限公司
初版一刷—二〇二〇年十月十六日
定　　價—新臺幣四〇〇元
（缺頁或破損的書，請寄回更換）

時報文化出版公司成立於一九七五年，
並於一九九九年股票上櫃公開發行，於二〇〇八年脫離中時集團非屬旺中，
以「尊重智慧與創意的文化事業」為信念。

生吞 / 鄭執 著. -- 初版. -- 臺北市 : 時報文化, 2020.10
432 面 ; 14.8x21 公分. --（新人間叢書 ; 310）

ISBN 978-957-13-8402-3（平裝）

857.7　　109015237

ISBN 978-957-13-8402-3

Printed in Taiwan